翡翠の戦姫

神石ノ記 1

奥乃桜子

角川文庫
24495

神石ノ記1

目次

人物紹介

イラスト／夢子

ナツイ

神北《かみきた》の少女。
主《あるじ》と記憶を失い、隠密集団〈鷺《さぎ》〉に拾われた。

犀《さい》利《り》

東国出身の鎮兵。
戦場でナツイと出逢い、〈鷺〉の一員となる。

維《これ》明《あきら》

神北の侵略を目論《もくろ》む持節鎮守将軍。鬼神の如き戦いぶりで知られる。

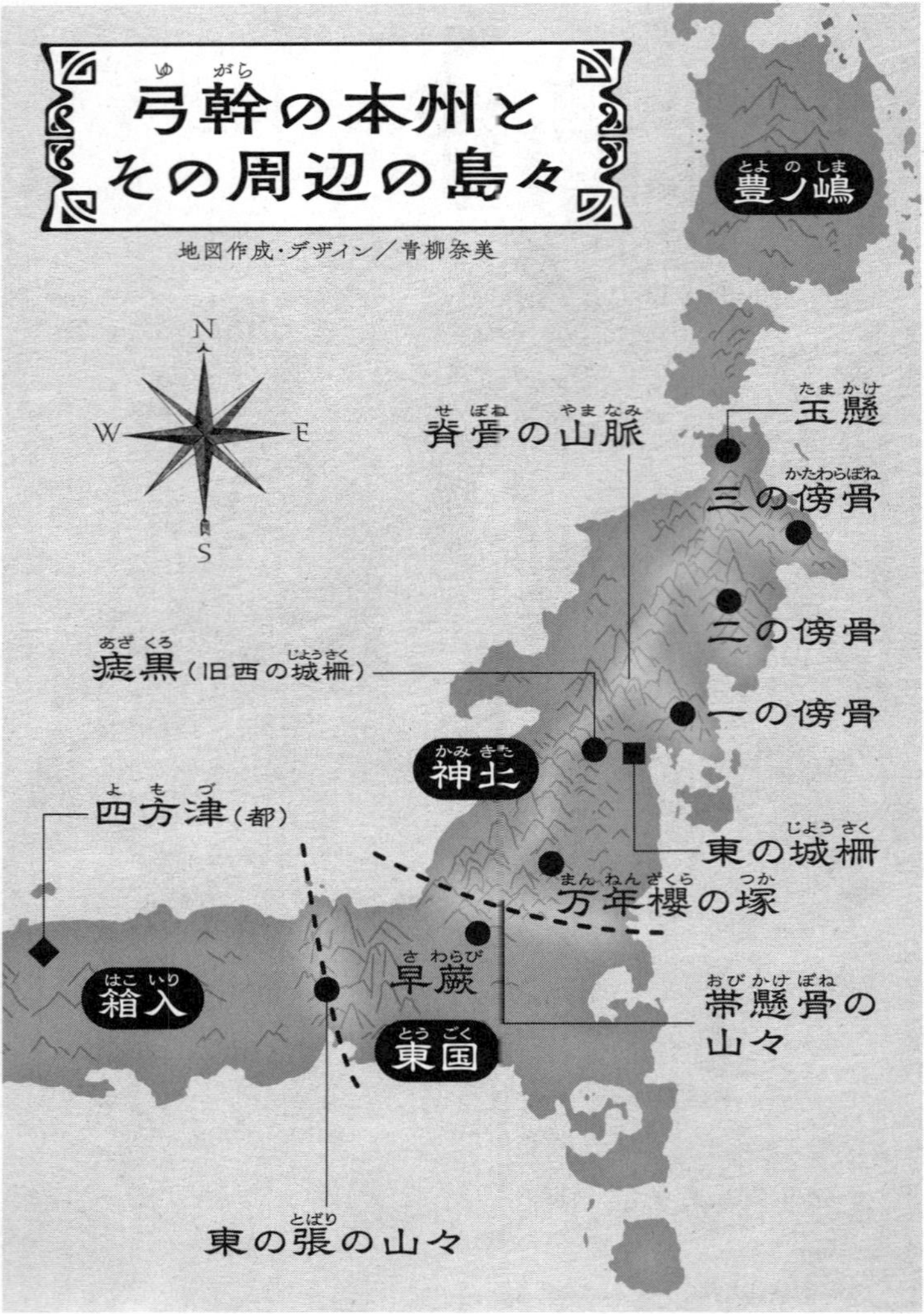
弓幹《ゆがら》の本州とその周辺の島々
地図作成・デザイン／青柳奈美
N
W
E
S
豊ノ嶋《とよのしま》
玉懸《たまかけ》
脊骨《せぼね》の山脈《やまなみ》
三の傍骨《かたわらぼね》
二の傍骨
一の傍骨
痣黒《あざくろ》（旧西の城柵《じょうさく》）
神北《かみきた》
四方津《よもづ》（都）
東の城柵《じょうさく》
万年櫻《まんねんざくら》の塚《つか》
早蕨《さわらび》
帯懸骨《おびかけぼね》の山々
箱入《はこいり》
東国《とうごく》
東の張《とばり》の山々

六連野《むつらの》
↑至 一の傍骨《かたわらぼね》
阿多骨《あだほね》
痣黒《あざくろ》
（旧西の城柵）
花落《はなおち》
東の城柵《じょうさく》
髑髏《しゃれこうべ》の谷
端山《はやま》
光差す窟《いわや》
八十川《やそがわ》

西の諸島
西国《さいごく》
尖《とがり》
西の張《とばり》の山々

京を去ること一千五百里
尖《とがり》の国の界《さかい》を去ること三千里
早蕨《さわらび》の国の界を去ること三百里

帯懸骨《おびかけぼね》の山々の北は、律と令の及ばぬ僻地《へきち》である。
民はいまだ王を戴《いただ》かず、首に大珠《たいしゅ》なる翡翠《ひすい》の飾りをさげている。
此《こ》の辺境を、在地の者は『神北《かみきた》』と称す。

皇尊《すめらみこと》の威光の外にある此の化外《けがい》の地に、なにゆえ神なる文字が冠されたか。
かつて石角《いしづの》生やしたおぞましき神が、此の地に『石』を携え降りたと謂《い》う。
神はひと振りの短刀を以《もっ》て『石』を十三に砕き、欠片《かけら》を各々の里長《さとおさ》に授けたと謂う。

そして予言《かねごと》す。

『石』を育てよ。
さすればいつの日か、十三のうち唯ひとつのみが世に残る。
其《そ》の『石』携えたる者こそ一なる王と成り、いかな国をもしのぐ安寧を民に与えよう。

在地の民曰《いわ》く、
石とはすなわち意思なり。
信念にして矜持《きょうじ》、教義にして理念なり。

それより此の地の民は、神より賜った石を奉じ、心に石を押し戴く。
目に見えぬ石を奉ずる証《しるし》として翡翠の大珠を首にさげ、
石こそまことの安寧をもたらさんと信ず。

此の狄地《てきち》は、神に賜りし石抱く地なり。
ゆえに神北と称す。

序章

砦《とりで》はすっかり取り囲まれて、夜闇《よやみ》に乗じて火が放たれたようだった。いよいよ追いつめられたと知って、ナツイは胸を彩る翡翠の首飾り――大珠を握りしめ、意を決して主君である若に告げた。

「ここを出ましょう。これ以上隠れていたら、炎に巻かれて死んでしまいます」

なんとしても逃れよ。それがこのあばらやに潜む直前に、若の父から直々に受けた厳命だった。なのにナツイが守るべき同い年の少年は、どれほど促そうと、両肩を揺さぶろうと、身分をごまかすために頭から被《かぶ》った毛皮の陰でうつむいたまま動こうとはしない。

「逃げきれるわけがない。父は殺された。この身もなぶり殺しにされるだけだ」

「わたしが必ずお守りします。命に代えても」

「できるものか」

「お信じください」

とナツイは握りしめた大珠を若の前に掲げ、なんとか勇気づけようとした。楕円形《だえん》で、掌《てのひら》でちょうど握れるほどの大きさの翡翠。それをこの地の民は大珠と呼んで、胸の真ん中にさげている。ナツイの大珠は、澄んだ沼のような明るい碧《あお》色をしていた。父に肌身離さず持っているようにと命じられた日から、ずっと大切にしてきた品だ。

「この神北《かみきた》の地では、心に抱いた固い意思や信念を、石にたとえるものだといいます。そしてわたしが心に抱く石、すなわち意思とは、あなたさまを必ずや守り通すこと。わたしの決意はこの翡翠《ひすい》の大珠よりもなお堅く、敵に火を放たれた程度ではひびさえ入りません。ですから心配はいりません、必ずお生かししますから」

「だが」

「さあ、ゆきましょう！」

ナツィは強引に若を立ちあがらせて、朽ちかけたあばらやの戸を一気にひらいた。

とたん、行き場をなくして逃げ惑う人々の恐怖に染まった悲鳴が、灼熱《しゃくねつ》に乗ってわっと吹きつける。ナツィは息を吞《の》み、身を強《こわ》ばらせた。

夜の砦にはむごたらしい光景が広がっていた。茅《かや》と木でできた小さな家々は火矢を放たれ燃えあがり、戸口から恐ろしい勢いで炎を吹きあげている。見渡す限りの火の海は、懸命に逃げ惑う人々の歪《ゆが》んだ表情をも明々と照らしていた。誰もが裂けんばかりに目を見開き、恐怖を叫んでいる。

どこからか、幼子の泣き叫ぶ声のようなものさえ聞こえてきて、ナツィはとっさに周囲を見渡した。あの、白煙を撒《ま》き散らしながら燃えさかる家の中から聞こえる気がする。逃げ遅れた子どもがいるのかもしれない。

――助けなければ。

駆けだそうとしたとき、煙を吸いこんだのか若が激しく咳《せ》きこんで、ナツイは我に返った。業火はまさに迫っている。すぐ目の前の茅屋根に、舞いあがった火の粉が飛び移ってチリチリと音を立てている。次の刹那《せつな》には、茅束は次々とのけぞり、あっけなく炎に呑みこまれてゆくだろう。

「……逃げましょう」

ナツイは若の手首を握りしめた。悲鳴がしたはずのほうから目を背け、唇を噛《か》んで駆けだした。あれきり幼子の声らしきものは聞こえない。幻聴だったのだ。そうだ、違いない、心を揺らしてはいけない。わたしの使命は、心に決めたただひとりを守り通すこと。それこそ心のひときわ高いところに戴《いただ》く、なにより大切なわたしの石。ひびのひとつも入れてはならない石。

炎がのたうち渦を巻き、上へ下へ返すように逃げだす人々の絶望をくっきりと照らしている。その只中《ただなか》を、若の手を握りしめたナツイもまた走る。

はじめ敵兵が押しよせたとき、砦の周りに暮らしていた人々は、息せき切ってこの小高くなった柵《さく》の内側に逃げこんだ。柵に囲まれた立派な砦を守る勇ましい人々に、庇護《ひご》を求めたのだ。それがかえって仇《あだ》となった。闇に紛れた奇襲は砦を治めていた者の命を奪い、敵は館《やかた》に火を放った。率いる者を失った人々は恐れ戦《おのの》き、狼狽《ろうばい》して、逃れられる場所を見つけようとひたすらに逃げ回り、あえなく炎に巻かれていく。足元には、幾筋もの矢を打ちこまれた兵の屍《しかばね》が無惨な姿を晒《さら》して折り重なっている。

それでもどうにか人の波を掻《か》きわけてゆくと、てんでばらばらに逃げ惑っていた人々がみな、脇目もふらずにひとつの方向を目指す流れにゆきあたった。もしや援軍でも来たのかとナツイは一瞬安堵《あんど》しかけたが、実際はまったく違った。人々が血走った目を晒し、ただただ救いを求めて走り寄っているのは、敵が待ち構えている表の門ではないか。

「どこに行く、そちらは賊が陣取る方角だぞ！　待て、お前まで逃げるのか？」

砦を守るはずの兵までもが武器を放りだして駆けようとするので、ナツイは怒って引き留めた。

だが兵はナツイに目も向けず、力ずくで振りはらう。

「放せ小娘！　敵方はな、今すぐ降伏するならば、命ばかりは助けると言っているんだ。俺は生き残れるのなら神北と朝廷、どちらにつこうが構わない」

「裏切り者が！」

あっという間に人だかりの隙に紛れていった兵の背に、ナツイは力任せに叫んだ。

それからはっとして、うつむいている若を揺さぶった。

「あんな恩知らずたち、気にしてはなりませんから！」

再び若の腕を強く引き、敵に降《くだ》ろうと死にものぐるいの押し合いへし合いを続ける人々に逆らい駆ける。表門に向かうわけにはいかない。敵は、若を見つければ必ず殺しにかかるだろう。若だけは守らねばならない。心に決めた御方を守る、そのためだけにわたしは生きているのだから。

だが炎に包まれた砦のうちに、別の逃げ場などもはや残されていなかった。裏手門はすでに封じられていて、背後の山には数え切れない敵の松明《たいまつ》の火が悪夢のように浮かんでいる。かといって炎をやり過ごせる場所は皆無。急峻《きゅうしゅん》な崖《がけ》の上、うねりながら流れる川に臨んで造られたこの砦は、一度火が放たれればどこへもゆけない。

結局そそり立つ崖を伝って、はるか眼下を黒々と流れる川までどうにかおりてゆくしかなくなって、ナツイは叢《くさむら》を這《は》って、焼け落ちた材木塀の向こう、崖際にわずかに張りついた藪《やぶ》に黙りこくった若を押しこむと、潜んで機会を窺《うかが》った。略奪してからすべての館を焼くつもりなのか、表門から逃げる人々と入れ替わりに敵兵が入りこんできている。うっかりと姿を晒せば、矢を射かけられておしまいだ。

「本当に気にしちゃなりませんよ。今まで散々世話になっておいて、いざ劣勢となれば簡単に寝返る薄情者どもの気持ちなんて、わたしにはひとつもわかりません」

あえて明るく励ましたところで、若の表情は暗かった。ざあざあと水音を響かせる、崖下《がいか》の暗がりを見つめている。

「わたしにはわかる」

「若!」

「誰もがお前のような硬く砕けぬ石を心に抱いているわけではない。それにお前だって、命は惜しいものだろう」

「すこしも惜しくはないですよ。若を守れれば本望です」

心から言ったのに、返る声は冷ややかだった。

「お前は守れさえすれば誰でもよいのだものな。わたしでなくともよい」

「まさか！　若だからこそお守りしたいのです。あなたを尊敬し、お慕いしています。そのお考えを、おふるまいを心から信じ、従っているのです。ですから――」

ナツイは腹を括《くく》って胸を張り、翡翠の飾りに手を添えた。

「ですから若はお逃げください。わたしが囮《おとり》になって敵前に飛びだします。そうして注意を惹《ひ》きつけているあいだに、崖伝いに――」

突然若がさっと腕を横に振り、ナツイの胸元で糸が切れるような音がした。

え、と目を落としたナツイは、小さく口をあけた。炎を照り返して淡く朱に染まった大珠が、なにより大切な石の飾りが、添えた指の隙間を縫って転がり落ちていく。大珠を括っていた絹の細紐《ほそひも》を、若がすっぱりと切って捨てたのだ――と悟ったときには、石は藪の底へ消えていた。

ナツイは慌てふためき膝《ひざ》をつき、両手で暗い藪をまさぐった。

「大珠が！　なにをするんです、若！……若？」

返事はない。若は黙りこくっている。ナツイはじわりと青くなって、大珠を探す手をとめた。

「若」

「もう、我慢の限界だ」

出し抜けに若はふらりと顔をあげた。その瞳《ひとみ》は血走り、はっしとナツィを睨《にら》み据えている。

「なにが守るだ、なにが石だ。守れと命じられて、諾々と従うばかりのお前がずっと嫌いだった。心の底から憎んでいる」

「なにを……」

はじめ冗談と思って、ナツィは軽く笑ってみせた。だが若の険しい眼差《まなざ》しがいっさい緩まないのに気がついて、頬に乗せた笑みはかき消えた。若の口元は強ばっている。それでいて瞳だけは、背後の炎よりも激しく燃えさかっている。

ナツィに後ずさった。その拍子に、敵兵がこちらに気づいて一斉に矢をつがえたのが目に入る。

「伏せてください！　わたしが盾に――」

すかさず若を押しのけ身を張ろうとしたが、若はさせなかった。

「お前など、生まれてこなければよかったのに」

やにわにナツィの両肩を強く摑《つか》むと、すぐ背後に迫った崖っぷちめがけて、勢いつけて押しやった。

予想だにしなかった主君の仕打ちに、ナツィの頭の中は真っ白になった。それでも両手を大きく振り回し、なんとか体勢を立て直そうとしたものの、踏みしめようとした足は熱ですっかりしなびた草の上を滑り、懸命に伸ばした腕はむなしく空を切る。

わずかな一瞬に、心の臓が何度も早鐘を打った気さえした。すべてが鮮明に、妙にゆっくりと見える。とうとう左足が崖の際を踏み外し、背中からもんどり打って落ちてゆくそのときも、紅炎に包まれた館を背にした若の黒い影と、その影めがけて放たれたいくつもの矢筋が、瞳にまざまざと映りこんでいた。

「若!」

ナツイは絶叫しながら放りだされた身をひねり、両手をがむしゃらに振り回した。運よく片腕が、崖の岩の隙間からひょろりと生えた木の枝にひっかかる。一心不乱に食らいつく。しかし細枝はナツイを支えきれず、すぐに大きくたわんでぽきりと折れた。再びナツイは滑り落ちていく。指先が岩肌や梢《こずえ》を捉《とら》えては滑る。

やがて激しい水しぶきをあげて、昏《くら》い水に呑《の》まれた。夜の水の冷たさに息がとまりそうになったが、無我夢中で水面《みなも》から顔を出し、晩夏の川に押し流されながら力の限りにもがく。身体の痛みは気にならなかった。痛みなど感じる隙《ひま》もないほど、身のうちは焦りでいっぱいだった。早く戻らなくては。戻って若をお守りしなくては!

なんとか流木にひっかかり、さらには岸辺《きし》に流れつき、這いつくばって水を吐きだした。何度も何度も吐いてから、荒い息に胸を軋ませナツイは顔をあげた。あたりは闇に包まれて、どこにいるかもわからない。だが西の空が燃えている。熱気で揺らいでいる。それを目にした瞬間に、焦燥がいっそう燃えさかった。こうしてはいられない。膝に手を突き立ちあがり、ふらつきながらも走りだす。衣が破れるのも構わず藪をかきわけ、手足を傷だらけにして岩の出っ張りへ取りかかり、歯を食いしばって崖をのぼる。戻らねば。若を助けなければ。お守りしなくては。それだけがナツイに与えられた心の石。失ったら、なにひとつ残らない。

一刻以上かかってようやく崖をのぼりきったときには、すでに砦《とりで》は隅々まで炎に包まれていた。略奪を行っていた敵の姿も失《う》せている。火と煙をかきわけ、ナツイはなりふり構わず主《あるじ》を捜した。守らなくては。心に決めたあの御方を、お守りしなくては！

若はすぐに見つかった。

ナツイを突き落としたまさにその場所に、白い足がふたつ、投げだされている。

「若！」ナツイは駆け寄った。「今、お助けいたしま……」

打たれたように動きをとめた。

若の身には、いくつもの矢が深々と突き刺さっている。瞳は昏い色を宿したまま、微動だにせず天を仰いでいる。

とうの昔に、事切れていた。

夜が深くなっていく。燃やし尽くしてしまったのか激しい炎はなりを潜め、冷たく静かな闇がおりてくる。この地での戦は終わったらしく、悲鳴も鬨《とき》の声も絶え、あとに残るは屍《しかばね》の山ばかりだった。

射立てられて死んだ若の前に、ナツイはぽつりと、力なく座りこんでいた。なにも考えられなかった。守れなかったのだ。『心に決めたただひとりを守り通す』。それがナツイの石だった。心の中心に据えられた、命よりも大切な意思にして、決まりにして、指針だった。その石が軋んでいる。砕け散ろうとしている。立ちあがれない。どうしたらいいのかわからない。

——死ねばいいんだ。

冷たくなった若の腰刀《こしがたな》に、ぼんやりと目を落とす。そうだ、それがいい。だってわたしは守れなかった。守れなかったどころか。

「お前なんて嫌いだったって、言われてしまった……」

汚れた頰に、乾いた笑いを浮かべたときだった。

視界の隅で、なにかがきらりと光った気がした。それは死への願望に吞まれていたナツイの心に、妙にはっきりと、どことない違和感をもって差しこんでくる。

なんだろう。無視できず、ナツイは一度は腰刀へ伸ばしかけた手をとめ首を伸ばした。ちょうど、崖に出張った物見の櫓《やぐら》があったあたりだ。櫓は燃え落ちたときに大きく傾いだようで、柱のひとつなど根元からひっくりかえっている。その柱が埋まっていた穴の中に、輝きの源はあるように思われた。

ナツイはふらりと立ちあがった。まるで呼び寄せられたかのごとく、うっすらと煙をあげる焼け跡を渡り、光が見えたほうへ近づいていった。

黒ずんだ柱のなれのはてを苦労して取りのぞき、ようやく灰に覆われた穴底を覗《のぞ》きこめば、すべらかな白い石がひとつ、土の中から顔を出している。

——これが輝いていたのか？

ナツイは片膝をつき、そろりと顔を近づけた。

きめの細かい石だ。平べったい楕円《だえん》形に整えられていることといい、紐を通すための穴といい、大珠として首にかけるための翡翠《ひすい》だろう。今日の騒乱に巻きこまれた誰かが落としたというわけではなく、この砦が建てられるまえから埋もれていたようだ。

心に抱える目に見えない『石』の象徴としてできる限りよい翡翠でこしらえることの多い大珠としては、碧《あお》い筋すら入っていない白一色は少々貧相にも見える。なによりこうして近くで見ると、たいして輝いてすらいなかった。遠目には確かに感じられた、まるで自ら光を放っているかのような、心を直《じか》に摑まれ引き寄せられるような特別な気配も、どこにも見当たらない。

だから本来ならば、ナツイは落胆して然《しか》るべきだった。若を失ったという逃れようもない現実にあっという間に引き戻されて、再び命を絶とうと考えてもおかしくはなかった。

なのになぜか、この土に汚れた見どころのない石から目が離せず、それどころか触れたくなっていた。焦《じ》れったさが膨れあがって、堪《こら》えられずに手を伸ばす。血と泥に汚れた指先が、石の表面を捉えた——その瞬間だった。

白く、小さく、つまらないもののように見えた石は、突如深い碧《あお》色の激しい光をほとばしらせた。

まったく唐突に、おのずから閃光《せんこう》を放ちはじめた。

光は一瞬のうちに、触れたナツイを、廃墟《はいきょ》となった砦を碧く染めあげていく。

ナツイは驚き声をあげ、すぐさま石に触れた指を引っこめようとした。だができない。どれだけ身を捻《ねじ》ろうとも、腕を振り回そうとも、指先はびくともしない。もはや石とひとつになってしまったようにぴたりと吸いつき引き剝《は》がせない。そればかりか石の内側に潜んでいたらしきなにかが、繋《つな》がっている指の先からじわじわと肌の下に潜りこみはじめたことに気づいて、ナツイは激しく取り乱した。

幾千もの尖《とが》った針をそのまま指に流しこまれたようだった。痛みは血という血を碧く染めながら手首に至り、逃れようと捻れる腕をお構いなしに駆けあがる。肩までのぼりつめるとわっと広がって、頭と胸に濁流となって雪崩れこんでくる。

怖い。額が割れんばかりに痛い。結った髪がひとりでにほどけて広がり、白く輝きはじめる。奪われる。

殺される。

悟った瞬間、凄《すさ》まじい熱を持った願いが、心の奥底から怒濤《どとう》となって衝《つ》きあげてきた。

――嫌だ。こんな終わりは嫌だ！

さきほどまで死にたかったのに、今はちらとも頭をよぎらなかった。歯を食いしばる。手足のさきのさきまで、白むくらいに力を込める。そうだ、わたしは生きる、生きたい、なにがあろうと生き延びたい!

ふいに、前触れもなく、指が石からはらりと離れた。

本当に突然だったから、力の限り踏ん張っていたナツィは石が剝がれたとも気づかなかった。ただ勢い余って転がって、炭と化した柱の残骸《ざんがい》に背中をしたたか打ちつけた。痛みが身体を走り抜け、顔を歪《ゆが》めて身を丸める。なんとかやり過ごし、大きく肩で息をするうちに、指が離れているとようやく自覚した。あれだけびくともしなかったのに!

指だけではない。奇怪な激痛も、割れるような頭痛もさっぱりと失せている。顔に落ちかかってくる髪も、もとの黒々とした色に戻っていた。

ならばと恐る恐る件《くだん》の石へ目を落とせば、やはり激しい碧の輝きは消え去っている。どこにでもあるような白い石が、なにごともなかったように土の褥《しとね》に横たわっている。

ナツィは夢から醒《さ》めたように身を起こし、長く息を吐きだした。

そして芯《しん》から震えた。

——今のは、いったいなんだったんだ?

遠い北の果てに潜むという妖獣《ようじゅう》の類《たぐ》いに化かされたか。それとも主を失ったナツィの心が壊れて、幻を見ただけなのか。

兎にも角にも自分の大珠を握りしめたくてたまらなくなって、焦りすら覚えて胸に手をやった。石に頼りたい、支えてほしい、なにも考えたくない。そういうとき、ナツィはいつでも大珠を握りしめてきた。胸の中心にさげた硬い翡翠に触れさえすれば、自分の心の中にもまた、同じように揺るぎない石があるのだと信じられる。お前は考えずともよいのだと、考えず、ただ守ればよいのだと、父がくり返し言い聞かせて与えてくれた輝く石が。

しかし何度まさぐろうと、手は宙を切るばかりだった。そうだった、と目の前が暗くなる。大珠はさっき、『若』に掛け紐《ひも》を切られてどこかへ転がり落ちて――。

ふと浮かんだ信じがたい疑問に、ナツイは青くなった。

――待て、そもそも『若』って誰だ？

思い出せなかった。

どれだけ記憶を呼び起こそうと努力しようとも、焦燥に駆られて頭を掻《か》きむしっても、ナツイは誰より大切なはずの『若』の名も、石を授けてくれた父の名も、自分が何者なのかすら思い出せなかった。今日の恐ろしい出来事があったこと自体は覚えているのに、その詳細は霞《かすみ》がかかったようにあやふやで、確かにそこにあるはずなのにどうしても手が届かない。ただ守れなかったという絶望が、胸の底にこびりついているだけだ。

失ったのだ、と悟った。わたしはわたしが誰だったのかも、守るべきひとの名も立場も忘れてしまった。

なのに、死ぬことはできなかった。刃《やいば》を自らの首に当てようと、崖《がけ》から身を投げるために足を踏みだそうと、手も足もとまってしまう。

失われた記憶の代わり、強い願いがナツイを浸していく。いつしか心の底から求めてしまっている。

生きたい。

生きねば。

その渇望がどうやっても消せないと知って、ナツィは涙を落とした。

「これではわたしは、死ぬことすらできないじゃないか……」

守るべき主《あるじ》も、故郷も、記憶も失ったのに。心の石を支えてくれるはずの大珠すらなくしてしまったのに。

――大珠。

地面に投げ出されたままの白い石に、ぼんやりと目が向いた。さきほどの暴れような嘘のように沈黙しているそれ。大珠のように見えるそれ。

長く迷ってから手を伸ばす。恐怖はあったが心細さが勝っていた。なにもかも失ったナツィには、今にも砕け散りそうな心の石を支えるよすがが必要なのだ。

そっと触れてもなにも起こらないから、思い切って握りしめる。褪《あ》せた色の石に目を落とす。かすかな碧にきらめくことすらない、白い石。

幻だったのだ。そんな気がした。

なんの変哲もないその石を掛け紐に通して、失った大珠の代わりに胸の中心にさげる。

そうしてゆっくりと歩きだした。

どうしても死ねない。死を受けいれられない。ならば、また探さなければ。

誰かを守ることこそナツィの生きる意味、生きるすべて。

生きるために守らねば。

なんでもいいから、守らなければ。


ほどなく髑髏《しゃれこうべ》の谷《たに》と呼ばれる深い谷のあたりで、手負いの山猫の噂が流れるようになった。

正確には、手負いの山猫のような娘の噂だった。なんでも谷に入ろうとする者は、狼や熊でも、人であっても、どんな者も敵とみなすという。とくに谷底へ続く道へ一歩でも踏み入れようものなら、大きな瞳《ひとみ》を吊《つ》りあげ、ひとはけ朱を擦《こす》ったような白き頰を怒りに歪ませて、太刀を振りかぶって飛びだしてくるという。

娘と聞いてはじめは面白がって訪ねた者もいたが、そのなりふり構わぬ異様なありさまにみな恐れをなして、次第に誰も近づかなくなった。

それでいい、と当の山猫――ナツィは思っていた。

あの日、もはや名前も忘れてしまった『若』の亡骸《なきがら》を懸命に引きずって、砦《とりで》の裏手を守っていた山のなかほどにある深い谷に葬った。それがこの、巷《ちまた》に髑髏の谷と呼ばれる場所だったらしい。以来誰ひとり踏み入ることを許さないでいる。

きっと、このまま一生守っていくのだろうと思っていた。なにもかも失ったナツィに守れるのはせめて、この『若』を葬った土地だけなのだ。

しかし、ある日のことだった。

「お前が噂の山猫か」

谷底へくだる道に、ひとりの男が現れた。武装した若い女と老人を伴っている。藪《やぶ》に潜んでうつらうつらとしていたナツイははっと顔をあげ、こちらを見透かすように眺めてくる男を、藪越しに睨《にら》みあげた。

柔和な笑みを浮かべている男は細身の袍《ほう》をまとっていて、一見南からやってきた朝廷の文官のようだ。しかし肩に毛皮の衣を打ちかけ、胸には碧《あお》の濃い翡翠《ひすい》の大珠をさげている。なにより男は隻眼らしく、眼帯代わりに古《いにしえ》から伝わる神北文様が描かれた絹帯を巻いているから、神北の民であるのは間違いなかった。

むろん、神北と朝廷、どちらの民であろうと関係ない。ナツイは唸《うな》り声を向けた。

「帰れ」

男は聞く耳を持たなかった。

「噂どおり、よい戦人《いくさびと》になりそうな目をしている」

笑みを絶やさぬままに泰然と、ナツイに向かって足を踏みだす。仔猫《こねこ》に構うかのように近寄ってくる。

「帰れと言っている！」

たまらずナツイは歯を剝《む》き藪から飛びだした。抜き身の太刀で挑みかかる。こいつもわたしが守るべきものを侵しにきたんだ。させるものか。

しかし男はまったく動じなかった。応戦しようと一歩出た供の女を制すると、腰に佩《は》いていた反りの深い片手刀――早蕨刀《さわらびとう》をするりと抜き放つ。弧を描くようにして、重い太刀をがむしゃらに振り回すナツイをいとも簡単にいなしてみせた。

そのまま男は、勢いを殺せず藪に突っこむナツイの背後に回り、軽やかに足を払って組み伏せる。息も乱さず、笑みさえ浮かべて言った。

「お前には、朝廷の太刀はいささか重すぎる。これからは早蕨刀、それも短刀を振るうが吉だろう」

馬乗りになられたナツイは唖然《あぜん》として、場違いなほど穏やかな隻眼を見つめ返した。なにが起きたのかわからない。

しかし次の瞬間には、死にものぐるいで身体を捻《ねじ》っていた。

「放せ！」

それでも逆転どころか、片手一本引き抜くことすら叶《かな》わなかった。男は細身に不釣り合いなほどの膂力《りょりょく》でナツイを押さえつけたまま、ものやわらかに問いかける。

「娘よ、教えてくれ。お前は、朝廷がこの神北の地へ送りこんだ移民、柵戸《さくこ》の出か？　それとも神北の民か」

「知るか！　わたしはわたしだ」

「胸に大珠をさげているな。ならば神北の民か。であればなぜ、この谷をそれほど必死に守っている」

「『若』を埋めたんだ」

「それは誰だ」

「守るべき人だ！　名は知らない、どうしても思い出せない」

「先日の焼き討ちで殺されたのか？　名すら忘れてしまったのにその墓を、命を懸けて守っているのか」

「仕方ないだろう！」とナツィは吼《ほ》えた。「それしか守るものがないんだ！　守り通すことこそわたしの石、わたしの生きる意味なのに」

「……なるほど、石に縛られているのだな。かわいそうに」

男は太刀だけ取りあげると、あっさりナツィを手放した。とたんナツィは跳ね起きて、男を睨みつける。かわいそう？　なにがかわいそうだというのだ。

「出ていけ」

男は聞かなかった。それどころか「お下がりください、シキさま」と身構える女をなだめてナツィの前にしゃがみ、諭すように語りはじめた。

「娘よ、死んだ若の墓をいくら守ろうと、お前が心に据えたその石は満たされない。死者に縁づいた土地を守るにしても、この髑髏の谷よりもっとよい地がある」

「……どこなんだ」

「この神北、そのものだ。帯懸骨の山々のさき、万年櫻《まんねんざくら》の塚《つか》の北、脊骨《せぼね》のごとく地を貫く山脈《やまなみ》を望む、我らが土地だ」

シキと呼ばれた隻眼の男の声は、深く、やわらかに響く。早く出ていけと思うのに、耳を傾けないではいられない。

「この神北が、王を戴《いただ》かぬ種々の部族が暮らす地ということくらいは、お前も覚えているのだろう？」

ほとんどの記憶を失ってしまったナツイも、そのくらいはおぼろげながら思い出せた。この張りつめた弓のような形をした長い島——弓幹《ゆがら》の本州と、それを囲むいくつもの島々は、かつては神北に限らずどこへ行っても、それぞれの部族がそれぞれ暮らす土地だったという。長く続いたその時代は、今では石と木と土の時代と呼ばれている。名もなき繁栄と安寧の時代と呼ぶ者もいる。そのころ弓幹の本州の北端に、おおいに栄えた名もなき国があったと言い伝えられているからである。

今では玉懸《たまかけ》と呼ばれるその北端の地には、まさに繁栄と安寧が同時に存在したそうだ。そして長き時を経て名もなき国が忘れ去られてからも、神北は変わらぬ安寧のまどろみのなかにあった。

だが。

シキは眉《まゆ》をかすかに寄せる。

「四方《よも》の朝廷が、その安寧を破ったのだ」

北方がまどろむあいだにも、帯懸骨の山々以西は変わっていった。大陸にほど近い西の諸島で始まった王を決めるための戦いは、弓幹の本州を分かつ峻険《しゅんけん》なふたつの山脈、

『西《にし》の帳《とばり》』と『東《ひがし》の帳《とばり》』の山々を次々と越えて広がっていった。部族同士が戦い、手を結び、裏切り、大騒乱の時代となった。

ふたつの帳の山々に挟まれた、狭間《はざま》の地方で勝利したのは、はるか西方より渡ってきたと言われる環《わ》族だった。環族は近隣の諸部族を平定すると、四方津《よもづ》に都を定め、部族の名をも四方と改めた。

四方の朝廷は、次々と諸国へ軍を送った。まずは狭間の国々を従え、さらに大軍は東の帳をも越えた。東国《とうごく》の諸部族は早蕨族の族長を王と立てて応戦したものの、やがて四方の軍勢に平定を許し、恭順を誓った。西の帳の向こうにあった西方諸国も、次々と四方に呑《の》みこまれた。最後まで残った尖の一族が、戦人の勇猛ぶりと怪しき呪術《じゅじゅつ》の力で長く抵抗を続けていたものの、万を超える征討の大軍が押しよせてはなす術《すべ》もなかったという。

いまや、四方の王である皇尊《すめらみこと》の威光が届かないのは帯懸骨の山々の北、万年櫻の塚を越えたさきの、神北の地だけとなってしまった。

「そして朝廷は、我らをも放っておいてはくれなかった。我らの土地を野放図に切り拓《ひら》き、新たに民を送りこみ、住まわせて、この神北を四方国《よものくに》の一地方に作りかえて支配せんと画策しはじめた」

当然神北の民は抵抗した。決起して、血も涙もない朝廷軍を追い払おうとした。

「我らは、一度は朝廷の軍を追いつめさえした。征討の大軍を率いていた征北大将軍を討ったのだ」

「……神北を守れたってことか？」

いや、とシキは悲しげに瞼《まぶた》を伏せる。

「朝廷はさらなる大軍を送りこんで、我らを蹂躙《じゅうりん》した。なかでも暴虐の限りを尽くしたのは、維明《これあきら》なる男だ。神北の民を人とも思わぬ、まさに鬼畜の所業だった。あの男は女も老人も、幼子さえも構わず切って捨てた」

「幼子さえも？」

「そうだ。泣き叫ぶ子を踏みにじり、眉ひとつ動かさずに息の根をとめた。血も涙もないあの男の手で、多くの里が炎に焼かれ、滅ぼされた」

「まさか」と顔をあげたナツイに、シキは重々しくうなずいた。

里が焼かれ、滅ぼされた？

「お前の里の民も『若』も、維明になぶり殺されたのだ」

「維明に……」

その名を心のうちでくり返す。

維明。

噛《か》みしめるたびに怒りが生まれる。膨らんでいく。

「そして維明は、その浅ましき所業の見返りとして鎮守将軍なる位を授かり、今も神北の地に居座っている。我らが再び矢刃を手に立ちあがるそぶりを見せようものなら、苛《か》烈《れつ》に押し伏せる心づもりで身構えている。あれは鬼だ。人の心を持たぬおぞましき鬼。このままでは神北はあの鬼に、草一本すら生えぬ死んだ地に変えられる。我らは失ってしまう」

ナツイの脳裏に、燃えさかる砦《とりで》の光景がよぎった。

その熱が、悲鳴が、虚《うつろ》な『若』の瞳《ひとみ》が。

知らずのうちに身を乗りだしていた。

「どうすればいいんだ。どうすれば神北を、わたしたちの地を守れる」

「よくぞ聞いてくれた」とシキも身を乗りだし、ナツイの瞳を真正面から見つめた。

「殺すのだ」

ナツイは戸惑った。守ると殺すは逆ではないか。

「戦わずして守ることなどできないのだよ、娘よ。維明が城を築いたのは六連《むつら》の平野だ。そこを領《し》いてきた諸部族は、表向きは朝廷への臣従を誓わされた。だが誰もが心より従っているわけではもちろんない。いつかは反撃の鏑矢《かぶらや》を放つ心づもりの部族もあるし、その足がかりを築くために身を捧《ささ》げている、『鷺《さぎ》』と呼ばれる者どももいる」

「『鷺』……」

『鷺』の戦人はみな、維明の苛政《かせい》をかいくぐり、神北のため、命さえ顧みずに朝廷へ抗《あらが》っている。夢があるのだ。この神北の、すべての部族が押し戴く一なる王を迎え、その王とともに朝廷を討ち果たす。そしてこの地に、四方の朝廷をも凌駕《りょうが》した繁栄と安寧に抱かれた国を築くという、美しい夢が。その夢を現《うつつ》にするためにこそ、懸命に戦っている」

娘よ、とシキは熱っぽく呼びかけた。

「お前も『鷺』の戦人になるのだ。墓地を守るためにすべてを捨てられる、それほどの硬い石を心に抱えられるのならば、必ずや我らの夢にも身を捧げられる。維明を殺せる。殺して、神北を守り通すことができる。殺すことこそ守ること。守ることこそお前の生きる意味。そうではないか」

ナツィは小さく口をひらいた。熱に浮かされたような気分だった。維明なる恐ろしい将軍に殺された、守れなかった誰か。

穏やかな生活を壊した男。

維明を殺せば、ナツィは守れるのか。『心に決めたただひとりを守り通す』という、命よりも大切な石に背かず生きていけるのか。

「守りたい。どうかわたしを、『鷺』に連れていってくれ」

胸の大珠を握りしめてつぶやけば、シキはにこりと微笑んだ。

「よかろう。わたしが『鷺』の長《おさ》、シキだ。ついてくるとよい」

第一章　ナツイの石

神北草《かみきたそう》の小さな花が、闇を白く染めあげている。六連の花弁が月光を受けて、まるで自ら光を発しているかのごとくほのかな輝きを放っている。

神北草は神北の地にのみ生える膝丈《ひざたけ》にも満たない草で、春のはじめ、林の湿ったところや沢沿いを覆い尽くすように、いっせいに白い花を咲かせる。まるで長い冬の終わりを告げるようなその輝きに見とれていたナツイはふと、白を蹴散《けち》らしこちらへ駆けてくる黒い人影に気がついた。

繊月に照らされた春の野を駆けあがってくるのは、斥候に向かっていた『鷲』の戦人だ。林の暗がりに戻ってくる足音は軽く、いよいよか、とナツイは胸を膨らませた。首にかけた大珠のちょうど奥、胸の真ん中から高揚が溢《あふ》れてくる。

髑髏の谷を出て、『鷲』の一員となって四年。とうとうこの日が来たのだ。鎮守将軍維明を討ち果たす日が。

木々のあいだに張られた紺色の幕に斥候が駆けこむと、幕の周囲に陣取ったたくましい戦人たちも時が来たと悟ったのか、丸木の弓を検《あらた》めはじめた。ひとりぽつりと離れて座っていたナツイも跳《は》ねるように立ちあがり、いそいそと戦装束の準備を始める。ナツイの装束は、自分でかき集めたものばかりだった。まだ一人前の戦人ではないから、戦場に出ることも本来ならば許されない。だがこの維明を殺す奇襲にはどうしても参じたいと懇願して、どうにか同行にこぎ着けたのだ。

――無理を言って連れてきてもらったんだ。わたしが絶対、維明の首を取る！

決意を確かめながら、ひとつひとつ身につけていく。着古された小袖《こそで》に、男物の袴《はかま》。以前は朝廷の民がまとっていたものらしく、元の色がわからないほどの襤褸《ぼろ》だが気にならない。どうせこれから血で汚れる。

脛巾《はばき》の紐《ひも》を締め直し、朱漆で神北文様が描かれた籠手《こて》をつける。脛巾も籠手も、壊れて里の端にうち捨てられていたものを、苦労して直したものだ。腰にはなめした鹿皮を巻き、幅広の帯で上から押さえた。無地の組帯は、神北の民が住まう里に籠《かご》いっぱいの栗を持っていって、頼みこんで交換してもらったもの。隅がほつれていたので繕って、そこに神北草の刺繍《ししゅう》を入れてある。

その刺繍が誰にも見えないように隠されているとしっかり確かめてから、帯をきつく結んだ。六枚の花弁を持つ小さな花の刺繍は『鷺』の戦人らしくもない可憐《かれん》なもので、自ら刺したなどと知られたら、軟弱者と誹《そし》られ追い出されてしまう。

豊かな黒髪を高い位置で結わえ、かつて髑髏の谷で拾った錫《すず》の釧《くしろ》（腕輪）で飾った。焼き栗と火打ち石の入った鹿皮の小袋を細い革帯で腰に吊《つる》し、まるで早蕨《さわらび》の芽のようにくるりと柄頭《つかがしら》が渦を巻いた短刀を帯に差しこめば、戦装束は調った。得物は、この小さな早蕨刀ひとつ。山猫のようにすばしこいナツイは、短刀での戦いだけは誰にも負けないと自負している。

朝廷に従わない神北の民といえど、四方の民とまるきり別の生活を送っているわけではない。しかし、伸びやかに広がる若芽を写しとったような独特の神北文様と早蕨刀、耳や首を飾る数多《あまた》の装身具は、いまや神北の民のみがまとうもので、厳しい冬の寒さに耐えるために重用される毛皮と併せて、神北の民を神北の民たらしめているものだった。

そしてなにより、首からさげた翡翠《ひすい》の大珠。心に抱いた目に見えない石の象徴にして、玉懸の地にはるか昔に栄えたという名もなき国から連綿と伝わる装身具。

それを胸に戦いに臨むことほど今日の日にふさわしい装いはないと、ナツイはこの四年、肌身離さず身につけてきた白い石に目を落とした。

四年前におぞましく光り輝いたこの石は、あれからかすかな光さえ漏らしはしない。ナツイはすっかり、あれは恐怖が見せた幻だったと信じるようになっていた。

やがて陣幕が揺れて、豪奢《ごうしゃ》な熊皮を肩に打ちかけた背の高い女が現れた。

『鷺』の若き女軍長、モセである。美しい色の大珠を揺らして立ちどまると、控える戦人たちの前で大きく足をひらき、朝廷の兵士から奪った真綿の甲に神北文様を黒く縫い飾った胸当てを叩《たた》いて口をひらく。

「みなの者、喜べ。どうやら鎮守将軍維明は、確かにあの里に泊まっているという」

モセは毛皮の裾《すそ》をなびかせて、林越しに垣間見《かいまみ》えるほのかな明かりを指差した。

神北の地に朝廷が送りこんできた、柵戸《さくこ》と呼ばれる移民の集落だ。朝廷側の集落の常として、きっちりと方形にふちどられた土地を低い柵で囲った中に、藁屋根《わらやね》の家が点在している。集落の四隅には、朱色の菱形《ひしがた》が染め抜かれた流旗《ながればた》が風に吹かれていた。

あの目障りな旗に囲まれた集落で、神北の宿敵はなにも知らずに休んでいるのか。

「供はわずか、狙われているとも気がついていない。奇襲してくれと乞《こ》うているようなものではないか？」

戦人たちは賛意の歓声をあげ、逸《はや》るように足を踏みならす。するとモセは満足そうに顎《あご》を持ちあげて、もったいぶった声で紺の陣幕の内側に声をかけた。

「みな喜んでおりますよ、シキさま」

「そのようだな。わたしも嬉《うれ》しい」

と思わぬ低くやわらかな声が返ってきたので、戦人たちからどよめきがあがった。ひっそりと座っていたナツイも驚きのままに立ちあがる。まさかと思った。『鷺』の領袖《りようしゆう》であるシキ自らが、この決戦の場に足を運んでいるのか？

果たしてみなの前に現れたのは、神北文様が刺繍された絹帯を巻いた隻眼の男。

シキそのひとだった。

維明に執拗《しつよう》に命を狙われているシキは、普段ならば戦場《いくさば》に自ら足を運ぶことはない。それがこうして現れたのだから、いよいよ維明の命運は尽きるのだ。誰もがそう悟り、ますます熱を帯びていくなか、シキは穏やかに口をひらいた。

「ここに集った戦人に、維明の名を知らぬ者はないだろう。持節鎮守将軍にして、我らの宿敵。あやつは我らが夢を挫《くじ》こうと、狐のようなしつこさで我らを狙い、残虐に同胞《はらから》の命を奪ってきた。だがそれも今宵《こよい》で終わる。維明の命尽きたとき、とうとう我らの夢見た理想への道が拓《ひら》ける」

月明かりにぼんやりと浮かびあがる戦人たちの顔を、シキはゆっくりと見回した。

「我らが追い求める理想の夢とはなんぞや？　むろん、神北の諸部族を率いる、一なる王を戴《いただ》くこと。そして神北を侵す朝廷の勢力を一掃し、安寧なる国を築くこと。夢を現《うつつ》と為《な》せるかは、すべて今宵のお前たちの働きにかかっている。勇猛なる奮戦を期待している」

またしても歓声が溢れる。と、ナツイの隣に座っていた、イアシという名の年下の男が、すらりとした身をうずうずと乗りだして、疑いを知らない仔犬のごとく目を輝かせて尋ねかけた。

「それでシキさま、維明をどのように討ち取りますか。里に背後より忍び寄って四方の旗を折り、一気に攻め入って首を取るのはどうでしょう？」

ナツイはぎょっとイアシに目をやった。なに半端者の分際で、シキさまに話しかけてるんだ。

『鷲』の戦人は、神北の地で古《いにしえ》より続くとある部族の一員だ。神北と部族の伝統に基づき、秘儀を授かってはじめて一人前と認められる。だがナツイも、そしてこのイアシも、秘儀を授けられる許しを得られていない半端者だった。

一人前の戦人ならば、腰に神北文様が入った帯を締められるし、なにより首にさげた大珠の裏に部族の印を刻みこむことが許されるのだが、ナツイもイアシも無地の帯を締めているし、なにより大珠はまっさらだ。そして戦場では、半端者が軍議で声をあげることは許されない。それで戦人の中からも、「半端者は座ってろ」と次々と怒号が飛んだ。イアシは神北の短い夏の盛りを人の形にしたような男で、物怖じと無縁な質《たち》は戦人たちに好かれてもいる。とはいえ今は場が場だ。軍規に厳しいモセなどは、眉《まゆ》を吊《つ》りあげ、早蕨刀の柄に手をかけている。

だがとうのシキだけは、気にするそぶりも見せなかった。

「よい案ではあるな、イアシ。四方国の名のとおり、あやつらは方形にひどくこだわっている。その象徴が四隅に掲げられた流旗なのだから、はじめに折ってしまえば、士気もおおいにさがるだろう」

しかし、と親しげに続ける。

「それだけでは足らぬよ。闇に乗じた奇襲くらいであの戦巧者の維明の首を取れるものなら、そもそも苦労はない」

「ではどうなさるのです」

「まずは里に火を放つ。そして住人が焼け出され、逃げ惑いはじめたところで雪崩れこむのだ。民を、こと幼子を盾にとられては、さすがの維明も苦戦する」

なるほど、と喜んでいるイアシをちらと見て、ナツイもつい尋ねた。

「……つまりは維明を炙《あぶ》りだすために、幼子をわざと盾にするのですか」

尋ねたとたん、さきほどのイアシの比ではなく場はざわついた。とうのイアシでさえ、お前なあ、と言いたそうな顔でナツイに目を向けているし、モセは今度こそナツイに向かって早蕨刀を抜きかけた。

「黙れ山猫。半端者のくせに、まさかシキさまに意見するつもりか？」

はっとして、ナツイは頭を地面にこすりつけた。「いえまさか！」

余計なことを言ってしまった。いつも重々気をつけているのに。

小さくなっているナツイをよそに、イアシは性懲りもなくうずうずとしはじめたらしい。

「それで、里に火をつける大役をいただくのは誰なのでしょう」

名誉ある先陣に自分が選ばれると疑いもしない問いかけに、ナツイは思わず伏せていた顔をあげ、イアシの脇腹を小突いた。

「お前が選ばれるわけないだろ」

イアシだってナツイと同じく、どうしてもと頼みこんで連れてきてもらっただけだ。残念ながらふたりとも先陣になど加われず、本隊の矢面でも任されたらいいほうだ。

なのにシキは、思いもよらなかったふるまいに出た。腰に佩《は》いていた早蕨刀を鞘《さや》ごと抜いて、そのままイアシに手渡したのである。

「イアシ、お前に先陣の誉れを与えよう。モセとともに里を燃やし尽くし、維明を炙りだすのだよ」

ナツイは呆気《あっけ》にとられた。そんな、まさか。

驚いたのはイアシも同じようだった。「喜んで！」と一度は飛びあがったものの、我に返ったように、傷ひとつない己の大珠に不安げに指を添える。

「ですが、よいのですか？　ご存じのとおり、俺はまだ半端者で」

「問題ない」とシキはイアシの不安などお見通しのように微笑んだ。「なぜならお前は今この場で、一人前の戦人になるからだ」

イアシは目を丸くした。暗がりでもわかるくらいに頬が紅潮していく。

「秘儀を授けていただけるのですか」

「正式な儀式は後日とはなるが、神北文様の帯は今ここで授けてつかわそう」

その一言に、今度こそイアシは喜びを滾《たぎ》らせた。

「ありがとうございます！　しかしなぜ今、急に」

「急ではないよ。お前が、我らが理想の夢を心から追い求めているのは以前より知っていた。理想の夢にすべてを捧《ささ》げられることも。だからいつでも一人前と認めてよかったのだが、この維明を屠《ほふ》る夜以上にふさわしい日はないと今日まで待っていたわけだ」

シキがそう言うのならば、戦人たちにも文句はないようだった。イアシの肩をゆすり、背中を叩いて手荒く祝福しはじめる。やっとだな、よかったじゃねえか。大戦《おおいくさ》をまえに一人前に認められるなんて、とんでもなく期待されているぞ。とんだ出世頭だ。

イアシは照れくさそうに祝福を受けとめると、夢見るような足どりで、モセに連れられ陣幕の向こうへ消えていく。その背を見送るナツイの胸も期待に大きく膨らんだ。イアシが認めてもらえるならば。

「シキさま、わたしもどうか先陣に加えてください！」

両手をついて頼みこむ。シキは意表を突かれたような顔をした。

「……お前をか」

「はい、かつてシキさまは仰《おつしや》いました。なにかを守りたいのなら神北そのものを守れと、そのためにこそ維明を殺せと。殺すことこそ守ること。守ることこそわたしの生きる意味。そのお言葉を心の石に刻みこみ、ここまで研鑽《けんさん》を積んでまいりました。維明を殺すためだけに、四年間励んできました」

「立派なことだ。確かにお前は強くもなった」

「ならばどうかわたしにも先陣をお任せくださいませんか。鎮守将軍維明は、わたしが必ず殺します。殺して、神北を我が物顔で支配しようとしている朝廷の兵も官人も、すべて追い払います。みなを、民を守ります」

ナツイは大珠を握りしめ、胸を張って宣言した。この日のためにこそ生きてきた。空っぽの身体に、維明を殺すという決意をなみなみとたたえてきたのだ。

しかし、シキは首を横に振るばかりだった。

「お前に先陣は任せられない」

そればかりか。

「こたびの戦場にもいっさい出せない。後方に残り、いざというときに備えてほしい」

ナツイはしばし言葉を失った。

「なぜです……なぜです！　わたしだってイアシと同じくらい、いえ、イアシよりもはるかに強く、維明を殺したいと願ってきたのに」

殺せば守れるのだと、それだけを心の支えに生きてきたのに。

「願いの強さは認めよう。だがお前には、一人前の戦人としてもっとも必要なものがいまだ欠けている」

「なにが欠けているというのです。覚悟ですか、技ですか、それとも」

「わかっているだろうに。我ら『鷺』の戦人は、理想の夢を追うためにこそ維明を殺す。だがお前は、守るために維明を殺す。そもそもの石が異なっている」

「石……」

ナツイは声を呑《の》んだ。なにも言えなくなった。

「逸《はや》らなくともよいのだよ」

と、シキは声音をやわらげて諭す。

「維明が死にさらそうと戦いは続く。むしろ真の戦はこれより始まるのだ。神北の民を抑えこんでいた鎮守将軍が死ねば、いよいよ朝廷は鎮守ではなく、征討のための大軍を送りこんでくる」

治安の維持が目的の鎮守の軍では足りないと、神北の民を討ち、平定するための征討軍が押しよせる。

「だが恐れることはない。征討の軍の到来はかえって好機だ。大軍を迎え撃つために、ようやく神北の諸部族は心をひとつにするだろう。ひとつの石と一なる王を選び、その威光のもとに戦うだろう。そのときにはお前も、理想の夢のためにすべてを擲《なげう》てるようになっているはずだ。活躍を見せてくれるはずだ」

言い聞かす声は和やかだ。だからこそとりつく島もない。

ナツイはうなだれて、従うほかなかった。


いよいよ奇襲に向かう本隊と別れて、ナツイはグジとユジなる熟達の戦人とともに林の後方へ退いた。

グジとユジは壮年の双子である。双子ではあるが似ていない。性格もそうだし、体つきや戦い方も真逆に近い。グジはがっしりとした大男で、朝廷軍からぶんどった大槍《おおやり》を振り回す。一方のユジは小柄ですばしっこく、斥候や暗殺に秀でている。ふたりが双子である証《あかし》など、その名くらいだった。ナツイはまったく詳しくないが、グジとユジとは、古《いにしえ》の神北語で『右と左』という意味だという。

ちなみに『シキ』は『一番星』、『モセ』は『牡鹿《おじか》』の意だそうだ。『ナツイ』に関しては、『砕き壊す』という意味の古語からとったのだろうと言う者もいたが、ナツイ自身は信じていない。神北で四方の言葉である環語が話されるようになって久しい。古語を解するのは、いまや一握りだ。そもそも、守れとナツイにひたすら言い聞かせたはずの父が、真逆の意味の名付けをするわけもない。

とにかく、それほどまでに似ていない双子のグジとユジだったが、長らく『鷺』に身を捧げてきた歴戦の戦人であるのは同じだった。四年前、今いる林からほど近い六連の城柵《じょうさく》平野の西方で、花落《はなおち》の大乱なる大戦があったという。当時朝廷側の前線だった西の城柵なる大砦《おおとりで》を、花落という部族が奇襲にて攻め落としたもので、ひそかに『鷺』も手を貸していたらしい。朝廷軍を率いていた征北大将軍は高位の皇族だったというが、その首を取ったのもグジとユジだったとか。

そんな殊勲の戦人も、今回はナツイと同じく奇襲そのものには加わらない。ふたりが並んで歩くうしろを、ナツイはとぼとぼとついていった。

やがて双子はすこしばかり木々の拓《ひら》けた場所に腰を落ち着けて、火まで焚《た》きはじめた。火など焚いたら狙ってくれと言っているようなものだ。つまりここは戦場ですらないのだと悟って、ナツイは力なく倒木に座りこんだ。

「なにがっかりしてるんだ」

とグジが薪をくべながら笑うので、ナツイは視線を逸《そ》らしてぼそぼそと答えた。

「わたしはこの日のためにこそ、励んできたんだ」

なのに、戦場に出してすらもらえないなんて。

「過ぎた夢を見すぎだろ、半端者の山猫のくせに」

軽口のようにユジが口を出す。漆塗りの箱を大事そうに抱えている。つややかな塗りやきっちりと角ばった形を見るに、朝廷の官人が使う上等な品だ。どこぞの官衙《かんが》（朝廷の役所）を焼き討ちしたときに奪ったものだろうが、こんな場所にわざわざ携えてきた理由がわからない。中になにか、大切なものでも収まっているのだろうか。

「お前は充分恵まれてるだろうが。頑固な半端者で、跳ねっ返りで、それでいてろくに人の目を見て話もできないくせに、ここまで連れてきてもらったんだから──

「しかも女のくせにな」

とグジは付け加えて、火で炙《あぶ》っていた、木ノ子を刺した枝を手にとった。

「女でなにが悪い。モセさまだって女じゃないか」

「あれはお前みたいな軟弱女とは違う。理想の夢を追い求める本物の戦人で、俺たちと同じく男の中の男だ」

さしだされた木ノ子を、ナツイはむくれて噛《か》みしめる。本物の戦人とはなんだ。ナツイとなにが違うというのか。この四年間、維明を殺し、殺して神北を守るためだけに鍛錬を積み重ねてきた。ナツイの決意は本物なのに。

「……わたしにはなにが足りないんだ」

「どちらかというと、持っているのが問題なんだろ」

　グジがまた火をついた。

「石か」

　心に抱く石。ナツイの心の中心に据えられた、固い意思。ナツイの信念、生きる意味。

「そう、だから今回は諦《あきら》めろ。お前は『鷺』のみなが一心に追い求める『四方の勢力を追い払い、神北に一なる王を立てる』って理想の夢よりなにより、自分の心の石が大事なんだから。そんな半端者に、維明を討っていう誉れの戦が任されるわけがない」

「別にわたしは、『鷺』の夢をなおざりになんてしてない。維明を殺して、奴が率いる鎮兵を退けて、それで神北を守ろうとしているんだ。守ることで、自分なりに夢に尽くそうとしている」

　できることを、できる限りに果たそうとしている。言われたとおりに励んでいる。

「やめろよ、軟弱女の自分語りなんて聞きたくない」

　とユジが漆の箱を撫《な》でた。「『鷺』の功労者で、皇族の征北大将軍殺しの双子と一晩火を囲める。半端女には過ぎた栄誉だろ？」

「……というかグジユジこそ、なんでこんなところでのんびりしてるんだ。ここまで来たのに奇襲に加わらせてもらえないのは、あなたたちだって同じじゃないか」

「生意気言うねえ」

　とユジがにやにやとすれば、グジも小さく笑った。

「今夜はモセもいるし、なんといってもシキさまご本人がいらっしゃるからな。あの方はお強い。それで俺たちは、別の大切なお役目を引き受けたわけだ。戦には出ないからこその役目をな」

「なんだそれ」

「がらくたと宝物を守ってんのさ」

ユジが、思わせぶりに漆の箱を指で叩《たた》く。ナツィは顔をしかめた。

「がらくたと宝？　どっちなんだ。そもそも『鷲』に宝があるなんて初耳だ」

「だろうな。半端者がこの秘密を知ってるわけがない」

またそれか。ナツィは黙りこむ。その横顔を眺めてくつくつと笑っていたユジは、なにかに気がついたようににやりと夜空を仰いだ。

「おや、鬨《とき》の声《こえ》だ。とうとう始まったな」

確かに奇襲が始まったようだった。春の夜空を伝い、叫び声がナツィたちのところまでおりてくる。ユジは見回りに立ち、グジは預けられた漆の箱を小脇に抱えて首をぽきぽきと鳴らしている。

ナツィは何度も唇を舐《な》め、瞼《まぶた》をきつく閉じていた。落ち着かなかった。炎の向こうから、助けを求める幼子の叫び声が聞こえる気がする。逃げ惑う人々の姿がありありと瞼の裏に浮かぶ。親を失った子が泣いて彷徨《さまよ》い、子の屍《しかばね》を抱えた親が慟哭《どうこく》している。ただ怯《おび》えて、絶望して、助けを求めている。

「移民のガキが無惨に殺されるのが、それほど嫌か？」

急にグジに声をかけられて、ナツイは目をひらいた。大男は頬杖《ほおづえ》をついて木ノ子を噛みしめながら、横目でナツイを見やっている。

「奴らは神北の敵だ。敵が我らの土地を侵し、奪うために送りこんだ尖兵《せんぺい》だ」

「わかってる」とナツイはぼそりと応じて目を逸らす。そんなことは当然わかっている。

「でもあの里の人々は、移住しろと命じられたから移住してきただけだ。おとなしく田畑を耕してるだけだ。戦人じゃないし、兵士でもない。戦えない者、とくに幼子が苦しい目に遭うのは、敵も味方も関係なく嫌なんだ」

ふうん、とグジは薪を火中へ放り投げる。ぱっと火花が舞いあがる。

「それが、お前がなにより大切にしている石か？」

ナツイは口ごもった。

「……そうじゃない」

胸の大珠を握りしめる。白い石は初春の夜の風を受け、冷ややかに黙りこんでいる。

ナツイが心に抱えた動かしがたい石とは、あくまで『心に決めたただひとりを守り通す』こと。

だが『鷺』で悲惨な話を浴びるように見聞きするうちに、心に決めたただひとりでなくとも守らねばならない気になっている。いつの間にか生まれた小さな石塊《いしくれ》を、砕いて捨て去ることができなくなってしまっている。

怖かった。昔は『若』を守れさえすれば満たされていたはずだ。ただひとりを守れれば、その人になにもかもを委《ゆだ》ねられれば、あとはどうでもよかった。心の石に従っていると信じられたし、他の石なんてひとつ残らず無視できた。

なのに今は、ずっと不安だ。心の中心に据えた石が真に望むものを、今のナツイは得られていない。だから他の石にも目がいくし、なにより大切な石は軋《きし》んでいる。今にも砕けてしまわないか、ナツイは怯えている。

と、グジは突拍子もないことを言いはじめた。

「お前、イアシと夫婦になったらどうだ」

物思いにふけっていたナツイは、飛びあがるように顔をあげた。

「……は？」

「イアシは嫌か」

「嫌に決まってるだろう！」

「なぜだ」

なぜって、とナツイはむっと眉《まゆ》をひそめる。

「あいつとは同じころに『鷺』に入ったし、一緒に鍛錬を積んだ幼なじみみたいなものだ。というかわたしのほうが先輩だし、腕もある。なのにあいつ、さも自分のほうが兄みたいに上から目線で話してくるし、鍛錬で負けても、わざと負けてやったんだって余裕をかましてくるし」

ナツイをおいて、ひとり一人前になってしまったし。

「張り合ってるお前には、素直に負けを認められないんだろ。年頃だから」

とグジは笑った。「だがあいつはお前にぴったりだ」

「どこがだ！」

「あいつはあれだけ若いのに、我らの石にどっぷりと帰依しているだろう？」

「……『理想の夢を追い求める』って石か」

「そう。神北にひとつの王を立て、朝廷を蹴《け》散《ち》らすっていう『鷺』の戦人が求める夢は、言ってみれば理想だな。とうてい叶《かな》わぬ夢物語と笑う者も多い。だがイアシは違う。心の底からこの理想を追い求めている。夢を現《うつつ》のものにするためならば、命をも散らせる覚悟がある」

立派なことだとグジは言う。

「『理想の夢を追い求める』こそ、我ら『鷺』の戦人が心の中心に抱くべき石。どんなときも我らの選択に影響を及ぼし、ありかたを定める信念だ。イアシはもとからこの石を抱いて育ったわけでもないのに、しっかりと心に根付かせられている。変われている」

それが一番嫌なんだ、とはナツイは言えなかった。

「……で、イアシが石にどっぷりだと、なぜわたしにぴったりって話になる」

「なにをおいても理想の夢を優先する者こそ、一人前の『鷺』の戦人。だがお前はできない、変われない。別の石がどっしりと根を張ってしまっていて、そっちのほうが大事なんだ。だからこれから維明を討つってときに、移民のガキが酷《ひど》い目に遭わないかなんてどうでもいいことが気になってしまう」

ほれ、とグジはナツィに木ノ子をさしだして、受けとらないとみるや自分の口に放りこんだ。

「だがお前にもひとつだけ、立派な戦人になれる道がある。ほら、お前は本当は、『心に決めたただひとりを守る』のが生きがいなんだろ。なら素直に誰か、これと決めたひとりを守るべきなんじゃないか」

「これと決めたひとり……」

「『鷺』の夢に殉じる者を夫とすれば、お前はただその夫を、すべてを懸けて守ればいい。それだけでおのずと、理想の夢を第一に掲げているのと同じ行動ができる。さすがに見知らぬ幼子より、大事な誰かの命が大切だろう?」

「……それは、まあ、そうだと思う」

それどころかナツィは、大事な誰かを守るために平気で幼子を犠牲にしはじめる。これはそういう石なのだ。真に必要なものを手に入れればナツィは満たされる。その輝きに、他の石塊などは霞《かす》んでしまう。

「別にイアシじゃなくても、男じゃなくたっていい。とにかくお前には、心を委ねられる誰かが必要なんだ。なにも考えずにただ守りたいんだろ。それがお前の幸せなんだろ?」

ナツイは口をひらいてはとじた。グジの言葉は的を射ている。失われた記憶の向こうから声がする。

――ナツイよ、お前は守るために生まれてきたのだよ。命よりも大切なただひとりの御方を心から信じ、その御方の意思を己の意思とし、その悲しみを、苦しみを、己のものとする。そのために生まれたのだ。

――だから、考えずともよいのだよ。

――考えず、ただ守ればよいのだよ。

「……でもイアシはちょっと」

「ならば俺にするか？」

「グジはもっと遠慮しとく。ひたすら女癖の悪い、三十も年上の男なんて」

「失礼な奴だな」

にやりとするグジをよそに、ナツイは炎に目を落とす。

「それに、グジだってみんなと同じだ。わたしになにか、隠している。裏切られるのは二度とごめんだ」

グジから薄笑いがかき消えた。漆の箱を抱え直し、見定めるようにナツイを見やる。

「……守ることに、賢さなんて必要ないぞ」

「わかってる」ナツイは淡々と答えた。「だから賢くなろうと思ったこともない。自分の頭で考えるのは嫌いなんだ」

林へ出ていった。

「ならいい」

とグジは立ちあがった。ちょうど見回りから戻ってきたユジに漆の箱を渡すと、暗い林へ出ていった。


ユジはひょいと木ノ子を口に入れると、地べたに座りこんだ。

「そろそろあの鬼も、くたばった頃合いかあ？」

抱えこんだ漆の箱の蓋《ふた》をそろりと持ちあげ、中を覗《のぞ》きながらナツィに尋ねる。

「なあナツィ、維明がどういう見た目か知ってるか」

「もちろん知ってる。石神だろ」

箱から小さな絹布の包みを取りだしたユジを、ナツィはちらと盗み見た。これみよがしに手にしているから、あれが宝というやつなのか。小石でも包まれているようにしか見えないが。

「神北の伝承に出てくる神っていうのは、白髪を振り乱し、額から石の角が生えているんだ。金色の目をして、薄笑いを浮かべて、人とはわかりあえないおぞましい化け物。その神の姿に似せた、大鎧《おおよろい》を着てるんだろ」

遠目だろうとなんだろうと、戦場に出れば誰もが一目で悟るという。

維明の星兜《ほしかぶと》にはふたつの角が生えていて、白髪を模した動物の毛が兜のうしろを覆っている。まさに伝承の石神そのままだ。維明は恐ろしさをいや増すためか、口と鼻を覆う面頬もつけているという。長い白髭に覆われてなお鋭い、裂けたように吊りあがった口元。唯一露《あら》わになっているのは瞳《ひとみ》で、それが冷たく敵を見おろしていて、戦場で目にしたものは思わず身震いするとかなんとか。

「わたしも一度は見てみたかったよ」ナツイは肩を落とした。「今ごろその冷たい瞳とかいうのが、恐怖に歪《ゆが》んで命乞《いのちご》いしてるんだろうに」

「がっかりするなよ」

とユジは笑って、包みを箱に戻した。「死んでからの虚《うつろ》な瞳なら、お前もきっと――」

夜闇《よやみ》を切り裂く音がして、ユジの声がぱたりととまった。

どうした、と何気なく見やったナツイは息を呑《の》みこんだ。

ユジは目を見開いて、自分の左肩を見やっている。

矢が、深々と刺さっている。

「ユジ……」

「敵襲だ！」

我に返ったようにユジは叫び、漆塗りの箱を茂みに隠そうとした。しかし果たせぬ間に、二の矢三の矢が身を貫く。ぎゃ、と声をあげ、ユジはもんどり打った。はずみに箱の蓋が外れて、包みがひとつ、転げ落ちる。

「石が！」

ユジの瞳に焦りが浮かんだ。落ちた包みがほどけて中身が見える。すべらかな楕円《だえん》の石が、炎の明かりに晒《さら》されている。

大珠だ。

なんの変哲もないようなそれに、ユジはこだわった。転がるように膝《ひざ》をついて腕を伸ばす。身体中に矢を突きたてられているのに、石以外は目に入っていない。矢の飛んできたほうへ背中を向けているのにも気がつかない。魅入られたように石を凝視している。

――なにしてる！

ナツイは焦って身をかがめて、どうにか腕を伸ばして漆の箱を藪《やぶ》に押しこむと、ユジをも藪にひっぱりこもうとした。

だが遅かった。

焦燥に衝《つ》き動かされるようなユジの手はすでに、転がり落ちた石に届いていた。

指先が、石肌を掠《かす》める。

その瞬間、大珠から鮮やかな桃色の閃光《せんこう》が放たれた。

驚き目をあげたナツイは、闇を裂く光のあまりの鋭さと、それすら霞むようなユジの絶叫に言葉を失った。ユジの眦《まなじり》は裂けんばかりに見開いている。顎《あご》が天を向き、白眼を晒している。身体は弓のようにしなり、小刻みに震えて、今にも弾《はじ》けてしまいそうだ。

なのに、石に触れた指だけは微動だにせず、まるで吸いついてしまったようだった。

指先を通って、なにかがユジの中に割り入っていく。悲鳴が引きつれていく。石はユジを捕らえて放さない。

やがてユジの後頭部でまとめられていた髪が白く光り、ぶわりと広がった。額がめりめりと音を立てている。軋《きし》んでいる。

石の角が生えてくる。

白眼を剝《む》いていたユジの眼球が、ぐるりと戻ってきた。金色の瞳だ。それがナツイに向けられようとしたとき――

眼前を、刃《やいば》が横切った。

いっさいの迷いもなく、ユジの首を刎《は》ねていった。

ナツイはぴくりとも動けなかった。耳の奥には、いまだ絶叫が響いている気がする。むろん幻聴だ。目の前に転がっているのは間違いなくユジの首。角は失《う》せ、髪も瞳も黒に戻った首が、ぼんやりと天を仰いでいる。闇を静寂が支配している。

いや。

この場を支配しているのは、男だ。首を失ったユジの胴体の傍らに、皓々《こうこう》と輝く月を背に立っている。大鎧をまとい、手には血がしたたった抜き身の太刀。肩まで届く白髪に、長い白髭。そして額を突き破る二本の角と、口から覗く牙《きば》。

本物の石神だと思った。白き髪を振り乱し、石の角を額から生やした、人ならざるものがナツイを殺しに現れたのだと。

だが違う、これは人だ。兜と面頰で石神を装っているだけ。

すなわちこの男は――。

「……お前は、維明か」

持節鎮守将軍。ナツイたちの敵。ナツイの討ち果たすべき相手。

「いかにも」

と維明の目は細まる。噂に違《たが》わぬ冷たい瞳。

ナツイは震える手で、腰帯に差した早蕨刀《さわらびとう》を抜こうとした。とうとう待ちわびた瞬間がやってきた。この男を殺す。殺してみなを守る。

しかし力が入らない。柄《つか》のうえを何度も指が滑っていく。身体が震えて汗が噴きだす。胸にさげた大珠まで熱を帯びている気さえする。

そのうちに、維明の腕がわずかに動き、太刀の切っ先がきらめいた。

殺される。

ナツイは悟って身を硬くする。

なのに、いつまで待っても刃《やいば》は降ってこなかった。それどころか維明は太刀を納めると、ナツイになど目もくれず、腰から小さな刀を引き抜いた。

「花落の石。やはりシキが持っていたか」

切っ先を、ついさきほどユジを乗っ取ろうとした大珠に、ひと息に振りおろす。

大珠に触れた瞬間、短刀の刃には淡い光が宿った。その輝く切っ先が突きたてられた場所を中心に、大珠の上にも稲妻のように強い光が走っていく。楕円の形の隅々まで、ひびのように広がっていく。

と思ったときには、石はあっけなく砕け散っていた。残ったのは桃色に輝く砂ばかりで、それも風もないのにさやさやと空へと舞いあがり、消えていく。

あとにはなにも、残らない。

そこまで維明は見届けると、短刀を納め、黙って身を翻した。やはりナツイなど視界の端にも入れていない。

宿敵に背中を向けられて、呆然《ぼうぜん》としていたナツイはようやく我に返った。とたんに自分への怒りと羞恥《しゅうち》が頭のさきまで昇りつめ、かっと全身が熱くなる。なにをぼうっと宿敵のふるまいを眺めている。なんのためにここまで来たんだ！

「待て！」

怒りが声を押しだして、その勢いのまま再び得物の柄に手をかける。それでも腕に力が入らない。維明に背を向けられているというのに、正面から睨《にら》み据えられているような感覚が抜けない。怖気《おぞけ》が身体を支配して、膝が笑って仕方ない。

あまりに惨めだった。もし維明がすこしばかりでもその気になれば、容易《たやす》く切り捨てられていただろう。

なのに維明は、堂々と背を晒したまま去ろうとしている。ナツイのことなど戦う相手とも、殺すべき敵とすらみなしていないのだ。

焦りと怒りでぐちゃぐちゃになって、ナツイは怒鳴った。

「逃げる気か、戦え！」

維明はつと足をとめた。わずかに振り返り、ナツィに一瞬視線を向ける。すぐに再び背を向け歩きだした。

「どうせ死ぬ」

去りゆく宿敵を、ナツイは歯を剝き追いかけようとした。殺させろ、せめて殺してくれ。

しかし藪のうちから伸びてきた太腕が、ナツイを力ずくで藪に引きずりこんだ。グジだった。

「放せグジ、ユジの仇《かたき》をとらなきゃ！　それにあいつ、わたしを女子どもだと侮って」

「どうでもいい！　聞け！」

グジは荒く息を吐きだしながら、今にも飛びだそうとするナツイを押さえつける。

「維明に、すべて読まれていたようだ。里はもぬけの殻で、本陣は側面から襲われている。しかも今ここに維明が現れたということは、おそらく背後からも挟み撃ちにされる」

「……奇襲をかけるつもりが、誘いこまれたってことか」

「そうだ。シキさますら危ういかもしれん」

「そんな……やっぱり追いかけよう！　わたしたちが虚を衝けば——」

「衝かない。逃げるんだ」

「なぜだ！」

「お前では勝てないからだ。そして俺も、刺し違えるには血を流しすぎた」

胸が騒いで、ナツイは急いでグジの手に触れた。自身か敵か定かではない血でしとどに濡《ぬ》れている。焦燥が身のうちを焼きはじめる。

ユジだけでなく、グジまでも。

だがナツイは気づかないふりをして、怒ったように言いかえした。

「グジがそう簡単にくたばるか。ユジのぶんも大暴れするんだ。維明を殺したら征討の大軍が来る。それを満を持して押し返せば、わたしたちの王が神北を統べる日が来る！あなたの理想の夢だって叶《かな》う」

「別に俺は生きようが死のうが構わんよ」

「馬鹿を言うな！」

「馬鹿ではない。夢さえ――我らの石さえ無事ならば、俺は真の意味では死なんのだ。俺たちが死んでも理想の夢は受け継がれてゆく。『理想の夢を追い求める』こと自体は、どんな形でも繋《つな》がっていく。『鷺』が続く限り、我らの信条や誇りは守られる」

「だけど」

「行くぞ。もし俺が死んだら、お前がこれを隠れ里まで運ぶんだ」

グジは漆の箱の中に入っていた包みをすべて自分の懐に入れると、ナツイを促し駆けだした。

グジの言うとおり、林の中は混乱を極めていた。維明はあらかじめ林のうちへ兵を隠していたらしく、予想外の数の敵が『鷺』の戦人を一網打尽にしようと襲いかかっている。暗闇に悲鳴と剣戟《けんげき》の音が響きわたる。どちらにゆこうとも、朝廷の兵の影がある。

「くそ、これでは林を抜けるのは無理だな」

出会い頭に襲いかかってきた鎮兵を斬り殺し、グジは顔をしかめた。

「だが一歩林の外に出れば、むしろ維明の思うつぼだ。待ち構えた鎮兵に矢を打ちこまれる。ならば奴らを林に引きこみ、乱戦に持ちこむしかない」

「だったら勝ち目があるはずだ。鎮兵なんて、しょせんは徴兵された四方の農民ばかりだろう？　乱戦なんて慣れていない」

「そうとも限らん。維明は今日、朝廷に寝返った神北の民を連れてきているようだ」

「裏切り者が手を貸しているっていうのか」

神北の部族には、あろうことか朝廷に迎合して、心より臣従を誓ったものもあった。官位を授けられ、郡領として統治を命じられて、ぬくぬくと暮らしている。

「それに、そもそも維明自身が神北の民だって噂もある。俺たちの考えなど筒抜けだ」

「……嘘だろう」

ナツイは頭を殴られたような気分になった。「そんな馬鹿な話があるか」

憎むべき鎮守将軍が同胞《はらから》だとは思えない。思いたくもない。なぜ神北の民が、敵である朝廷に仕える。仕えるばかりか兵を率いて、神北を守るために戦う『鷺』を滅ぼさんとする。

「真偽は知らん。だがすくなくとも、この乱戦こそ維明の狙いどおりなのは間違いない」

そんな、と唇を噛《か》んだとき、「賊がいたぞ！」と鋭い声がした。見つかったのだ。

「仕方ない」とグジは、さきほど漆の箱から持ち去っていた包みを、ナツイの懐に突っこんだ。

「これを持って走れ。包みはけっしてひらくなよ」

ずっしりと重みがくる。これも石か。さきほど維明に割られたものと同じく、この『がらくたにして宝』は石。

「この石はなんだ、翡翠《ひすい》か」

「お前が知る必要はない」

「さっきユジは、触ったらまるで石神みたいになって」

「弟の死にざまを誰にも言うなよ。まさか化け物になりかけたなんてな」

「化け物……」

思わず首にさげた自分の大珠を握りしめる。大珠は、ナツイの心臓と同じように早鐘を打っている気がする。そんなわけがないのに。

「とにかく行け」

グジはナツイを押しやった。

「嫌だ、わたしも戦う。どうせひとりじゃ逃げきれない」

「小賢《こざか》しい娘だな！　お前は言われたとおりにすればいいんだ！」

ナツイは言いかえそうとして、唇を噛みしめた。

——己の頭で考えるのは悪なのだよ。

——お前はただ従い、守ればよいのだ。

そうだ、そのとおりだ。わたしは言われたとおりにすればいい。

だが数歩もいかないうちに、立ちどまらざるを得なかった。林の暗がりに、敵兵が幾人も待ち構えている。逃げられない。

「囲まれていたか」

ナツイと背中を合わせたグジは、忌々しそうに言い捨てた。「しかも、寝返った神北の民と見た。最悪だな」

確かにじりじりと輪を縮めてくる敵は、一見して朝廷の正規の鎮兵ではない。腰に毛皮を巻き、早蕨刀《さわらびとう》を佩《は》いている。なによりその身のこなしの軽やかさは、神北の深い森での戦い方をよく心得ていると一目瞭然《いちもくりょうぜん》。

間違いなく神北の民だ。維明に寝返って、その尖兵《せんぺい》と化した輩《ともがら》だ。

なあ、とグジは、煽《あお》るようにせせら笑った。

「どこの部族の者だ？　滅ぼしに行ってやるから教えてくれよ。お前らの妻と子を辱めて、なぶり殺してやるから」

男たちは口をひらこうとしない。ナツイも怒鳴った。

「言え、裏切り者！」

すると、兵らは低い声でつぶやいた。

「どちらが裏切り者か」

一斉に武器を構え、刃《やいば》を振りあげ向かってくる。今度こそ逃げ場はなかった。ナツイめがけて振りおろされんとする切っ先が、月明かりに鋭く光る。身体が強《こわ》ばる。斬られる、殺される。死ぬのだ。仕方ない、もうどうでもいい――。

――だめだ。

なにかがナツイを衝《つ》き動かした。胸の大珠が脈打っている。ナツイは大珠を摑《つか》み取った。考えるまえに身体が動く。心の底から渇望が湧きあがる。

生きたい、生きるのだ、生きろ！

願ったとたん、指のあいだから碧《あお》い閃光《せんこう》が漏れだして、みるみる輝きを増していった。今にもナツイを斬ろうとしていた男が目を見開く。その驚愕《きょうがく》の瞳《ひとみ》すら、光に吞《の》みこまれる。眩《まぶ》しくて目をあけていられない。大珠を握りしめた掌《てのひら》が焼け石を握ったように熱い。その熱さは奔流のごとく一気に腕を通り抜けて、頭の頂《いただき》から放たれる。苦しくて顎《あご》があがり、口がひらく。

これはまさにあのとき、はじめてこの石を拾ったときと同じ――。

しかし苦痛は一瞬で、突如大珠を握った手のなかで、バチン、となにかが弾《はじ》けるような、割れるような音がした。同時に灯火を吹き消したかのごとく碧い光は途絶え、あたりはしん、と静まりかえった。遠くの喧噪《けんそう》が聞こえるばかりになった。

——今のは、なんだ。

立ちつくしていたナツイは、恐る恐る掌へ目を落とした。そっと指をひらいても、そこにあるのはなんの変哲もない、褪《あ》せた色の、すべらかな楕円《だえん》の石ひとつ。

「……なにをした。お前は何者だ」

グジの掠《かす》れた声が響いてはたと顔をあげる。

「何者って」

振り向き、ナツイは戸惑った。グジは恐ろしいものを見たかのような顔で、ナツイを凝視している。知らない者を見るような目をしている。

「わたしはわたしに決まってる、なに言ってるんだ」

「この光景を見ても、そう言えるのか？」

なんのことだと見渡して、ナツイは表情をなくした。足元に人が折り重なって倒れている。ついさきほど、今の今までナツイを殺そうとしていた敵兵だった。

伏してぴくりとも動かない。

「……死んでいるのか？　それとも気を失っているのか。どうして」

「お前がやったんだ」とグジは後ずさった。「お前が握った手から放たれた碧い光が、うねりながらこいつらへ飛びかかった。主《あるじ》に命じられた鷹《たか》が一心に獲物を狙うようにな。そして猛者《もさ》が放った矢よりもまっすぐに、槍《やり》より正確に胸を刺し貫いた」

「碧い光が……」

「なにを命じた。どんな化け物をその手に隠している」

「知らない、わたしは――」

「近寄るな！」

「わたしはただ生きようとしただけだ！」

身体の芯《しん》から噴きあがってきた、生きなければという衝動に身を任せただけなのだ。

「手になにか潜ませているだろう」

「ただの大珠だ」

「大珠？　お前がいつもさげている、カスのような色の翡翠か？」

「そうだ」

グジは警戒を解かずにナツイの大珠を覗《のぞ》きこみ、そして言葉を失った。

「まさか、これは……」

一転、食らいつくように問いただされる。

「言え、どこでこれを見つけた！　お前の部族のものか？」

ナツイはたじたじとなった。

「違う、拾ったんだ。四年前、燃え落ちた柱の下に埋まっていたのを見つけてから、ずっと自分の大珠として持ち歩いていた。父にもらったものはなくしてしまったから」

「拾ったとな」とグジは大珠から目を逸《そ》らさずに吐き捨てた。「では奴はこれを捨て去ったのか」

「……あなたはこれがなんだか知っているのか？　この石は、ただの色の悪い翡翠じゃあないのか」

グジは答えなかった。厳しい瞳でナツィを見つめる。

「やはりお前は化け物だ。それとも自分が化け物に乗っ取られていると知らずにのうのうと生きているのか。そんなことがありえるのか」

ナツィは動揺した。化け物。わたしは化け物なのか？

「いや、どちらでも構うものか、すくなくとも今のお前は、半端者であろうと『鷺』の戦人。我らの夢がどんなものか知ってはいる。ならば充分だ」

「なんの話――」

「ナツィ」とグジはナツィの両肩を強く押さえた。

「お前が維明を殺せ」

「なに言って……」

「お前の持つ大珠は、ただの翡翠ではない。お前が望みさえすれば人を殺せる力の籠《こ》もった石だ。それさえあれば、お前にも維明が殺せる。シキさまやモセを、仲間の苦境を助けられる。守れるんだ」

だからゆけ、とグジは言う。

「俺が維明のところまで連れていってやる。だからお前はその石で維明を殺せ」

「そんな、わたしには――」

「つべこべ言うな！　お前はただ、守るべきものを一心に守ればいいんだ」

ナツィは口の端を震わせ、グジの血に濡《ぬ》れた顔を見やった。それから絞りだした。

「わかった。殺すことこそ守ること、わたしは維明を殺して、そして守るよ」

「それでいい。上出来だ」

グジは満足げに息を吐きだしナツィの背を叩《たた》いた。「行くぞ」

敵味方あい交じるなかを駆け抜ける。維明は今、林を見おろす高台に陣を張り、戦況を眺めているらしい。ならばそこに討ち入るまでだ。

グジの戦いぶりは、最古参の戦人らしい勇猛なものだった。方形に囲まれた白布の陣中に堂々と躍りこむと、慌てふためいた鎮兵の首を飛ばして大槍を奪い、派手に暴れ回った。

「朝廷の兵はこの程度か？　維明を連れてこい！　めった刺しにしてやるぞ！」

腕を切り裂かれ、目を潰《つぶ》され、それでも斬って斬られて高笑いするそのさまは、勝ち目なしと悟った『鷺』の戦人が、やけになっているようにしか見えない。

だからこそ、その隙にナツィは脇目も振らずに走った。兵はグジに気をとられているのか出払っているのか、ナツィの侵入に気がつかない。維明がいる本陣はすぐそこだ。

短刀の柄《つか》を握りしめる。もうすこしだ、うまくいく。維明の虚を衝ける。

しかし、本陣に飛びこんだとたんに、自分の甘さを悟った。

そこには維明が、待ち構えるように太刀を抜き放ち、ナツィを睨《ね》めていた。誘いこまれていたのだ。

「逃がしてやったのに、自ら飛びこんでくるとはおもわなんだ」

維明は、ゆっくりとナツィに歩み寄る。篝火《かがりび》に照らされ、今度はくっきりとその姿が窺《うか》えた。逆立つ白髪にふたつの角。面頰の隙間から流れる白い髭《ひげ》。まさしくおぞましき神そのものの相貌《そうぼう》。

その中で、唯一露《あら》わになった両の瞳に憎悪が燃えている。

「まさか若い娘などを刺客に寄《よ》こすとは」

「侮るな！　わたしだって立派な戦人だ」

ナツィは歯を剝《む》き、距離を推しはかった。首にかけた化け物の石にはなるべく頼りたくない。すくなくとも、もっと近づかなければ。

「侮ってはいない。お前のような娘まで戦人に仕立てて勝ち目のない戦場へ飛びこませる『鷺』のありようが、唾棄《だき》に値すると言ったのだ」

まるで人ごとのような言い様に、ナツィの怒りは膨れあがった。

「女子どもも戦わなきゃいけなくさせたのはお前たちだろう！　神北の地に踏み入って、わたしたちの土地を奪って」

「よく申すものだ。なにも知らない哀れな小娘が」

「哀れなのはお前だ」とナツィは嚙《か》みつくように言いかえした。「お前も神北の民だったんだろう？　なのに朝廷に与《くみ》して、同胞《はらから》を苦しめるなんて恥を知れ。わたしの心の石に懸けて、ここでお前を殺してやる。そしてこの神北を守るんだ。幼子たちを戦火から守り、みなが穏やかな生活を送れるようにする」

「……それがお前の抱く石か？」

「そうだ、守ることこそわたしのさだめ、砕くことのできない心の石！　だから――」

「ならば去れ」

維明は冷ややかに告げる。「この場を去り、『鷺』をも去れ。今だけは見逃してやる」

「……なにを言っている」

ナツイは耳を疑った。この男は、わたしをなんだと思っている。

「このまま『鷺』にいれば、お前は必ず不幸になる。ならば去り、守るべきものを自ら見いだせ。まだ間に合う」

心の奥底がざわめいた。確かにわたしは、守るべきものを再び見いだしたいと望んでいる。

だがそれも一瞬で、猛烈な怒りが湧きあがる。

「うるさい、わたしは神北を守るんだ！　それがわたしの石だ」

「諦《あきら》めろ。石に囚《とら》われ、誰より大切なたったひとりすらなおざりにしているお前に、なにかが守れるわけがない」

『誰より大切なたったひとり』。

それがいったい誰を指しているのか、皆目見当がつかなかった。だからこそ、まるで死んだ主君を名指しされたように感じた。古傷に遠慮なく刃《やいば》を差しこまれた気がした。

「なんの……なんの話だ、わたしが誰を守れなかったって言うんだ！」

怒鳴り散らすナツィへ向けられた瞳《ひとみ》がわずかに細まる。落胆に染まったようにすら見えた。

「……もういい」

そして維明は低くつぶやき、太刀を構えた。

「ならば俺が殺してやる。戦人の魂は、愛《いと》しき者と、己の命を奪った者の中に還《かえ》るという。お前の魂に、俺が引き受けてやろう」

ぱちりと篝火が爆《は》ぜる。刃に映りこんだ炎がぎらりと光る。

させるものか。ナツィはぼろぼろの紐《ひも》を摑《つか》み、衣のうちに隠していた石をひっぱりだした。楕円《だえん》の形を握りしめる。地を蹴《け》り駆けだす。殺されるまえに殺してやる。化け物でもなんでもいい、この男を殺し、神北の地を守る。そして自分の心の石をも守るのだ。

捨て身の突進にも維明は動じなかった。至極冷静に太刀の柄に両手を添える。振りかぶる。ナツィの眼前に、考えたより数段早く刃が襲いかかってくる。

だが。

ナツィの掲げた白い石を目にするや、維明は身を強《こわ》ばらせた。

「それは――」

両目が見開かれる。隙ができる。

――いける。

わずかに遅れた刃のさきをぐぐり抜け、ナツイは胸のうちで叫んだ。

――石よ、殺せ！

身体の底から熱いものがこみあげて、腕から石へと流れこむ。指の合間から激しい閃《せん》光《こう》が漏れる。さきほどよりもはるかに尖《とが》った碧《あお》が放たれ、視界が光に覆われる。

同時に突きあげるような揺れが来た。

すべてが崩れる。崩れて砕ける。立っていられず、ナツイは悲鳴をあげて、ぷつりと気を失った。


どれほど経ったのだろう。

気がつくと、ひとり知らない場所にいた。ひいやりとした気配と、手を小さく叩いたときの音の響きようから、おそらく深い洞窟《どうくつ》の奥深くではありそうだが、確かめように も闇に囲まれなにも見えない。ひたひたと心細さが寄せてきて、ナツイは泣きたくなった。見ないふりをしている自分の心の奥底を、覗《のぞ》いてしまったような心地だった。

さいわい目が慣れてくると、長い洞穴のさきに豆粒ほどのかぼそい明かりが見えた。きっと出口だ。心を奮いたたせて足を踏みだした。光のほうだけを見つめ、乾いた壁に手を添えて、そろりそろりと歩いていく。自分の足音と、せわしない胸の鼓動だけが耳に届く。

ふいにひらけたところに出て、目をすがめて立ちどまった。そこは思っていたような出口ではなく、むしろ洞窟の最奥、ゆきどまりだった。

なのに明るいのは、高い天井から一条の光がまっすぐに落ちているからだ。どうも天井の大岩に割れ目があって、そこから漏れ落ちているらしい。光はやわらかに周囲を照らしている。光が直《じか》に当たる地面には、洞窟の中だというのに、神北草に似た小さな白い花が咲き乱れている。

不思議なことに、その花の白と葉の緑をかきわけるようにして、いくつもの石が姿を覗かせていた。両手に収まるくらいの石塊《いしくれ》から、背丈を越す巨岩まで、大きさも色もさまざまな石が、半ば地面に埋もれるようにして佇《たたず》んでいる。

おのずから、やわらかな光を放っている。

ようやくナツイは悟った。これはわたしの心の中だ。自分の心のありさまを幻に見ている。目の前にある石はどれも、わたし自身が心に抱く、固く揺るがぬ思いの結晶だ。

だとすれば。

ナツイは他の石に目もくれず、中央に鎮座したひときわ輝く石に歩み寄っていった。これこそなにより大切な、何物にも代えがたい石――『心に決めたただひとりを守り通す』石だろう。

間違いない。その証《あかし》に、石の上には人影がある。目鼻立ちすらぼやけているが、ナツイは誰だか知っている。

――父上。

呼びかければ、それは確かに応じた。

――ナツイよ、お前は守るために生まれてきたのだよ。命よりも大切なただひとりの御方を心から信じ、その御方の意思を己の意思とし、その悲しみを、苦しみを、己のものとする。そのために生まれたのだ。

穏やかに、何度も耳にした言葉を一字違《たが》わず紡いでいく。胸の底に染みついた記憶が、父の腰掛ける石の輝きをさらにさらにと高めていく。

――考えてはならぬ。自ら選んでもならぬ。目をつむり、ただ守るのだ。

――もしこの言いつけを破れば、この石は砕け散り、お前は己を己たらしめるすべてを失うであろう。

なぜならば、と父は言う。

――もはやこの石こそが、お前そのものなのだから。

その声を最後に父の幻は消え失《う》せた。もとからそんなもの、いなかったのかもしれない。

だがナツイの耳には、いつまでも父の言葉がこびりついていた。父の言うとおりに生きてきた。考えず、選ばず、ただひたすらに心に決めた人を守り通す。この石こそが、わたしの生きる意味、わたしを形作ってきたそのもの。それを砕くとは、自分を殺すに等しいのだ。わたしは生きなくてはならないのに。

ならばすこしも傷つけてはいけない。このまま大切に育ててゆかなければ。

「ですが、父上」

とナツイはぽつりと声を落とした。「大切な御方を失った今、わたしは誰を守ればよいのでしょう。わたしを導いてくれるのは誰なのでしょう」

四年の歳月を『鷺』に捧《ささ》げて理解した。結局ナツイは、理想や夢などというあやふやなものを追いかけられない。命を賭《か》けるなんてなおさらだ。父はそういう石をナツイに与えていない。

だからいつまでも半端者のまま。夢を守るために殉じられると心から誓えないまま。

やはり、ただひとりを守らなければならないのだ。心に決めた人にすべてを捧げて守り通さなければ、そういう誰かがいなければ、この石は砕け散ってしまう。ナツイは死んでしまう。

なのにナツイは、誰かを見いだすのが怖い。また憎しみを向けられるのではないかと恐ろしい。

――守るべきものを自ら見いだせ。まだ間に合う。

憎き敵の声が心の窟《いわや》にこだまする。

そうだ、本当は知っている。わたしに必要で、足りないもの。

だから誰か。

ナツイは虚空に手を伸ばした。

誰かわたしを――。

「よかった、息を吹き返したか」

空から男の声が降ってきて、ナツイははっと目をひらいた。

視界いっぱいに、若い男の安堵《あんど》が滲《にじ》んだ笑みが飛びこんでくる。これはなんという名の男だったか。起き抜けで頭が追いつかない。戦人らしくたくましい、しかしすらりとした体軀《たいく》の男。身体中泥だらけで、頰さえも土埃《つちぼこり》にまみれてはいるが、目鼻立ちは美しく、表情はやさしい。

そこまで眺めてから、ナツイはようやく気がついた。

男は、ナツイが宙に伸ばした手を握っている。

しっかりと両手で包みこんでいる。

驚いてつい思いきり腕を引き抜くと、男は困ったように謝った。

「勝手にごめんな。泣きそうな顔で眠っていたから」

「そんなまさか……でもその、ありがとう、えっと」

「犀利《さいり》だ」

「ありがとう、サイリ、心配してくれて」

礼を言いながら首を傾げた。サイリ。そんな男、『鷺』の戦人にいただろうか。維明の弾圧をかいくぐるためにいくつかの隠れ里に分かれて住んでいるから、会ったことのない者も当然いる。だがこの男は若い。ナツィより年上にしても、せいぜい二十の半ば。この年頃で、名すら聞いたことのない者なんているのだろうか。

と掌《てのひら》に目を落としたところで、ナツィはそれどころではないと思い出した。

そうだ、奇襲はどうなった。グジは、維明は？　わたしはあの男を討てたのか？

「おい、急に起きたら」と慌てる犀利をよそに飛び起きる。

そして目に入ったあまりの惨状に、後ずさった。

鎮軍の本陣があったはずの場所は、見る影もなかった。陣幕は傾き、破れ、あちこちごひっくりかえっている。それはかりか足元の土は盛りあがり、地は裂けて、折り重なった木々が土砂を巻きこむようにして、壊滅した本陣へ倒れかかっていた。

まるで、地震や大風のような禍々《まがまが》しい災厄が通り過ぎていったあとのようだ。

「これは……」

「本陣の背後で大きな地滑りが起きたらしい。助かったのはあんたと俺だけみたいだ」

犀利は寂しげにうつむいて、破れた陣幕に歩み寄った。

「地滑り？　待ってくれ、維明はどうなったんだ」

「死んでしまったよ」

「……死んだ？　維明が？」

まさか、とつぶやくナツィに、犀利は幕の端をつまんで持ちあげてみせる。食いつかんばかりに覗《のぞ》きこんで、ナツイは短く息を吸いこんだ。

立派な鎧《よろい》をまとい、面頬をつけた男が、土砂に押しつぶされている。傍らには白髪に覆われた兜《かぶと》が転がっていた。

「これが、維明か」

「そうだ」

信じがたい思いで、ナツイはぴくりとも動かない男を見つめた。あの、凄《すさ》まじい覇気を発していた男が。

破れた陣幕が風にはためき、我に返った。男の身体はとても引きずりだせそうにない。だからそろりと腕を伸ばして、壊れた兜を拾った。確かに維明の兜だった。土の勢いで大きくひしゃげ、飾りの角もぽっきりと根元から折れている。

その断面を見つめるうちに、じわじわと実感が湧きだした。そうか、維明は死んだのか。わたしがこの手で討ったのか。グジ、ユジ。わたしたちはとうとうやったんだ。

感慨にふけるナツイの隣で、犀利はしんみりと肩を落とした。

「ものすごく強かったのに、最後はあっけないんだな。まあ、将軍だって人だから、天変地異には勝てない」

「そうだな……」

「あんたは倒れた陣幕の柱の隙間に挟まっていたよ。だから土砂に巻きこまれなかった。俺も運よく土から這《は》いだせてよかったよ」

ありがとう、とナツィはつぶやいた。

犀利は泥まみれで、着ている衣も元の形や色が窺《うかが》えないほどぼろぼろだ。一度は泥に呑《の》まれるも、一心不乱に足掻《あが》いて抜けだし九死に一生を得たのだろう。そして柱の隙間に倒れていたナツィを、泥をかきわけひっぱりだしてくれたのだ。

「礼なんていい。生きていると気づいて、つい必死になってしまっただけなんだ」

と犀利ははにかみ、それからまた寂しそうに続けた。「でも仲間の鎮兵もみな死んでしまったし、俺はこれからどうすればいいんだろうな」

「うん……仲間？」

はっきりと違和感を抱くよりさきに、犀利は真剣な顔をしてナツィに向き合った。

「なあ、どうして将軍を殺したんだ？」

「え？」

「首飾りを将軍に突きつけたのを見たんだ。その石が碧《あお》く光った瞬間、地が揺れて地滑りが起きた。つまりあんたが地滑りを起こして、俺の仲間をみんな殺したんだろう？」

血の気がひいた。待て、これはそもそも誰なのだ。それに――。

――見られた。

化け物の力を操るところを、目撃されてしまった。

血相を変えて胸元をまさぐる。化け物石はそこにある。平凡な翡翠《ひすい》の大珠のふりをしている。慌てて衣の下に押しこむと、ナツィは間髪を容《い》れずに短刀を抜き放ち、山猫のように犀利目がけて飛びかかった。

「生かしておくわけにはいかない！」

なにをぼうっとしていたのだろう。全身泥まみれで一見朝廷の戦装束をまとっているようには見えなかったうえ、サイリなどという、神北の古語からつけられたようにも思える名を名乗るから気がつかなかったが、こいつは敵だ。鎮兵の生き残りだ。

「落ち着け、別にあんたを責めてるわけじゃない！」

犀利は慌てて飛び退き、すんでのところで躱《かわ》した。逃がすものかとナツイは前のめりに追いかけて、懐に飛びこんで押し倒す。その勢いのままといきたかったが犀利はしぶとかった。やたらめったら両腕を振り回し、ナツイの短刀をはじきおとす。

「なあ、まずは話をしよう。俺は荒っぽいことが苦手なんだ」

「鎮兵がなにを言う」

思いきり腰を蹴《け》りあげた。ひるんだ隙に、犀利の腰から古びた早蕨《さわらび》型の短刀を奪って馬乗りになる。切っ先を首に突きつける。慌てたように犀利はナツイの腕を受けとめた。

「鎮兵だからなんだっていうんだ。俺はそんなものになりたくなかったし、あんたとも争いたくない。穏やかに生きたい」

「穏やかに？」

そう、と犀利は、切っ先を首に突きつけられているとは思えない顔をする。

「もしかして、あんたも同じじゃか」

「……まさか！」

ナツイは強く言いかえした。息を切らして体重をかける。「そもそもわたしとお前は、討つか討たれるかなんだ。だったらわたしがお前を討つ！」

神北の民と朝廷の民は、殺すか殺されるか、踏むか踏まれるかだ。

今度こそ、と短刀を握りしめる。押し切れる気がした。

だがうまく勢いをいなされ、ナツイは地面に刃先を思いきり突き刺す羽目になった。しまったと思えどすぐには体勢を立て直せない。あっという間に短刀を奪い返され、今度はナツイのほうが地に押さえつけられる。叫ぼうにも口を塞《ふさ》がれ声が出ない。

終わりだ、と思ったとき、犀利は耳元でささやいた。

「静かに、鎮兵がやって来た」

お前こそ鎮兵だろ、ともがいていたナツイは、ぴたりと動きをとめた。確かに叫び声がいくつも近づいてくる。将軍、鎮守将軍、と口々に叫んでいる。

犀利は躊躇《ちゅうちょ》なくナツイを藪《やぶ》にひっぱりこんだ。ほとんど間を空けずに声の主たちが駆けつけて、明けの日差しに照らされた惨憺《さんたん》たる光景を前に放心したように立ちつくす。

「なんということだ……」

そこへあとから騎馬で乗りつけた男が、「ぼうっとするな！」と一喝した。

「将軍をお捜ししろ！」

鎮兵たちははじかれたように土砂に駆け寄って、脇目も振らずに掘り返しはじめた。

とうとうナツイが見た陣幕の下の屍《しかばね》を見つけ、悲痛の声を漏らす。騎馬の男がまた叫ぶ。

「いいから掘り返せ！　将軍のご遺品だけでも都にお返ししなければ、斎宮さまは我々をお許しにならぬぞ！」

そこへどこからか、慌てたように別の鎮兵が駆けてきた。

「浜高《はまたか》さま、騒ぎに乗じて『鷺』の連中が逃げてゆきます！」

浜高と呼ばれた騎馬の男は、歯ぎしりをして馬の手綱をひく。

「半数はわたしと来い！　残りは将軍をなんとしてでも国府へお運び申せ！」

馬とともに、鎮兵の多くは去っていった。その遠ざかる背を藪から眺め、ナツイはひとり安堵《あんど》の息を吐きだした。

やはり維明は死んだのだ。そして『鷺』のみなは逃げきれそうだ。

誇らしかった。ユジとグジの献身は無駄ではなかった。

――にしてもだ。

「なぜお前まで隠れている。仲間に合流したらどうなんだ」

いまだに藪に潜んでいる犀利に、ナツイはじろりと目を向けた。むろん、合流させるつもりはない。どちらにしろこの男は生かしてはおけない。

しかし犀利は立ちあがろうとはしなかった。

「……なぜ行かない」

「それより教えてほしい。あんたはどうして将軍を殺そうと決意したんだ？」

「お前、こんなときに……」

「こんなときだからこそ訊《き》いてるんだ」

藪の暗がりで、まっすぐに問いかけてくる。ナツイは目を逸《そ》らした。こんなふうに見つめられるのは苦手だ。

しかし今の状況では突っぱねることも難しく、ナツイはしぶしぶ口をひらいた。

「そりゃ、わたしたちを執拗《しつよう》に弾圧するからに決まってる。維明こそが諸悪の源だ」

「だから殺そうと思ったと」

「そうだ」

「そういう『鷺』の旗印みたいなものじゃなく、あんたを衝《つ》き動かす、あんた自身の動機が知りたい」

鋭いところを突かれてナツイは口ごもった。確かにナツイは『鷺』の夢を自分の心の中心に据えられていない、半端者だ。

しかし、だったらなんと説明すればいいのだろう。『若』を殺されたからか。里を焼かれたからか、それとも。

「……守るためだよ。わたしは神北を守ると決めたんだ。それがわたしの、何者にも砕くことのできない心の石だ。わたしをわたしたらしめる、一番大事な石なんだ」

「石？」

犀利は首を傾げた。なんだかよくわからないという顔だ。

「心に抱く石も知らないのか、じゃあもういい」

素直に答えた自分が馬鹿らしくなって、ナツイは足の裏に力を込めた。朝廷に仕える鎮兵に、馬鹿正直に答える必要なんてなかった。逃げきれるかわからないが、この男を殺して行かなくては。シキに、グジとユジから預かった『宝』を届けなくては。

だが犀利を突き飛ばすよりもさきに、鎮兵のひとりが、ナツイたちが隠れている茂みの近くを検《あらた》めはじめた。

ナツイは青くなる。このままでは見つかってしまう。

と、息をとめたナツイの横で、犀利はやおらナツイから奪い返していた自分の早蕨刀の柄《つか》に手をかけた。

「……守るためか。じゃあ、あんたが正しいんだろう」

なんのことだ、と思ったときには、犀利はすばやく立ちあがり、同胞《はらから》に忍び寄って組み伏せていた。虚を衝かれた鎮兵は声をあげるよりさきに気を失って、ぐったりと目をとじる。大きく胸をなでおろした犀利を、ナツイは信じがたく見つめた。

今、この男はなにをした。

「なに、味方を襲ってるんだ」

「あんたを逃がすためには仕方なかった。それに、もう味方じゃない」

「は？」

「俺は鎮兵をやめることにした」

ナツイは目を白黒させた。この男はさっきから、なにを言っているのだ。

「意味がわからない。朝廷を裏切るつもりか？」

「裏切るもなにもない。俺は別に、好きで鎮軍に加わったわけじゃないからな」

ますますナツイは理解できなかった。

「嘘つくな。お前だって朝廷の石くらい心に抱いているはずだ。鎮軍の石だって」

「また石か。なんなんだそれ」

「人はみんな、自分を自分たらしめる道しるべを心に持つだろう？　先祖代々のしきたりや考え方、守るべき掟《おきて》、意思や信条。そういうものを神北では『石』と呼ぶんだ」

「信念の塊みたいなものか」

「そんなものだ。自分だけが抱える石もあれば、みなで同じ石を抱えていることもある。朝廷には朝廷の、みなして抱く考え方や、仰ぐものがあるはずだ。鎮軍にだって、軍としての目指すところや理念がある」

「そういう思いそのものが、朝廷の石や鎮軍の石か。なるほど神北の奴らは、けったいなものに囚《とら》われているんだな」犀利はすこし笑った。「そんなしようもないものに縛られて、かわいそうだ」

「かわいそう？」

ナツイは眉《まゆ》をひそめた。「かわいそうなのはお前だ。それがどれだけ大切で、生きていくのに不可欠かわからないのか？」

「必須《ひっす》ってわけじゃないだろ。現に俺は、そんなもの持ち合わせていないしな」

「朝廷の民は、みな朝廷の石を心に抱いているはずだ」

それがどういうものなのか、ナツイは知らないし興味もないが。

「みながどうかは知らない。すくなくとも俺の心の中にはない。俺は鎮軍や朝廷のために死ぬつもりなんてないよ」

「そんな覚悟で戦っているのか？　戦えるのか？」

「戦えない。だから鎮兵をやめるんだ。そもそも無理やり連れてこられただけだしな」

犀利は、柄頭がくるりと渦を巻いた短刀を拭《ぬぐ》いながら穏やかに続ける。

「俺はあんたたちと戦いたくて戦ってるわけじゃない。神北を攻める意義も意味もぴんとこない。なのにこのままだと、なんだかよくわからない戦に巻きこまれて死ぬだけだ。だったらもう、好きなように生きる。将軍の屍《しかばね》を前にしてそう決めた」

「だけど」

「それに、ものの本で読んだんだ。この神北には伝説があるんだそうだ。石の角を生やした神がやってきて、いつか一なる王が立つって予言《よげん》したって」

それはナツイも知っている。

三百年ほどまえ、ちょうど早蕨国が奮戦むなしく、四方の兄彦皇子《あにひこおうじ》の率いる軍勢に呑《の》まれたころのことだ。輝く石の角を額に生やした白髪金眼の神が、美しい石を抱いて神北を訪れた。古《いにしえ》から続く十三の部族の族長を集めると、その大きな石を砕き、ひとつずつ手渡した。

そして予言した。

各々の石を立派に育てよ。さすればいつか、なにより強く輝くひとつの石が残るだろう。その石を手にしている者こそが神北を統べる一なる王となり、王のもとでこの地の民は、いかな国をもしのぐ安寧を得るだろう。

古い昔話だ。

だが古の部族には今も息づいていて、各々の石を――つまりは部族の信念を、固く守り育てている。いつか神北の諸部族をまとめあげ、安寧をもたらすのは、自らの部族の石と、人々であると信じて。

「安寧っていいなと思ったんだ。俺が生きているうちに神北に一なる王ってやつが立てば、行き場のない俺さえも、この地で穏やかに暮らせるんじゃないかって」

でも、と犀利は、藪《やぶ》の向こうでひたすらに土を掻《か》く、かつての同輩を見やった。

「その安寧までは、まだずいぶん刻《とき》がかかりそうだ。だったら俺はあんたに託すよ。あの将軍を殺せるほどに、神北を守るって強く誓って実行に移せるあんたなら、もしかしたらいつか神北の王になるかもしれないし、王となる誰かの手助けをするかもしれない」

ということで、と犀利はにこりとナツィに向かい合った。藪の中にしゃがみこんだまま、自分の首を指差した。

「俺の首をあんたにやる」

ナツイは数度瞬き、飛びあがった。突拍子もない、予想だにしなかった言葉だった。

「自分がなに言ってるのかわかってるのか？　好きなように生きることにしたって、今さっき言ったばっかりじゃないか」

「好きに生きるっていうのは、好きに死ぬってことだ。あんたの話を聞いてわかったよ。俺はずっと、他人の抱いた石とやらに振り回されて生きてきたんだ。つまらん石塊《いしくれ》ごときを守ることばかりに血眼になった奴らに、右往左往させられてきた。その挙げ句、仲間はみな死に、俺に生きていてほしいと願ってくれるひともいない」

だけどそれも終わりだ、と犀利は明るい諦念を滲ませる。

「どちらにせよ死ぬのなら、気に食わない他人の石塊のせいで死ぬよりかは、あんたに殺されたほうがいい。すくなくとも死に際だけは、自分で選べたってことだからな」

「……はなから戦う気もないのか？　仲間の仇《かたき》をとらずに死ぬ気か？」

「あんたの手を握った時点で、俺は仇をとるにふさわしくなくなってしまったんだよ。泥からやっとのことで這《は》いだして、気を失っているあんたを見つけたとき、あんたが将軍や仲間を殺したんだってすぐに悟ったよ。だからはじめは仇を討とうと思った。あんたの首にこの早蕨刀を当てて、あとは引き切るだけだった」

なのに、と犀利は哀しげに笑った。

「できなかったんだ。うなされて、助けを求めて手を伸ばすあんたはほんの幼子に見えた。俺は幼子は殺さない。戦えない者を手にかけない」

思わぬ一言に胸を衝かれ、ナツィは目をみはった。それでもにわかには受けいれられず、懸命に否定する。

「わたしは幼子じゃない、立派な戦人なんだ」

「なんでもいいよ。とにかく俺はそう感じて、とてもじゃないけど殺せなかった。その時点で、あんたに殺される道しかなかったのかもしれないな。あんたも言ったとおり、神北と朝廷の民は殺すか殺されるかだ。俺があんたを殺して仇をとるか、あんたが俺を殺してこの場を逃れるか。だったら俺が死ぬのでいい。殺したくない人を殺してまで生き延びたくはない」

「でも」

「さっきは心に抱いた石に囚《とら》われるなんて馬鹿みたいだって言ったが、正直に明かせば、そういう芯《しん》を持つ生き方に憧れを感じないわけでもない。強い思いを自ら見いだし石として大事に育ててきたあんたと、流されてきただけの俺だったら、あんたが生き残るべきなんだ」

ナツィは言葉を探した。どうしていいかわからなくなった。こいつは敵だ。首を取って戻れば、ナツィが維明を仕留めたのだとみなに信じてもらえるかもしれない。それにここで口を封じてしまえば、化け物石の秘密が漏れるのではと怯《おび》えなくてすむ。

——だったら悩む必要もないんだ。

殺せばいいだけだ。

しかし結局ナツイは、犀利がさしだした短刀に伸ばしかけた腕をゆっくりとおろした。

「できない」

「なぜだ」

「わたしだって同じだよ。今のお前は戦う気なんてすこしもないじゃないか。わたしは、戦う気のない者を殺したくはないんだ」

『戦えない者を手にかけない』。犀利が漏らしたその一言は、ナツイの心の片隅に転がる石塊を確かに打って、澄んだ音を響かせた。無視することはできなかった。

犀利は不思議そうな顔をした。意気地なしと思っているのかもしれない。それでもナツイは続けた。とめられなかった。

「それに……それに、わたしはお前が思ってるほど立派な女じゃない」

「神北を守るって意思を、石みたいに固く抱えてるんだろう。立派なことだ」

「その石は、誰かを守るって石は、自分で見つけて育てたものでもなんでもないんだ。父がわたしに植えつけた石だ。つまり立派なのは父であってわたしじゃない。そこを誤解したまま、死んでもいいなんて判断されても困る」

犀利は瞬いて、それからふと笑った。

「あんたは素直でかわいいな」

「どうしてそうなる！」

「じゃあ今言った、戦う気のない者を殺したくないっていうのも父上の教えか？」

「それは……」ナツィはかっと赤くなった。「違う。わたしが勝手に見いだした石だよ」

いつの間にか、心の中心に据えた立派な石の脇から生えていたものだ。厄介で、それでもなかったことにはできない石ころ。ナツィを半端者に陥れている元凶。

そんなものを生やしてしまったのは、心の石と自分自身への裏切りの気がした。なにがあろうと変わらない完璧《かんぺき》な結晶を抱いているからこそ、美しく、素晴らしい。父はそう説いていたはずなのに、ナツィはいつの間にか教えられていないものまで抱えこんでいる。

だが聞いた犀利は、恥ずべき半端者だと貶《けな》しはしなかった。それどころか、ますます眉尻《まゆじり》をさげる。

「やさしいんだな」

そしてひとつ踏ん切りをつけるように息をつくと、切っ先を、あろうことか自分の胸に宛《あて》がった。

「じゃあわかった、俺が自分で死ぬよ、生きていたところでろくな目に遭わないだろうしな。そうしたらあんたも心が痛まずに俺の首を――」

「待てって！」

とっさに声が大きくなって、ナツィは慌てて身をかがめた。さいわい、動転している鎮兵たちには気がつかれなかったようだ。声をひそめて改めて、犀利が握る短刀の柄《つか》に手を置く。そのくるりと曲がった柄頭に指をかけて引き留める。

「お前は、心から死にたいわけでもないんだろう？」

「そりゃまあそうだが」

「だったら」

ひとつだけ、この男を生かせるかもしれない場所が胸に浮かんでいる。だが告げてしまっていいのか、後悔しないのか。自分でなにかを決めるのが怖い。そっぽを向かれるのも恐ろしい。

それでも、勇気をだして尋ねかけた。

「……だったら、『鷺』に来ないか？」

思いも寄らなかったのか、犀利は目を丸くした。

「俺は鎮兵だ。敵だよ」

「もう今は違う。朝廷の石を心に抱えているわけでもないし、賢いし、『鷺』の追い求める夢が気に入るかもしれない。それに、なんというか」

言葉が見つからない。それどころかナツイは、自分がなにを願っているのかすらよく摑《つか》めない。胸が熱い。

「その、だからなんというか……死ぬよりはいいだろう？」

どうにかひねりだすと、犀利は噴きだした。

「なにがおかしい！」

「いや、そうだな、行ってみようか。あんたがたが王になるって信じてる奴の顔を拝んでみたいし」

それに、とさわやかに微笑んだ。

「どうやら俺は、あんたが好きになったみたいだ」

第二章　『鷺』の石

「鎮軍の脱走兵を『鷲』に入れてやりたい？」

隠れ里に戻ってきたナツイの報告を聞いて、モセは顔を盛大にしかめた。

「維明の屍体《したい》を見たというから喜んでいれば……さっそく敵の男に惚れたか、盛りのついた山猫が」

「違うのです」とナツィはおずおずと言いかえした。「命を救われた恩を返したまでです。それにあの男は、鎮軍を裏切りました」

「目の前で仲間を裏切ってみせて信用を得ようとする、間諜《かんちょう》がよく使う手だ」

「まあよいでしょう」

と軍師である伯櫓《はくろ》なる老年の男が、貂《てん》の毛皮で作った肩掛けを揺らしてとりなしをはじめる。

「守ることしか能のない半端者のナツィが、自分から仲間に引きいれると決めただけでも進歩。それに元鎮兵が同志となれば、我らにも利があります。うまくすれば、敵方の秘密を知れるやも」

「わたしは早く殺したほうがいいと思うがな」

モセは忌々しそうに腕を組んでいたが、最後にはしぶしぶ息をついた。

「イアシにマツリ草を燻《いぶ》すよう言え。その男に尋問する。嘘をつけなくさせて、間諜ではないか見極める」

その命に、ナツイはひそかに胸をなでおろした。

マツリ草は、神北草に葉の形がよく似ている毒草だ。朝焼けのみが当たる暗い草むらに生えていて、煮詰めて鏃《やじり》に塗れば、肌を掠《かす》っただけでも死に至る猛毒になるし、うまく量を調整してから煎《せん》じて飲ませたり燻した煙を吸わせたりすれば、朦朧《もうろう》として嘘をつけなくなるので尋問にも使われる。めったに生えていないし、調製がひどく難しい繊細な毒だったが、イアシは勘どころがよいのか、このマツリ草の扱いに長《た》けていた。

マツリ草で尋問をされるのは、外から『鷺』に連れてこられた者の常だった。仲間と認められるために必須《ひっす》の儀式と言ってもいい。朝廷や敵対部族の間者でないと証明されてはじめて、シキに会うことを許される。つまりすくなくとも、モセは犀利が嘘をついていないかを調べる気はあるのだ。すぐには殺さないし、場合によれば、『鷺』に迎え入れてくれるかもしれない。

呼ばれてきたイアシは、心底嫌そうな顔をして準備を始めた。朱泥で神北模様が描かれた土器に乾いたマツリ草を砕き入れ、火をつける。煙が立つ気配がしてくると、臣従部族に朝廷が与えた絹を取りだし、土器の口を覆って燻した匂いをたっぷり吸いこませる。

それを犀利の鼻に押し当てた。

後ろ手に縛られ、古い杉の幹に括《くく》りつけられた犀利は、おとなしくされるがままにしていた。調製がすこしでも違えば死んでしまうからナツィははらはらと見守ったが、うまくいったようだった。やがて犀利の目はぼんやりとしてきて、手の甲を小刀の刃先でつつこうと痛がりすらしなくなった。

「まずはわたしが尋ねよう」

とモセが歩みいでて、犀利の泥にまみれた鎧直垂《よろいひたたれ》の襟元を摑みあげて、頬を叩《たた》いた。

犀利の目がモセに向く。瞬《まばた》きひとつせずに見つめている。マツリ草がうまく効いていることの表れだった。こうなれば犀利はもう、モセの問いに嘘偽りなく答えるだろう。

「お前の名は」

「犀利」

「サイリ。神北の古語からとった名だな。『献身』という意味だ」

「違う、環語だ。都のやんごとなき女人にいただいた名だそうで、犀《かた》いと書いて犀、利《するど》いと書いて利、おおむね聡明《そうめい》とか、そういう意味だ」

「生まれは」

「東国。早蕨の故地だ」

「なぜ鎮兵になった」

「まずは早蕨の軍団に徴兵された。一族の中からひとり、兵士にならねばならなかった。だから俺が行くことにしたし、一族もそれを望んでいた。俺は両親を早くに亡くしたので、死んでも誰も悲しまない」

犀利は半ば眠っているように、抑揚のない声で答える。

「その後鎮軍に移ったのか」

「そうだ」

「いつから神北にいる」

「鎮軍ができた当初からだ。三年前。鎮守将軍の赴任に同行した」

「それまではなにをしていた」

「尖の征討軍に従い西の諸島まで行った。東国の守りにも従事した」

「……ならばさぞ戦上手だな」

皮肉の滲《にじ》んだ声にも、犀利はぼんやりとかぶりを振るばかりだった。

「戦は嫌いだ。俺は穏やかな生活を望んでいる」

「嘘をつけ。お前は朝廷の間諜であろう」

「違う」

「お前は間諜だ。瀕死《ひんし》の維明に、せめて『鷺』を滅ぼせと厳命された。だから我らの仲間に入りこみ、はらわたのうちから刺し貫こうとしている」

「違う。維明はなにも残さず死んだ。あの男はまさか自分が死ぬとは思っていなかった」

「ならばなぜお前は『鷺』に入ろうと考えた」

「ナツイがいるからだ。別に死んだっていいと思っていたが、今はただ、ナツイと一緒にいたい」

モセは蟲《むし》を見るような目でナツィを睨《にら》んだ。と思えば犀利の襟を手放し立ちあがる。

「興が冷めた。あとはイアシ、お前が尋問しておけ。行くぞナツィ」

つかつかと里の倉へ向かっていく。ナツィはちらと犀利に目をやって、急いで従った。

後ろ髪を引かれるが、モセの命に従わなければ恐ろしい罰を受けることになってしまう。

モセは旅支度をするつもりのようだった。倉から濃紺の小袖《こそで》を取りだすと、堂々と戦装束を脱ぎ捨て素肌に羽織った。そのうえに、神北文様の帯と、鹿皮の前掛けを重ねてまとう。戦人ではない、どこにでもいる神北女の装いに身を包んでいく。

そして春の冷たい風を遮る毛皮を肩に打ちかけると、ナツィに鋭い目を向けた。

「おい、なにをしている。お前もその汚れた衣を着替えろ」

「他の衣など持っておりません」

「ならばせめて帯だけは新しいものを締めろ。倉からひとつ取ってこい。無地の帯程度なら、半端者にもくれてやる」

「ありがとうございます。でも」とナツィは戸惑いを隠せなかった。「……どこかに出かけるのですか?」

神北の民は、大珠と帯をことさら重視する。族長筋の家の者は特別に碧《あお》の濃い、質のよい翡翠《ひすい》を大珠としてさげているものだし、帯に組みこまれた神北文様に使われている糸の質や色を見れば、身分はおおむね知れる。モセは有力部族の族長の娘だから、当然帯も立派なもので、『波墓の碧《なみはかのあお》』と呼ばれる美しい碧色の糸で神北文様を組みこんであった。

神北では最上の色とされたこの碧は、もはや手に入らない貴重なものだ。産地であった波墓の部族が、十数年ほど前に滅びてしまったからである。

それにしても、とナツイは疑問に思う。倉の文物に手をつけることを許してまで真新しい帯を締めろとは。どこか改まった、失礼が許されない場にでも向かうのだろうか。

そのとおり、とモセは首肯した。

「ほどなくこの神北の王となる、我らが主《あるじ》にして我が父上のところへ向かうのだ」

え、とナツイは耳を疑った。

「わたしが供をしてもよいのですか？」

半端者のナツイは、隠れ里をほとんど出られない。ましてやモセが告げた『父上』の領地になど、その本拠の里どころか、近隣にある『鷺』の隠れ里にすら近寄ることを許されなかった。

仕方あるまい、とモセは笠《かさ》を被《かぶ》る。

「維明の屍体を見たのはお前だ。お前自身が報告するしかなかろう。それにグジから預かった品を、シキさまに返さねばならない。シキさまもまた、我が父のもとへ向かわれるはずだからな」

モセは、ナツイが決死の覚悟で持ち帰った『宝』の包みに手を伸ばした。いくつかある包みを順に、慎重な手つきで広げては閉じていく。なにかを探している。

とうとうひとつの包みを取りあげると、さらに丁重に絹で包んで懐に収めた。

残りはぞんざいにナツィに投げ渡し、再び背を向ける。

「ゆくぞ」

ナツィは慌てて懐に包みを突っこんで、犀利の幸運を祈りながらモセのあとを追った。


古来、神北には王はいない。だが部族のあいだに格のようなものはあり、古《いにしえ》から続く十三の部族、称して『十三道《じゅうさんどう》』が、その歴史も部族の規模においても、他の新興部族とは一線を画していた。

『十三道』は古来より互いの不可侵を誓い、それぞれがそれぞれの土地を治めてきた。だからこそ、朝廷の横暴を許してしまったのだという者もいる。『十三道』同士の戦いが禁じられていたから、大きな争いは起こらない代わり、神北にひとつの勢力も生まれなかったのだと。

そのように主張する者たちは、『十三道』が一なる王を立てられなかったのは、それぞれの部族の矜持《きょうじ》や信念を掲げて譲らないからだともいう。

モセと伯櫓、それに供をするナツィが目指すのは、その『十三道』のひとつ、痣黒《あざくろ》の部族の本拠地だった。

隠れ里を発《た》ち、険しい山道を登ってはくだっているうちに、波うつように北へ続いていく巨大な山並みが、左手の木々の向こうへ垣間見《かいまみ》えるようになった。

神北を南北に貫く大山脈、脊骨《せぼね》の山脈《やまなみ》だ。

その名のとおり、いくつもの小さな山筋を従えながら、まるで背骨のように神北の大地の中心を貫いている。

——相変わらず、大きいな。

霞《かすみ》がかった空に白き壁のように立ちはだかる威容に、ナツイは瞬《まばた》きも忘れて見入った。

神北は冬が深い土地である。脊骨の山脈も、一度雪が降りだせば、麓《ふもと》から頂《いただき》まで白一色に覆われる。それが春になるにつれ、ゆっくりと麓のほうから雪が解けて碧《あお》く変じてゆき、やがて夏の盛りになると、わずかに残った頂の白も、鷺が空へ飛び去ったように消える。だから神北の民は短い盛夏を『大鳥去る』季節と呼び、長い冬を『白骨晒《さら》す』季節と言ったりもする。

そしてそのふたつの季節以外ならば、脊骨の山脈を仰ぐ場所に住まう神北の民は、山さえ見れば事細かに暦を知れるという。山のどこで碧《あお》と白が切り替わるのかを確かめれば、田畑の手入れをはじめる時期も、苗を植える時期も、すべてが見えてくるのだそうだ。

今は春先で、どの峰も中腹あたりまで色がのぼってきていた。山頂にかけても尾根から雪が解けはじめていて、縦に碧い筋がいくつも走っている。ちょうど、巨大な背骨が野ざらしで朽ちていく途中のようだ。里人ならば、稲の種まきの季節にさしかかっていると読むのだろうが、山から暦を読む技を持たないナツィにとっては、ただただ美しく、恐ろしかった。

あれは巨大な死。誰にも顧みられず朽ちてゆく死。

ふいにナツィは自分が、維明を殺したことに興奮も喜びも感じていないと気がついた。なぜだろう。化け物石の力を借りたからだろうか。それとも。

――やはりわたしが望んでいるのは、殺して守ることなんかじゃないからか。

わからない。わかるまで考え続けることも禁じられている。

答えが出ない不安を紛らわそうと、胸の大珠に触れてみた。今日とて白き石は、わずかばかりの光すら放たない。

化け物石とわかっても、ナツィはこの石を捨てることができなかった。思えば拾ったあの日から、何度も捨てようとすれば捨てられたのに、結局手放さずに首にかけ続けてきた。

グジが言うように、化け物に乗っ取られているゆえかもしれない。

あの夜、ユジは魅入られたような目をしていた。命を削る矢を次々と打ちこまれているのに、気にもならないように石だけを見つめていた。ナツィもまた同じなのかもしれない。今このときも化け物の力への恐怖より、まるで心の石そのものをさげているのだと錯覚してしまいそうな、確かな重みと硬さを手放す不安が勝ってしまう。

モセと伯櫓は、脊骨の山脈になど目もくれなかった。やがて林が途切れ、六連の平野の南縁に出ても、維明の死の報を他の部族がどう受けとめているのかを話していた。

「維明の居城であった東の城柵《じょうさく》の周辺には、すでに噂が出回っているようです。動揺している新興の部族もあるとか」

「そんな枝葉などどうでもよい。『十三道』の連中はなんと言っている。知らせは届いているのだろう」

「維明と懇意にしていた阿多骨《あだほね》族は、信じぬと怒っているようです。他の部族は様子見かと。まだ維明の死が事実かどうか判じあぐねているようで」

「日和見を決めこんでいるわけか。軟弱者め」

「もっとも今日、モセさまのお父上を含めこのあたりの『十三道』の族長が連れだって、噂の確認に東の城柵へ向かったようです。そこで維明の死が公にされるやも」

「どうだかな。朝廷はひた隠すに違いない」

　モセは吐き捨てた。

　いくつかの小さな川瀬を越えたところで、モセは八十川《やそがわ》なる大きな川沿いに西へと進路をとった。痣黒の族長が治める地は、六連野《むつらの》のちょうど南端から、八十川沿いに広がる葦原《あしはら》までという。八十川に沿って西に進んでいくと、その本拠があるのだそうだ。

　六連野の春の盛りは遠く、いまだ枯れ色に染まっている。脊骨の山脈から吹きおろす風を腕で遮りながら、ナツイは川沿いの、道ともいえぬ道を進んだ。

　脊骨の山脈は、東国一帯を取り囲む帯懸骨の山々から生え、以北数百里のあいだ、途切れることなく延びている。脊骨というだけあって、東西に走る肋骨《ろっこつ》のごとき山筋も伴っていた。骨々の合間に息継ぎのように存在する平野や丘陵に、神北の民は里を作って暮らしている。

ふと誰かが、『神北の民は骨のうちに隠れ住んでいる、すなわち死後の世界に生きている。だから穏やかで我慢強いのだ』と言っていたのを思い出す。

もっともナツイは、本当かな、と思っている。神北の民だって、笑うし怒る。野ざらしの骨のあわいからはすぐに新芽が顔を出し、力強く伸びて、やがて骨を覆い、呑《の》みこんでいく。

それに今横切ってゆく六連野に、『骨のうちに隠れ住む』というほど狭い平野でもなかった。いわば肋骨と骨盤に挟まれた腹に位置する場所で、途中小さな丘陵や峠を挟みつつも百里は平野が続いている。それもあって、『十三道』の実に半数あまりはこの周辺に本拠を構えていて、最初の肋骨である『一の傍骨《かたわらぼね》』以北の『十三道』とは区別して、とくに六《む》連花《つらばな》と呼ばれることもある。

そして六連野にあるのは、部族の本拠ばかりではなかった。朝廷の前線の砦《とりで》にして国府である東の城柵も、平野の中央をやや海側に行ったところにある小高い丘陵から、平野を眺め渡しているという。

六連野には他にも、朝廷側の砦や郡家《ぐんけ》が散在している。つまりこの平野はある意味、すでに朝廷の手に落ちているとも言えた。六連花の族長も、表向きには朝廷への恭順を誓っていて、下級役人である郡領の官職を賜っている。朝廷の施設の普請に力を貸し、郡民から税を取り立て納める代わりに、もともとの領土は安堵《あんど》され、いくつかの新興部族の統治も任せられたというわけだ。むろんあくまで下級官人という扱いだから、国府に足繁《あししげ》く参じては、四方津の都から派遣された官人にへつらわねばならなかったし、そもそも朝廷が、いつまでも在地の豪族に甘い汁を吸わせ続けるとも思えなかった。

神北は、ここの六連野は、危うい均衡の上に成り立っていた。

川沿いを半日あまりひたすらゆくと、大きくうねる八十川に臨む崖《がけ》の上に、材木塀で丸く囲まれた大きな里が見えてきた。見るやナツイは悟った。あれこそ『新宮《あらたのみや》』と呼ばれている、痣黒の族長が住まう里なのだ。

一部族の本拠にすぎない里が、新しい宮などという大仰な名で呼ばれる理由はふたつ。痣黒はもともと他の土地に本拠があった部族で、この里に移ってきてまだ数年だから。もうひとつは、いよいよ神北に一なる王が立ったとき、ここを王の宮と定めるからだという。

川沿いには船着き場があって、広場のようになっていた。神北の部族が蜂起した花落の大乱よりまえは、決まった日に市が立ったそうだ。神北の各地の特産である金《きん》や馬、昆布や毛皮が持ち寄られ、交換されていたという。大乱後に市は他の場所に移ったが、船着き場は生きているから、今も痣黒族が生業《なりわい》の木材の出荷に使っている。

実はそれに乗じて朝廷の官衙《かんが》や移民の里から奪った文物もひっそりと取り引きされて

いて、『鷺』はここで、殺した鎮兵から剝《は》ぎとった武具や防具を売り払っているそうだ。

ふいに清らかな川の水が澱《よど》んで見えて、ナツイは里の背後に広がる端山《はやま》へ目を移し、山道を早足で登っていくモセたちの背を追った。

ぽつぽつと芽吹きはじめている端山の木々を横目に歩き続けると、視界が急に拓《ひら》けて、坂道のさきに立派な櫓門《やぐらもん》が現れる。

それこそナツイがはじめて目にする痣黒の本拠、新宮の入口だった。

神北の民の里は必ず円形をしていて、この新宮も例に漏れない。規模の大きな里ならば、やはり新宮と同じく周囲を堀や材木塀に囲まれ、神北文様を施した櫓門を構えている。

しかしナツイは、今目の前にあるものほど大きな門は見たことがなかった。

これが『十三道』の、わたしたちが仕える部族の本拠か。

慄《おのの》き心動かされているナツイをよそに、モセは慣れたものだった。「門を開けよ」と櫓上の門番へ命じれば、軋《きし》むような音を立てて、丸木を寄せて作った扉が両側にひらいてゆく。ナツイはモセと伯櫓の背越しに中を見やって、さらに仰天した。

内側から見ても、『新宮』は大きな集落だった。櫓門から延びる道は突き固められ、整えられている。道は里の中心に続いていて、そこには広場があった。広場の周囲には大きな柱に支えられた高床の建物がいくつも建ち並ぶ。族長の館《やかた》や宝物倉だろう。

そんな中心の建物群を取り囲むようにして、藁葺《わらぶ》きの家が集落全体に広がっていた。

ゆうに百は超えているように見えるから、住まう里人の数も五百は下らないだろう。どちらを向いても明るい声が響いている。道ばたで農具の手入れをしている者、小屋のうちで組織《そしょく》に精を出している者。ゆきかう男女は鹿皮の前掛けをしたり、毛皮を帯に吊《つる》したりと神北の民らしい恰好《かっこう》で、みな首に翡翠《ひすい》の大珠をかけている。大珠に使われている翡翠はどれも色味が濃く、質がよいもので、一目でここが裕福な里だと知れた。

そしてなにより族長の住まう里だけあって、幼子以外はみな秘儀を受けた一人前の証《あかし》である、神北文様が入った帯を巻いていた。きっと大珠の裏側にも証が刻んであるのだ。『鷺』の戦人と同じ印が。

そう、この里の者は、誰もが『鷺』の戦士と同じく『理想の夢を追い求める』なる石を心に抱いている。それこそ痣黒の部族が、部族の石として掲げる信念だった。

里のうちへモセが足を踏み入れると同時に、門番が櫓上から「モセさまがお帰りになったぞ」と呼びかける。とたん人々は顔をあげ、目を輝かせて駆け寄ってきて、モセばかりでなく伯櫓やナツィにまで声をかけてきた。

「モセさま、維明を討ち取られたとか。よくぞ成し遂げられました！」

「『鷺』よ、今まで我らの影となり、よく励んでくださった」

「あの暴虐非道の将軍がいなくなってせいせいする。あんたがたのおかげだよ」

「これで鎮軍など屁《へ》でもない。我らの理想の夢が叶《かな》う日が、とうとうやってくる」

「そうだ、すぐに朝廷は怒りくるって征討軍を寄《よ》こすだろう。我らが族長さまを王に戴《いただ》き、神北の民を挙げて迎え撃ってやろうぞ！」

族長の屋敷へ続く道は、喜びの声で溢《あふ》れた。誰もが笑顔で、無地の帯を気まずくさすっていたナツイの肩まで叩《たた》いてくれる。

はじめてナツイの身のうちに、維明を殺した実感と喜びが強く湧きあがってきた。このときを待っていたのはわたしたちだけではなかった。わたしはこの人々を、維明からも朝廷からも守れたんだ。

「痣黒の人々、ものすごく喜んでくれていましたね」

族長の館で謁見を待つあいだ、饗応《きょうおう》として出された見たこともない焼き団栗《どんぐり》を頬張りつつ、ナツイは幸せを噛《か》みしめていた。嬉《うれ》しかった。早くここが本物の王宮になってほしいと願った。そうすればナツイは、この国に住む人々と、その穏やかな暮らしを守るためにこそ命を燃やせるかもしれない。半端者でなくなるかもしれない。

だが、一足遅れて『新宮』に着いたイアシは、辟易《へきえき》しているようだった。

「痣黒の奴ら、まったく調子がよすぎですよ」

モセに漏らしながら、ナツイの指からひょいと実を奪い、口に入れる。ナツイはつい小声で抗議した。

「おい、わたしの団栗だったのに」

「これは団栗じゃない、四位《しい》の実だ」

「四位の実？」

「東の帳の山々より西でしか生えない木の実だ。ま、神北から出たことないお前が知らなくても無理はないけどな」

「……イアシだって出たことはないはずだろ」

「死んだ愚かな親から聞いたんだよ。団栗のような渋みはないから、尖じゃよく食べられるんだと」

そうなのか、とつぶやくナツイをよそに、イアシはモセに向かい合って大げさに息を吐きだした。

「モセさまだって、調子がよすぎると思いませんか？　この里の奴ら、さも一緒に頑張ってきたみたいな顔をしてますけど、実のところは俺たちに汚れ仕事ばかり押しつけて、鎮軍にごまをすってただけじゃないですか」

確かにイアシの言うとおりでもあった。

この痣黒の部族は、『鷺』とはいわば同志である。実のところ『鷺』の戦人もまた、大きなくくりで見れば痣黒の民だ。『理想の夢を追い求める』なる痣黒の部族が掲げる石を、心に抱いているわけだから。

だが痣黒の民は、『鷺』など知らないふりをしている。それどころか表向きは朝廷の忠実な僕《しもべ》を演じていた。四年前、やはり『十三道』のひとつだった花落の部族が朝廷に叛旗《はんき》を翻した際も、痣黒は率先して花落を見限り、朝廷へ臣従したのだ。そして征討軍による花落の鎮圧にさえ協力して、多大なる軍功をあげた。

神北を裏切った、裏切り者の部族となった。

その結果、朝廷にいち早く従った部族として重用されるようになったし、族長のエッロは郡領の地位さえ賜り、彩帛（染められた絹）やら太刀やら石帯やら、朝廷の文物も数多く与えられた。だから痣黒の民は、『鷺』が維明に執拗に追われて苦境に陥っているあいだも、それなりによい暮らしを続けていたのである。イアシがぼやくのも無理はない。

　だが、

「そういうことは言わない約束だ」

　とモセはイアシを睨《ね》めた。

『鷺』と痣黒は、それぞれの役目を果たしていたにすぎない。『鷺』を作ったのは、我が父にして痣黒の族長エツロ。我が父は、この神北に一なる王を立てるという理想の夢を追うためにこそ『鷺』を作りあげ、シキさまへ采配《さいはい》を任せたのだ。痣黒と『鷺』が抱く夢は同じにしてひとつ」

　神北の地から、朝廷の勢力を一掃する。

　そして一なる王を戴く神北の国を作りあげる。

「……仰《おつしや》るとおりです」

　とイアシが小さくなったとき、今度は背後から、穏やかな声が響いた。

「まあ、そう目くじらを立てるものでもないよ。イアシの気持ちもわからないではなかろう？」

「シキさま！」声の主を悟り、イアシはぱっと顔をあげる。「無事に六連野の監視の目を抜けられたのですね！」

果たしてそこには、今到着したばかりという風情の、旅装束のシキが立っていた。

「なんとかな」

隻眼を隠すために被《かぶ》っていた笠《かさ》を脱ぎながら、シキは和やかに笑ってみせる。

維明が死んだといえども、シキが『鷺』の首領として朝廷から狙われているのは変わりない。朝廷の追跡を逃れるために、シキは奇襲のあとも他の者とは合流せず、ひっそりと隠れていた。そしてようやく、夜に紛れてこの里へやってきたのだった。

一同は立ちあがり、シキとの再会を喜びあった。

「ご無事でよかった。奇襲の夜にお別れしてから、気が気ではなかったのです」

モセが涙ぐめば、シキも笑ってねぎらう。

「お前たちもみな無事でよかった。卑怯《ひきよう》な挟み撃ちに晒《さら》されたなか、よくぞ持ちこたえてくれた」

シキは、隅にかしこまっているナツイをも称《たた》えた。

「グジとユジは残念だった。だがお前はグジから託されたものを、しっかりと運んできたそうではないか。維明の死も見届けたのだろう？　素晴らしい働きだった」

ナツイは頬を紅潮させた。こんな言葉をもらえるとは思ってもみなかった。喜びに押されてまくしたてる。

「わたしは嬉しいのです、シキさま。これでわたしもすこしは神北を守れたのだと――」

「いろいろと聞きたいところだがな」とシキは苦笑で制した。「まずはグジに託されたものを返してくれないか」

そうでした、とナツィは急いで包みを手渡した。

「……いくつか足らないようだ」

「実はひとつ、維明に砕かれてしまって」

とたん、シキの表情ががらりと変わった。鋭い、咎《とが》めるような視線が飛んでくる。

「どの石を砕かれたのだ」

どうしよう、わからない。ナツィは青くなった。砕いたとき、維明はなにか言っていたような気もする。でも思い出せない。そもそもなぜシキは、これほど厳しく問いただしてくるのだろう。あれこそが、絶対に守らねばならない『宝』だったのか？

強《こわ》ばった顔で身をすくめていると、モセがひとつの包みをシキへさしだした。

「ご安心を。お探しの品は無事です」

グジからの預り物のうち、隠れ里を発《た》つまえに選《よ》りわけていたものだ。

受けとったシキは真剣な手振りで包みをひらき、検《あらた》めている。中身をナツィに見せる気はないようだったが、偶然垣間《かいま》見《み》えた。これもまた大珠にするための石だ。白みがかっていて、価値の低い翡翠《ひすい》に見える。

だからこそ、ナツィはどきりとした。

――わたしが大珠にしている化け物石に、よく似てる。

であれば、シキの手にしているそれも化け物に関わるものなのか――と不安になったところで、シキが厳しい眼差《まなざ》しを緩めて首にかけたので、考えすぎだと悟った。

「……シキさまの大珠でしたか」

「わたしのものというわけではない。わたしの大珠はほら、ここにあるだろう？」

とシキは、すでに胸にかかっている碧《あお》の濃い立派な大珠に目を落とす。

「だがこちらもまた大切な品なのだ。今は亡き知己の形見でな」言いながら、白い色のほうを衣の内側にそっと入れこんで、嬉しそうに目を伏せた。「お前がなくさずにいてくれてよかった」

そうなのか。大珠とは心の石の表れだから、普通は一生同じものを使い続けて、死んだら墓に副葬されるものだが、形見として取っておくこともあるのかもしれない。大事なものだからこそ、シキはグジとユジに預けていたのか。

とにかくシキは喜んでいるようで、ナツィは胸をなでおろした。さきほどは、お前などいらないとでも告げられるかと怯《おび》えてしまった。それほどシキの目は恐ろしかった。あの日の『若』のようだった。

「ちなみに砕かれたのは、どのような石だった？」

「それは……よく見えませんでした。急に現れた維明に見つかって、ひと息に砕かれてしまったのです」

ナツィは慎重に答えた。石が激しい光を放ったことも、触れたユジが石神と化しかけたとも言わなかった。グジに黙っていろと命じられたし、そもそも恐ろしくて口にできない。

と、黙って聞いていた伯櫓が首を突っこんでくる。

「石を砕いた？　本当に維明本人が砕いていったのか？」

いやに真剣だ。戸惑いつつもうなずいた。

「はい。翡翠は硬い石ですからそうそう砕けるはずはないのですが、短刀で、いとも簡単に」

「早蕨刀か、四方の腰刀か？」

「それはわかりませんでした。暗かったもので」

伯櫓とシキは、思わせぶりに目を見合わせる。

「……どうなさいましたか」

「いや、とにかくよくやった、ナツィ」

シキはなにごともなかったように笑みで称えた。はにかみつつも、ナツィは落ち着かない気分になった。

よく考えれば確かに、あの硬そうな石がただの一打で砕けるなんて違和感がある。維明の振るった短刀が特別だったのか、それとも石がおかしいからか。

グジとユジはあの石を、宝でありがらくたと言っていた。人の命よりも大切なものですらあるように見えた。そしてユジは、触れるや伝説の石神のような姿に変じようとした。乗っ取られそうになっていた。

あれは、実のところなんだったのだろう。

――お前は知らなくてもいいし、考えなくともよいのだよ。

心の石から父の声がする。そのとおりだとナツィは思う。一方で、胸の底の異物を吐きだしてしまいたい衝動にも抗《あらが》いきれなかった。

「あの、シキさま。ひとつだけお尋ねしてもよいでしょうか」

「なんだ」

「わたしがグジから託された石は、いったいなんだったのでしょう。なぜグジとユジは大切に守っていたのです」

宝か、それともがらくたか。普通の翡翠とは異なるものか、中には石神が閉じこめられているのか？　ナツィの化け物石もまた同じなのだろうか？　あれからいくら触れようともなにも起こらないが。

やはりわたしは、化け物なのか？

思い切って尋ねかけたのに、シキは困ったように眉根《まゆね》を寄せるばかりだった。

「残念だが、半端者には教えられない。これらの石がなんたるかは、一人前の戦人にのみ伝えられる決まりなのだ」

え、と戸惑うナツイの視界の端で、そのとおりと伯櫓が相づちを打つ。モセもイアシも、この場のナツイ以外の者はみな、わかったような顔でうなずいている。

ナツイの頬はかっと熱くなった。ほら見ろ、と心の中で誰かが言う。身の程もわきまえず、心の石に従わず、なにかを知ろうとするからだ。だから恥をかく。

「そうがっかりするな」とシキはナツイを慰めた。「さあ、維明の最期を教えてくれ。それからエツロさまに謁見しよう。お前が見たことを話すのだ」

ナツイはぎこちない笑みを浮かべた。


痣黒は、いまや神北で一、二を争う大部族であるから、族長の居所もたいそう立派なものだった。両手で抱えられないほどに太い白木の柱が並び立ち、奥の一段高くなっているところには、朱鹿《あかしか》や貂《てん》といった高価な毛皮が惜しげもなく敷き詰められている。その上に、たくましい体軀《たいく》に豊かな髭《ひげ》を蓄えた壮年の男が立っていた。

痣黒の族長、エツロである。

朝廷に仕える証《あかし》である布の冠で頭を覆い、美しく染められた彩帛《さいはく》の袍《ほう》をまとっている。腰には方形の玉がびっしりと貼りつけられた石帯を巻いていた。

神北において、帯とは大珠に次いで重要なもので、身分や立場を表すこともある。そして石帯は朝廷の官服である袍にしか締めないものだから、朝廷の権力そのものの象徴だ。

その石帯を、泥を払うかのように投げすてながら、エツロはナツィを問いただす。

「ではお前はグジにあとを託され、維明に打ってでようとした。そのとき地滑りが起こったと」

「はい」

「そして維明の屍体《したい》を見た」

「仰せのとおりです」

ひれ伏したナツィは、緊張に声を震わす。「腕と顔が、土から飛びだしていました。すぐ横に、維明の兜《かぶと》が」

化け物石がナツィの願いどおりに地滑りを引き起こしたとは、やはり黙っていた。化け物扱いされるのは嫌だ。それにもしナツィの手柄と認めてもらえたとしても、半端者である以上、かえって腫《は》れ物に触れるように扱われるだけだ。痣黒の民が奉じる石に心を捧《ささ》げられない半端者が力を持つのを、エツロもシキもひどく嫌う。

「……それから鎮兵たちが、その屍体を見て鎮守将軍だと騒いでいました。もう死んでいると、それでもひっぱりだせと」

「なるほどな」

エツロは数度うなずくと、冠すらも捨てて、ひっつめていた髪を背に流す。

「俺が他の六連花の族長どもと東の城柵《じょうさく》に行ってみたところ、官人どもは慌てふためいていた。それで俺が、『将軍がお亡くなりになったというけしからん噂が流れている、とても信じられぬが、ご無事を確認したい』と願いでれば、今度はへらへらとして、ご病気だなんだとごまかそうとする。そのくせ官衙《かんが》の隅では青い顔した職人が、立派な白木の棺《ひつぎ》をこしらえている」

つまり、とエツロは目を細めて、ナツイと同じくかしこまっているシキへ声をかけた。

「奇襲の夜、維明が地滑りに呑《の》みこまれて死んだのは間違いない。シキとその配下の者ども、我らが理想の夢のためによく働いてくれた」

「ありがたきお言葉」

シキは口の端を持ちあげ頭をさげる。うしろに並んだ伯櫓やイアシ、ナツイたちも同じく額《ぬか》ずいた。

「維明には苦しめられ続けてきた。シキ、お前の手腕がなければ、我らの夢はとっくに彼奴《きやつ》の手で砕かれていただろう。お前は『理想の夢を追い求める』なる、我ら痣黒の石を体現する者だ。誇りに思う」

「ますます恐縮にございます。我ら『鷺』、未来の王のためならば、いくらでも身を粉にいたしましょう」

再び礼を言ってから、ですが、とシキは、エツロのそばに置かれた壺《つぼ》へ目を向けた。

「こたびはただ戦果を得られたというわけでもございませんでした。ユジとグジという族長さまに長くお仕えしたふたりをはじめ、多くの戦人を失ってしまいました」

それは骨壺だった。あの奇襲の戦場からなんとか奪ってきた、戦人の骨が入っている。

「気にすることはない、シキ」

とエツロのそばに控えたモセが庇《かば》った。「理想の夢を現《うつつ》のものにするためには致し方ない犠牲のはず。そうでございましょう、父上」

そのとおりとエツロもうなずく。

「死んだ戦人は今ごろ地の底で、国の礎になれたと喜んでいるだろう。とうとう我らは一歩踏みだすのだ。俺は王となり、万年櫻の塚から玉懸の地まで、すべての神北の民を率いよう。そして朝廷の軍勢を退け、気味の悪い方形の官衙も柵もすべて取り払い、この八十川に臨む地に神北国の都をひらく」

その暁には、とエツロは娘の肩に手を置いた。

「シキ、お前にもぜひ国の重きを任せたい。はっきりと言えば、我が娘を娶《めと》ってほしい」

「父上、急になにを仰《おつしや》ります」

寝耳に水だったのかひどく慌てているモセを、エツロは満足そうに見やる。「まんざらでもないだろうに。シキほどの戦人を拒む女は誰ひとりおるまい」

「わたしは女ではない、立派な戦人です、父上」

モセの声は明らかな怒気を孕《はら》んでいたが、エツロは一向に気に留めなかった。

「女の身がなにを息巻いている。立派な夫を迎えてこそ、女は生まれた意味がある。お前は俺のひとり娘なのだからなおさらだ」

「しかし」

「シキよ、我が娘では不服か？」

「とんでもございません」とシキはモセに、なだめるような笑みを向けた。「モセさまの夫に選んでいただけるとは、望外の喜び。痣黒の石に従うために故郷を出奔したころの自分に聞かせてやりたいくらいです」

娘が黙りこんだのを見て、「ならばよい」とエッロは声をあげて笑った。

「娘のひとりしか生まれず忸怩《じくじ》たる思いを抱え続けてきたが、お前を一族に迎えられるのなら元は取れた。痣黒の出身でないシキが重用されるを見れば、我が身もいずれはと、諸部族も希望を抱くだろう。むろん、『鷺』の者どもも同じ。よく励めば、痣黒の者と同じように取り立てよう。とくにそこの若いふたり」

「はい」

と隣にかしこまったイアシが胸を張って返事をするので、ナッィも慌てて顔をあげた。

「男のほうは、モセを守って勇敢に戦ったと聞いている。褒美といってはなんだが、さっそく明朝お前のための秘儀を執り行ってやろう」

「まことですか？　光栄に存じます！」

「そして女よ。お前は例の山猫だな」

とエッロは太く締まった腕を組み、品定めするように見おろした。

「本来ならばお前のように、いつまでも我らの夢に心を捧げられぬ半端者を『鷺』に置いておくわけにはいかない。結束を乱すからな。だが、死んだグジに免じてもうしばらくは『鷺』にいさせてやろう。一刻も早く我らの夢に心を捧げ、我らの石を己の石として、胸を張って殊勲をあげてくれ」

はい、とナツイがうつむきつぶやいたときには、エツロの目はすでに別のほうへ向いていた。

「シキ、戦人の骨はお前に預けてよいな」

「お任せください。我らが夢に殉じたこれまでの戦人と同じく、髑髏の谷へと手厚く葬りましょう」

「それがよい。あの谷はここが波墓《なみはか》の里だったころから、戦人を葬る墓地だった」

遠い目をしたエツロに、シキはそろりと切りだした。

「エツロさま、実は我らは、戦人の骨ばかりでなく鎮兵の骨も拾ってまいりました。そちらも同じく葬ってよろしいでしょうか」

官服を脱ぎ捨てはじめていたエツロは手をとめ、眉《まゆ》をひそめる。

「敵まで弔うような愚かな真似を、まだ続けているのか？」

「敵であろうと死すればみな同じ。できる限り、葬ってやりたく存じます」

エツロはしばしシキを見おろしていたが、やがて「勝手にしろ」と背を向けた。

「よかったなあナツイ。首が繋《つな》がって」

衣の裾《すそ》や襟に朱狐《あかぎつね》の毛を縫いつけた痣黒の正装に身を包みながら、イアシはまるでできの悪い妹を前にした兄のような声で息を吐いた。

「だけど本当は話を盛ってるんじゃないか？　痣黒の石を心の真ん中に据えていた一人前の戦人のグジが、よくわからない石を頑《かたく》なに守っているナツイなんかに後事を託すとは信じがたい」

「嘘じゃない」

ナツイはむっと口を尖《とが》らせて、骨壺を抱えこんだ。化け物石が壺の肌にこつりと当たる。

これからイアシは、いよいよ一人前と認められるための秘儀を受ける。『理想の夢を追い求める』のが痣黒の民の信条、つまりは『痣黒の石』。その石に心を捧げると誓う儀式だ。

そのあと祝宴がひらかれるのだが、ナツイは半端者だし、ゆえあって宴《うたげ》には出られない。それで秘儀が終わればひとり、『新宮』の裏手の端山にある、髑髏の谷へ壺を置きに向かうことになっていた。

――嘘じゃないし、さらに言えば、わたしが維明を討ったんだ。

兄弟のように過ごしてきたイアシにも、やはり言えなかった。いや、イアシだからこそ打ち明けるわけにはいかない。

「まあいい、とにかくお前が追い出されなくてよかったよ。だがナツイ、お前はこれを機に真剣に、痣黒の石について学べよ。いいか？　俺たちは『理想の夢を追い求める』

なる石に従って、『一なる王を戴《いただ》き、朝廷を退ける』って美しい夢を追い求めているんだからな」

「そんなのはわたしも知ってる」

「だったらなぜいつまでも別の石にしがみつく。痣黒の石ほど美しい石なんて、この神北のどこにもないのに。わかってる、学びが足りないから、いつまでも気づけないんだ」

「……学ぶつもりなんてないよ」

「あのなあ、お前のためを思って言ってるんだぞ。維明が殺されたんだから、すぐにでも朝廷は復讐《ふくしゅう》のために征討の大軍を送りこんでくる。待ちわびた日が来る。ぐずぐずしている暇はないんだからな」

イアシはナツイの肩を軽く叩《たた》くと、軽やかに駆けていった。

「……なんだ、すっかり一人前の戦人みたいなことを言って」

ひとり残されたナツイは、胸の石に目を落とした。「連れてこられたばかりのときは、ずっと泣いてたくせに」

泣きじゃくって怒っていたくせに。必ず仇《かたき》をとってやると、父母を、妹を返せと。シキも『鷺』も殺してやると。

イアシのための秘儀をまえにして、広場にはすでに里人が集まっていた。

里の中心にある広場のそのまた中心には高床の倉があって、その中で秘儀は執り行われるらしい。イアシは緊張の面持ちで、エツロやモセとともに階《きざはし》をのぼり、窓ひとつない倉の暗闇へ消えていった。

残った人々は高倉を囲み、儀式の終わりを待つ。半端者のナツイも、広場の片隅で見守ることを許された。

この痣黒の里で一人前になるとは、痣黒族が掲げる『理想の夢を追い求める』という石――痣黒の石を、己のすべてにおいて指針とし、支えとし、命より重く奉じているのだと認められることだ。秘儀の場では、胸の大珠の裏側に、痣黒の石をなにより尊び、身を捧《ささ》げるという証《あかし》として痣黒の印を刻みこみ、そのうえで儀式を行ったり、部族の秘密を教えてもらったりするという。

もっともナツイは今まで、秘儀の場でなにが行われているかになどそれほど興味がなかった。言うほどたいした儀式でもないはずと考えていた。きっと中身なんて本当はどうでもよくて、同じ秘密を共有したという事実が重要なのだ。秘密の共有は結束を高める。内と外に線を引いて、自分は特別なのだと錯覚させる。

そう、ある意味冷ややかに思ってきた。

だが。

――いや、考えたって仕方ないんだ。

『鷺』の一人前たちに、秘密があるのは間違いない。だとしても、知りたいとも、暴きたいとも思わない。従い、守れればそれでいい。

記憶の向こうから響く父の声を反芻《はんすう》しているうちに、倉の戸が再びひらく音がした。イアシが高倉の階をおりてくる。その足どりは軽やかで、一見、帯が新しくなったほかはなんら変わったところのないように見えた。

しかし表情がはっきりと窺《うかが》えたとたん、ナツィはぎょっと後ずさってしまった。

印が刻まれたばかりの大珠に誇らしげに指を添えたイアシは、夢の只中《ただなか》にいるような
とろりとした瞳《ひとみ》を輝かせていた。目覚めたのに、いまだ心は至高の夢のうちにある、囚《とら》われている。そんな表情だった。

「どうだった、イアシ」

階の袂《たもと》で待っていたシキが問いかける。イアシはいっそう頰を上気させた。

「話に聞いてはいましたが、あまりに美しいものでした。俺は、まさしく理想の夢を見ました。この目で確かめ、手で触れました」

理想の夢。

その熱く輝く瞳の底に、どこかぞっとするような頑なさと一途さを感じて、ナツィは怖くなった。イアシはなんの話をしているのだろう。倉の暗闇で、眠るあいだに見る夢でも見たのか？　秘儀はすぐに終わったから眠りに落ちる暇などなかったはずなのに。

わからない。考えても意味がない。知りたいと首を突っこんだところで、さきほどのように恥を搔《か》くばかりだ。

それでも胸の底がざわざわとして、いても立ってもいられなくて、ナツィはたまらず

逃げだした。ひとり骨の壺《つぼ》を抱えて広場を走り去った。

　裏手門から里の外に出て歩くうちに、幾ばくか落ち着きが戻ってきた。息を整え、壺を抱えなおして、ゆっくりと端山の山道を登っていく。樅《もみ》の連なる木立の隙間から、強い日の光が落ちかかる。さやさやと揺れる木の葉のささめき、遠くで鳴く差羽《さしば》の声。懐かしいような、苦しいような、そんな感情に胸が潰《つぶ》れる。

　理由はすぐにわかった。

　ほどなく山道は、切り立った渓谷にさしかかった。端山をふたつに分けるように横たわる渓谷は深く、ナツイはおずおずと覗《のぞ》きこむ。底はほとんど涸《か》れ川で、ぼろぼろの流旗《ながればた》がひとつ揺れていた。風に流されるばかりの旗を支える棹《さお》は傾ぎ、かすかな音を立てて軋《きし》んでいる。

　かつてここに栄えた、波墓なる部族の墓場だったという髑髏の谷。

　ナツイはこの場所に、確かな見覚えがあった。

「『若』を葬ったところじゃないか……」

　四年ぶりだが間違いない。かつて墓とは知らないままに『若』を葬った地が、まさか痣黒の『新宮』のすぐ裏手だったとは。

　あたりにひとけはなく、響くのは鳥の声ばかりだ。崖《がけ》沿いにしばらくゆけば、道は谷底におりるものと、渓谷を渡る、蔓《かずら》で編まれた吊《つ》り橋の二手に分かれた。ナツイがこの地を守っていたころは橋などなかったから、『新宮』ができてから架けられたのだろう。

ナツイはいくらか迷ってから、やおら骨壺を道の端に置き、蔓の橋に手ぶらでそろりと踏み入った。両手を大きく伸ばして左右の欄干をしっかりと握りしめ、編みこまれている床板の丸木に恐る恐る体重を乗せる。ナツイがほんのすこし動くたび、橋は引きつれたような音を立てて揺れた。

実のところ、ナツイは高いところが怖くて仕方ない。だからこのいたく揺れる橋にななど本当は踏み入りたくもないのだが、それでも渓谷をまるっと眺め下ろしてみたいという気持ちには勝てなかった。

――『若』の屍《しかばね》を葬ったのは、どのあたりだったっけ。

心に決めた守るべきただひとりであったはずの『若』は、ナツイの心に深い傷を刻んで死んだ。その屍はとっくに骨になっているはずなのに、胸の傷はいまだ塞《ふさ》がらない。

――確か、大きく突きだした岩のあたりだったはずだ。

そろりと首を伸ばすと、谷底を覆う藪《やぶ》の向こうに、突きだした岩影が見えた。見覚えがある気がする。ということは、あそこだったのだろうか。確信が持てない自分にほっとしたような、取り残されたような気分になる。あれほどの執着も、気づかないうちに薄れてしまったようだ。

と悟ったとたんに我に返った。自分がとんでもない高所にいるとはっきりと意識してしまった。

たちまち足が震えだし、縋《すが》るように蔓の欄干を握りしめた。だめだ、もう歩けない。腰が引けたまま、その場にへなりと座りこむ。ふとした拍子にまっさかさまに落ちる自分がまざまざと思い浮かんで、足に力が入らない。なぜこんなところに来てしまったのだろう。

泣きそうになっていると、

「あんたにも怖いものはあるんだな」

背後から男の笑い声がして、ナツイは悲鳴をあげた。拍子に橋が大きく揺れて、頭が真っ白になる。それでもなんとかしがみついているうちに、さいわい揺れは収まった。すぐに刀の柄《つか》に手をかける。喉《のど》から飛びだしそうになっている心臓をなだめつつ振り向いて、予想だにしなかった声の主に大きく目をみはった。

他に意識が向いていて今までまったく気がつかなかったが、よく見れば橋のなかほどに人が括《くく》りつけられている。

犀利ではないか。

相変わらず朝廷の鎧直垂《よろいひたたれ》を着ているが、鎮兵らしく後頭部でまとめられていた髪は、今は神北の民のように首元でゆるく束ねられていてずいぶん印象が違う。親しみが湧くし、なにより犀利にはこちらのほうが似合う気がする。

「犀利、お前もここに連れてこられてたのか？　大丈夫か、無事か」

恐怖に心配が打ち勝ち、そろそろと這《は》い寄っていくと、「なんとか」と犀利は肩をすくめた。

「けっこう酷《ひど》い目には遭ったけどな。薬草でへろへろにされて尋問を受けたんだ。朝廷の間諜《かんちょう》じゃないかとか、本当に脱走兵なのかとか」

「知ってる。実はちょっとだけ見てたんだ」

「え、そうなのか？……そりゃみっともないところを見られてしまったな」

犀利は恥ずかしそうな顔をした。

「もちろん俺は間諜でもなんでもないし、尋問はとくに問題なく終わった。と、自分では思っていた。なのに材木を運ぶ船に乗せられてはるばるこの里まで連れてこられたと思えば、こんな橋の上に放置されたから、『鷺』にはふさわしくないと判じられて、殺されるんだと観念してたところだ。ものの本で読んだよ。この谷は墓場なんだろう？きっとあんたにも見捨てられたんだと――」

「まさか！」

ナツイはつい身を乗りだして、そのせいで自ら作りだしてしまった揺れに恐れをなして縮こまった。それでもなんとか、はっきり伝える。

「見放すつもりなら、そもそも連れてこなかったよ。わたしは神北の民だ、約束は守る」

「守るか」

「守るよ」

くり返せば、不安げだった犀利の頬がようやく緩んだ。

「実は俺も、あんたのことを黙っていられたんだ」

「わたしのこと？」

「そう。へろへろになってるときはもちろん、問われたことを正直に答えるしかなかったよ。将軍がどうやって死んだのかと訊《き》かれたら地滑りでと答えたし、あんたが本当に将軍と対峙《たいじ》したのかも、この目で見たと真実を言った。ただ幸運にも、『あんたが将軍を殺したのか』なんては訊かれなかったから、約束を破らずにすんだ」

ナツイは内心、ひどく驚いた。犀利は、ナツイが化け物石を使って維明を殺したことを黙っていてくれたのだ。

「……正直、喋《しゃべ》ると思ってたよ」

里に連れてゆくあいだ、話さないでほしいとは頼んでいた。これはきっと化け物の力だ。みなに知られたら、居場所がなくなってしまうかもしれない。

だがそもそもマツリ草が効いているときに事細かに尋問されれば嘘はつけないわけだし、幸運にも質問が飛んでこなくても、犀利は自分の命を守るために自ら明かすのではとどこかで諦《あきら》めていた。朝廷の民が約束を守るわけがない。むしろいつか裏切られるのなら、早々にしてくれとさえ考えていた。

なのに犀利は口を割らなかった。

「どうして黙っていてくれたんだ」

「そりゃあんたが好きだからだよ。ものの本によると、神北の民は必ず約束を守るそうじゃないか。ならば俺も約束を守らなければ、嫌われてしまう」

素直な笑みから、ナツィは視線を逸《そ》らした。

「……それはどうも」

この男の笑顔は、あまり目に入れないほうがいい。うっかり心を許しすぎてしまう気がする。それは破滅だ。裏切られるまでの第一歩だ。

だが犀利はめげずに人なつこく覗きこんでくる。

「なかなか目を合わせてくれないな。照れ屋なのか？」

「なるべく人と目は合わせないようにしてるだけだ」

「なぜ」

「……秘密だ」

なるほど、と犀利は笑う。秘密と言ったのに、わけなんてお見通しのようだった。

そしてやさしい顔をして言った。

「なあナツィ。誰がなんと言おうと、俺はあんたの味方だよ」

ナツィはびっくりして、思わず犀利を正面から見つめ返した。その不思議な色をした瞳《ひとみ》は澄んでいる。心からの言葉だと告げている。

「そんな、なにを、急に……」

ただあまりに突拍子もなくて、返すにちょうどいい言葉の用意はなく、探そうにもどこを探していいかすらわからなかった。それでもごもごと戸惑っていると、

「嬉《うれ》しくて仕方ないようだな、ナツイ。よい男ではないか」

ふいに背後からおかしそうなシキの笑い声が響きわたって、またしてもナツイは飛びあがった。見ればシキとモセ、そして伯櫓が連れだって蔓《かずら》の橋を渡ってくる。

みなしてどうして、と考えるまでもなく訪《おとな》いの理由に思い至った。シキは、自ら犀利を見定めにやってきたのだ。

にわかに緊張したナツイをよそに、シキはごく気安いそぶりで犀利に尋ねかけた。

「お前がナツイが連れてきたという脱走兵か。名は？」

「……ナツイ、これは誰だ」

警戒している犀利に、ナツイは小声で明かす。

「『鷺』の長《おさ》であるシキさま、戦人を率いる軍長のモセさま、そして軍師の伯櫓さまだ」

「へえ、あんたが、ナツイみたいな若い娘を戦人に仕立てた長さまご本人か」犀利はシキを眺めてにこりとした。「俺の名は犀利だよ」

シキの表情が、一瞬強《こわ》ばったようにも見えた。だがすぐにいつもの笑みを取りもどし、穏やかに続ける。

「では犀利、すでにマツリ草を用いた尋問により、お前に二心がないことはほとんど明らかとは聞いている。そのうえで、わたしからもいくつか尋ねたい」

「いいよ。なんでも訊いてくれ」

「この地には四年前まで、西の城柵《じょうさく》という朝廷の軍事と政治の本拠があったのだが、訪れたことはあるか？」

「初めてだよ。西の城柵が落ちたのは花落の大乱のときだろ？　あのときは将軍の側仕えなんてしてなかった」

「……お前は将軍のそばに仕えていたのか」

シキは変わらず笑みを浮かべている。だが眼光はひときわ鋭くなった。「ならば維明の素顔を見たことがあるだろう」

「いや。将軍は神北にいるあいだは、味方の前でもあの恐ろしい面頰で顔を隠していた。寝るときだって絶対に外さなかったし、副将軍の前ですら武装していた」

「顔に傷でもあったのか？」

「さあ、詳しい理由は知らないな。俺はしょせん、東国から動員された一鎮兵だ。でもたぶん、傷は顔にあるんじゃない」

「ならばどこに」

「心だよ」と犀利は、自分の胸に人差し指を突きたてた。

「将軍は誰も信頼していなかった。ものすごく出世が早かったんだ。まだ二十の半ばだ。そのうえ、出自の関係かなにかで配下の副将軍たちにも疎まれていたらしい。だから武装を解かなかったんだろ」

シキは黙りこんだ。その横顔は、遠い過去を彷徨《さまよ》っているかのようだった。

もしかして、とナツイはちらと思う。シキさまは、維明と知り合いだったんだろうか。

神北の民だったという噂が事実ならば、ありえなくはない。

だがシキは、噂の真偽にまつわることなどなにも口にしなかった。維明についてもそれ以上は深掘りをせずに、別のことを問いかける。

「ときに犀利とやら、お前には心に石を抱いているか」

「それ、ナツイにも訊かれたな。石っていうのは、あんたがた神北の民がいやに大切にしている代物のことだったか」

「そうだ。たとえば痣黒の部族の民ならば、みな『理想の夢を追い求める』なる石を抱えている。痣黒とその配下たる『鷺』が追う『朝廷の支配を退け、神北の地に一なる王を立てる』という夢も、この石に従い求める理想の夢なのだよ」

「へえ、それは美しいもので」

「痣黒だけではない。神北では『十三道』をはじめとした多くの部族が、それぞれ部族のありかたを定める石を持つ。その石を心に抱えられてこそ一人前と認められる」

「属した部族の気質にどっぷり嵌《は》まれば一人前ってわけか」

「皮肉な言い方をするものだな」とシキはすこし笑った。「だが間違ってはいない。どうだ、お前にもあるだろう。東国の誇り、鎮兵としての責務――」

「全部しっくりこないな。東国を離れて久しいし、故郷は、早くに家族をなくした俺に嬉々《きき》として兵役を押しつけた。鎮軍がなぜ神北で戦っているのかもさっぱりわからない」

「であれば」と伯櫓も尋ねる。「もっと身近な石ではどうか。得意なもの、好ましいもの。絶対に守りたい人や物、こうありたいという生き方、譲れぬ矜持《きょうじ》」

「そういうきれいな石は、たいがい両親が死んだころに砕き割ってしまったよ」

犀利はしんみりと切り捨てた。

「つまり、俺の中に石なんてないんだ。あるのは穏やかに生きたい、ただそれだけ。その望みだって石なんて呼べるほど硬いものじゃない。本当は、すべてがどうでもいいんだ」

「どうでもいい、か」

「ならばなぜ我らの仲間になろうとする」とモセが厳しく問いただす。「我らは遊んでいるわけではない。この地に一なる王を立てんと命を懸けている。狡猾《こうかつ》なる朝廷に決死の刃《やいば》を向けている。その崇高なる石に憧《あこが》れたわけでもないのなら、なぜお前が鎮軍を逃げだし、敵に与《くみ》するという重大な決断をしたのかがまったくわからない」

「恨みゆえか？」と伯櫓も続く。「お前を追い出した故郷への恨み、鎮軍での理不尽による朝廷への恨み。そういうものによって作られた暗い石がお前を衝《つ》き動かしたからこそ、我らに与しようとしたわけか」

伯櫓自身は、その暗い石に覚えがありそうだった。しかし犀利は「ないわけじゃないが」と眉根《まゆね》を寄せた。

「今でも朝廷に思うところはたくさんあるし、それが裏切りの決断を後押ししたのは否定しない。だが一番の理由はそれじゃない。泥に首まで埋まってなんとか這《は》いだして、生きてる仲間を探して、結局見つかったのは屍《しかばね》だけだった。まさか死ぬわけがないと思っていた将軍さえ身罷《みまか》っていて、その屍を見た瞬間、気がついたんだよ。俺もまた、将軍とともに死んだんだって。俺は空っぽだった。やりたいことも、行きたいところもない。鎮軍も朝廷も、自分自身でさえどうでもよくなってしまった」

「ではなぜ『鷺』へやってきた。これまでの尋問は厳しかっただろうに。どうでもいいなんて心持ちで耐えられるものか？」

そりゃあ、と犀利は嬉しそうに頬を緩めた。

「このあいだも言っただろ。ナツイが誘ってくれたから来たし、ナツイのために頑張れたんだ」

一斉にシキたちの目がナツイへ向いた。モセなど、凍ったような表情で睨《ね》めている。羞恥《しゅうち》なのかなんなのか、顔から火が出ているような気さえして、ナツイは下を向いて視線をやり過ごした。なにも嘘ではないはずだが、どうにも気まずく、身の置きどころがない。

犀利は気にせず続けた。

「ナツイは俺を殺すことだってできたんだ。でも空っぽの俺を哀れんで、居場所を与えてくれようとした。道を示してくれた。だから俺も、できる限りは頑張ろうと決めた。どちらにしろ死ぬんだ。だったらそれまではせめてナツイがいない鎮軍より、ナツイがいる『鷺』にいようかと」

「つまりお前は、ナツィのために、それだけのために『鷺』の戦いに身を投じると？　それほどまでにこの小娘に惚《ほ》れたのか？」

「本人の前でまとめられると照れるが、まあそうなる」

てらいもなく口にする犀利に、軟弱な、とモセは顔をしかめるし、伯櫓は呆《あき》れている。

ナツィは今度こそ隠しようもなく真っ赤になった。いつ死ぬかわからない戦人に、もったいぶっている余裕はない。にしてもこうまっすぐだと戸惑うし、かえって警戒してしまう。

それはモセと伯櫓も同じらしく、ふたりはあからさまに犀利を胡散臭《うさんくさ》そうに見おろしている。

そんな中シキだけは、なんら変わらぬ視線を向け続けていた。

「なるほど。ではお前の中にあるのはいわば、『ナツィを好ましく思う』石だけというわけか」

「そんなところだ」

「ならば、我らの仲間に名を連ねるに足るかもしれない」

「は？　シキさま？」

目を剝《む》くモセをよそに、犀利は目を輝かせる。

「『鷺』に迎えてくれるということか？」

「お前がこれから、はっきりとそのふるまいで証《あかし》を立てられればな」

「なんでもしよう。なにをすればいい？」

身を乗りだした犀利から目を逸《そ》らさず、シキはおもむろに目を細めた。

「まずはわたしに勝て」

そして、すぐには理解ができず瞬《まばた》いている犀利の眼前で、腰の早蕨刀《さわらびとう》を抜き放った。

ナツイや犀利の持っている短刀ではない、朝廷の兵が用いる片刃の太刀とゆうに渡りあえる、刃渡りの長い立派な大刀の切っ先が、日の光を受けぎらぎらと光る。

『鷺』は神北のために戦う者どもだ。その一員になりたいのならば、わたしに勝てる腕が要る。ナツイのために勝ってみせろ」

ナツイは顔色をなくした。そんなの無理に決まっている。シキは見た目こそ穏やかで、隻眼ゆえの不利もある。だがこと早蕨の大刀にかけては、『鷺』の中でも誰より優れている。屈強な戦人すら、そうそう打ち負かせられないのだ。

それに勝つなんて。

「早く行け」

だがモセが縛《いまし》めていた縄を切り、腰を蹴飛《けと》ばすと、犀利は立ちあがらざるを得なかった。

「……得物はなんだ。太刀でもいいか？」

「朝廷の武具など許されぬに決まっている」と伯櫓がひと振りの早蕨の大刀をさしだした。「神北の男ならば、早蕨刀を能《よ》くするものだ」

「俺は神北の男じゃない」と犀利は切り返すものの聞きいれられない。とうとう橋の袂《たもと》の崖《がけ》際で、青くなりながらシキと向かい合った。

「殺す気で来い」

シキは低くつぶやく。刹那《せつな》目にも留まらぬ速さで刀を突き入れた。ナツィは思わず顔を背ける。一撃で勝負が決したと思ったのだ。

幸運にも、必死に受けた犀利はぎりぎりのところで攻撃をいなしていた。逃げるのは相変わらずうまいようだ。

だが犀利が優れているのはそれくらいで、息をつかせる隙も与えないとばかりに突いては払い、振りかぶっては薙《な》いでゆく猛攻を辛くも避けるのが精いっぱいだった。弱いというより、明らかに早蕨刀に慣れていない。朝廷の者が使う太刀とは反りも形も違うから、思ったように扱えないのだ。

歯を食いしばって受けとめる犀利は、次第に押しこまれて後退していく。崖の際に近づいていく。はらはらとナツィは両手を握りしめた。

結局、もう我慢できないとナツィがとめに入りかけた間際、あと数歩で崖から落ちてしまうというところで、シキの突きをよけきれなかった犀利は背中からどうと倒れた。

そして驚きに目を見開いたときには、喉元《のどもと》に切っ先を食いこませられていた。

「言い残すことはあるか」

シキの問いかけにも、息があがりきった犀利は答えられない。ただ鋭いシキの隻眼を見つめている。

「待ってくれ！」

ナツイはたまらず駆け寄ろうとした。シキに勝つなんて土台無理なのだ、命乞《いのちご》いしなければ！

だがモセはさせてくれなかった。両腕を捕らえられてもがくナツイに犀利はちらと目を向けて、すこし顔を歪《ゆが》めた。それから諦めたように脱力して、シキに向かってつぶやいた。

「……ナツイを大切にしてやってくれ。ナツイは、あんたがた神北のために立派に働いた。そして成し遂げたんだ」

覚悟したように目をとじる。ナツイの喉を、悲鳴がせりあがってくる。

しかしそこまでだった。シキはさらりと刀を納め、笑みをこぼして立ちあがる。

「あまりに弱いなお前は。なにより早蕨刀の使い方がまるでわかっていない」

もう終わりとでも言いたげなふるまいに、ナツイも犀利も、雷に打たれたような顔でシキを見あげてしまった。

「……殺さないのか？」

「殺さぬよ。試しただけだからな」

「試した……」

「イアシには悪いが、わたしはマツリ草の効能をあまり信用していない。人の本音や本性は、戦いの中でのみ現れる。お前は終始わたしを殺すつもりがなかった。それでいて本気だった。間諜《かんちょう》であればわたしを殺すか、泳がせるために手を抜いただろうが、どちらでもない。すくなくともお前自身に我らを害する心づもりはない」

「俺が間者じゃないか確かめたかったってわけか」

「そしてもうひとつ。お前が早蕨刀の使い手、とくにわたしの剣さばきに覚えがある者なのかを、見極めたかった」

思わぬ理由に、犀利は怪訝《けげん》な顔をした。

「使い手なわけがないだろう。確かに俺は埃《ほこり》をかぶったような早蕨型の短刀を持っているが、単に先祖から伝わる得物で、故郷から持ちだした唯一の品だからだ。悪いが早蕨刀なんて、今は神北でしか使われていない。東国以西はみなこんな古い形の刀などうち捨てて、数段質のよい鋼の太刀を用いている」

「知っている」

「じゃあなんだっていうんだ」

と戸惑う犀利に、シキははっきりとした答えを返さなかった。

「とにかくお前は、ひとつめの証は立てた。だがこれだけではまだ足りない。現にモセや伯櫓はまだ疑わしげな目をしている。よってもうひとつ証立てを課そうと思う」

犀利は小さく息を吐きだした。

「今度はなんだ」

「東の城柵《じょうさく》から、維明の屍《しかばね》を盗みだせ」

犀利の横顔から表情が消えた。気分を害したようだった。

「遺体を辱めるつもりなら断る」

「いや、この髑髏の谷に葬りたいのだ」

「仇敵《きゅうてき》をか？」

「我らは敵も味方も、神北で死んだ戦人はみな髑髏の谷へ葬っている」

「へえ、えらくやさしいんだな」

「だがそのまえに」

シキはゆっくりと口にした。「わたしは、維明の素顔を見たい」

「……なるほど。そちらが本当の理由か。わかった、だったら奪ってこよう」

あっさりと犀利が受けいれたので、ナツイは慌てて口を挟んだ。

「無理ですシキさま、盗みだせっこありません。鎮軍だって、維明の屍だけは守るでしょうし、そもそも東の城柵には忍びこめません。わたしたちの戦人も、何度も試みては失敗しているではありませんか」

東の城柵は、その名のとおり柵に周囲をぐるりと囲まれた城であり、今の神北における朝廷側最大の拠点だ。鎮軍の本拠も行政の中心もそこにあり、ひとつの丘を丸ごと呑《の》みこむ巨大な敷地を、堀やら柵やらで幾重にも方形に囲って、六連野に睨《にら》みをきかせている。

　そしてこの城柵は、信じがたいほど守りが堅かった。忍びこむのも難しく、今まで『鷺』は多くの仲間を失っている。思えば不思議なことである。砦《とりで》の外郭を囲む材木柵や築地塀《ついじべい》の高さはせいぜい大人の男の身ふたつぶんというし、そもそも砦を方形に囲っているから死角が多く、守りがたいはずなのだ。守りの手薄な場所に、夜闇《よやみ》に乗じて縄でもかければ入りこめるように思える。

　なのに必ずといっていいほど失敗するから、四隅に掲げられた流旗《ながればた》に呪いでもかかっているのではとすらナツイは思っていた。

「そう、難しい役目なのだ。だからこそ禊《みそ》ぎにはちょうどよいのだよ」

「でも――」

「心配ないよ、ナツイ」と犀利はナツイを安心させるように笑みを向けた。「東の城柵には、あんたがたが知らない秘密の抜け道があるんだ。裏手の山中から、直接外郭の材木柵の内側に入れるところがある。まあ将軍の遺体を安置した場所はおそらく城柵の中心にある正殿だろうし、そこまでは外郭を抜けてもいくつも柵やら塀やらを越えねばならないんだが、とにかく四方の砦で崩せないとされるのは外郭で、一度内に入ってしまうと弱いんだ。だから将軍のもとまではゆけるだろう。遺体をかっさらうだけなら、大きく騒ぎになるまえに戻ってこられるしな」

「……だけど」

「大丈夫だから」とくり返し、犀利はシキに顔を向けた。

「なあ、悪いがあんたのところの戦人を貸してくれ。俺がそれほど戦いが得意じゃないのはよくわかっただろう？　猛者《もさ》が必要だ」

「よいだろう」とシキは受けいれた。「いつ出立する」

そりゃもちろん、と犀利は胸を張る。

「今からだ」


犀利との同行を命じられ、イアシは憤っていた。

「なぜ俺があの空っぽ男に付き従わねばならないのです。あいつ自身に間諜のつもりがなくとも、朝廷に泳がされているだけかもしれないではないですか」

「そう言うな」とシキはなだめた。「もちろん、わたしも罠《わな》の可能性は当然考えに入れている。だからこそ、信頼しているお前に任せるのだよ。維明の屍を奪い、そして犀利なる男のふるまいを見極めよ。大珠に痣黒の印を刻んだ今のお前なら、必ず成し遂げられるに違いない」

その一言に、イアシはたちまち思いなおしたようだった。自らの大珠を裏返し、刻まれた痣黒の印——神北草を模した花の絵で、六枚の花弁のうち下方の一枚にだけ神北文様が入っている——を誇らしげに撫《な》でさすると、てきぱきと戦人たちに指示を出して、最後に犀利を呼び寄せる。

「ゆくぞ！　その秘密の道とやらまで案内しろ」

「わかったよ」とさっぱりとした衣に着替えていた犀利は、腕を回して立ちあがる。ずっと縄に繋《つな》がれていたし、数日泥で固まった衣を着ていたから身体中が痛むようだ。ナツィはいたたまれなくなった。

「……なんか、ごめんな」

「なにがだ、どうした」

驚いたような犀利を前に、なにがって、とナツィは口の端に力を入れた。

「わたしはよかれと思って『鷺』に誘ったんだ。でも結果、あなたにつらい思いをさせている。楽しくもない過去をほじくりかえされたり、疑われたり……ついこのあいだまで上官だった男の屍を奪うために、ついこのあいだまで仲間だった奴らと殺し合いをさせられる。どれも心を深く抉《えぐ》る仕打ちだ」

やわらかな部分を、特別深く。

犀利は意外そうな顔をしてから、ふっと頬を緩めた。

「なあ、あんたって、戦えない者を傷つけたくないこととい、やりたい放題の『鷺』の一員のくせにやさしいんだな」

「違う、臆病《おくびょう》なだけだよ」

自分が大切で、傷つきたくないだけだ。やさしさとは正反対の感情だ。

そんな自分が嫌いだった。わたしは、わたしの心の石にふさわしくない。ただひとりの守るべき人よりも、自分かわいさに気持ちが向いてしまっているのだから。

「臆病か。そうかもな」犀利は笑った。やわらかな声だった。「だからこそ俺は、あんたを裏切れない」

え、と顔をあげたナツイに、恥じたように笑ってみせる。

「本当は俺もちょっと怖くて、これに乗じて逃げてしまおうかともちらと考えていたんだ。俺には確かに『鷺』へ寝返る強い理由はない。歓迎されてるわけでもない。なのに元味方を相手取って刀を振り回せるのかって不安になってしまっていた。でも、今、思いなおしたよ。俺はあんたを絶対に幸せにしたくなってきた。そのためにこそ生き延びた気がしてきた」

「犀利」

「むろん、あんたが俺をどう思ってもいい。よくわからん元鎮兵に入れこまれても迷惑だとは思うしな。まあできれば無事を祈って待っていてくれれば、俺は嬉《うれ》しい」

じゃあなと軽く手をあげて、犀利は行ってしまった。

ナツイはその背をいつまでも見つめていた。


「……あの元鎮兵は、ずいぶんとナツイを気に入っているようですね」

犀利らが発《た》っても去ろうとしないナツイを横目に、伯櫓がつぶやいた。

「あの男が我らの石にすべてを捧《ささ》げられるようなら、グジの言ったとおり、半端者のナツイをよい方向に導いてくれる者となれるかもしれません。ナツイはあの男を守ることで、我らが夢に殉じられるように変わる」

　モセが「くだらない」と息を吐く。

「これだから女は軟弱なのだ。付き合う男に合わせて変わる。信念というものがないから変われる」

「そう怒るな、モセ」とシキはなだめにかかった。「よい影響を与えてくれる者との出会いで人生が変わるのは、男も女もないだろう。お前のお父上との出会いなど、まさにわたしにとって得がたいものだった」

「……父の話は、今はしたくはありません」

「わたしと妻合《めあ》わせようとしたのを怒っているのか？　わたしと夫婦になるのは嫌か？」

「嫌などではなく、わたしはあくまで『鷺』の軍長なのです！」

　怒りに震えるモセの腰に、シキは笑みを浮かべて手を置いた。

「心配するな。お前はこれからも『鷺』の軍長だ。男の中の男だ。それでいてわたしの前でだけは、女の中の女になる。頼りがいのある右腕と妻を同時に手に入れられて、わたしは幸せ者だな」

　耳に甘いささやきを注がれて、モセはのぼせたような顔をした。お見事、と声を出さずにつぶやく伯櫓ににっこりと笑みを残し、シキはモセと小屋のうちに消えていった。

　その夜、ナツィは痣黒の『新宮』に臨む小さな里に留まって、犀利たちの帰りを待った。一睡もできなかった。昏《くら》いあばらやの隅で、大珠として首にかけた化け物石を握りしめては刻《とき》が過ぎる。戦人を見送った夜はいつだって眠れない。だが今夜はいつにも増して目が冴《さ》えた。胸の底が熱く、脈打っている。

その理由に思い至ったと同時に心の中の大切な石がほのかに輝きを増した気がして、ナツイは動揺した。戒めのように大珠を握りしめる。やめておけ。ただひとりの人は二度と得てはいけない。また突き落とされたら、もう這《は》いあがれない。

なのに、にわかに外が騒がしくなったのに気づくや、ナツイは戒めもなにも忘れて駆けだしていた。犀利が戻ってきたのだ！

篝火《かがりび》が焚《た》かれた広場に、多くの人が集まっている。イアシ、それに犀利の姿もあった。みな広場の中心に目を落としている。

「犀利！　無事だったか」

駆け寄ると、犀利は嬉しそうに振り向いた。

「なんとか。待っててくれたのか？」

「もちろんだよ」

ナツイは心から胸をなでおろしていた。よかった。そしてそんな自分を苦く思う。

気を取り直して広場の中心に目を向けると、暗がりに、男がひとり横たえられている。

その体格に、ナツイは見覚えがあった。

「……維明か」

「そうだよ」

犀利は静かに松明《たいまつ》を掲げた。屍《しかばね》が照らされる。黒髪は頭の上でひとつに括《くく》られ、美しい濃紺の絹で仕立てられた鎧直垂《よろいひたたれ》をまとっている。面頰が顔を覆っていて、長い白髭《しらひげ》があいだからこぼれ落ちていた。

「確かに鎮守将軍のようだな」

少々遅れてモセとともにやってきたシキも、屍を見おろしつぶやいた。

「だが面頰が邪魔で素顔が見えない。取ってくれるか」

イアシが腰を折って腕を伸ばす。面頰の紐《ひも》を切り、持ちあげる。誰もが固唾《かたず》を呑《の》んで見守った。ナツイも知らず胸の化け物石に手を伸ばす。握った掌《てのひら》が、火のように熱い。

とうとう維明の顔が露《あら》わとなった。

一瞬しんと静まりかえり、それから戦人たちは、なんとも言えない表情をした。

「なんというか……普通だな」

肩透かしを食らったようだった。笑いさえ起きる。

「もっとこう、石神のような恐ろしい顔を想像していた」

確かに眠るように目をとじたそれは、なんの変哲もない男の顔をしている。今まで散々思い描いてきたような、冷酷さも執拗《しつよう》さも感じられない。存外に若いのが、戦人たちの薄笑いに拍車をかけた。

「この白髭もただの飾りか」

イアシもふざけたように、面頰の髭を引っ張った。「自分に自信がないからこそ、ことさら外見を盛りたて、恐ろしく見せかけていたわけか。がっかりしましたよ、ねえシキさま——」

と振り返って口ごもる。

シキは、笑っていなかった。

伯櫓とともに黙りこくって、今まで見たことのないような、表情のない目で維明を見おろしていた。篝火に照らされた険しい横顔が、死人の色をした維明の面立ちを凝視する。

「シキさま？」

「やはりお前だったか、」

シキはなにごとかをつぶやいた。誰かの名のように聞こえた。しばし黙りこみ、伯櫓と目を交わす。

思わせぶりな態度に、犀利は首を傾げた。

「どうしたんだ？」

「少々過去に思いを馳《は》せていた」

「もしかしてあんた、将軍の知り合いかなにかだったのか」

そのとおり、とシキは低く告げる。

「だからこそ、間違いなくこやつが鎮守将軍維明だと確信した」

シキはまた黙りこんだ。自分の発した言葉を、胸のうちで何度も反芻《はんすう》しているかのようだった。

そしてようやく、ほのかな笑みを浮かべた。

「よくやった、犀利。ちなみにひとつだけ尋ねていいか」

「どうぞ」

「維明は、大珠を身につけてはいなかったか？」

「大珠？　あんたがた神北の民が首にさげてる翡翠《ひすい》の飾りか？　そんなもの、都から来た将軍が持っているわけがないだろう」

「では短刀はどうだ。生前、ことさら大切にしている短刀があっただろう」

「節刀《せっとう》のことか。まあ大切にはしていただろうな。なにせ皇尊《すめらみこと》から貸し与えられたものなんだから」

鎮守将軍は、鎮軍指揮の全権を皇尊に借り受けている。その証《あかし》として、節刀なる特別な刀を授けられているのだという。

「ちなみにそれは、どのような刀だった」

伯櫓も身を乗りだした。ふたりがあまりに真剣なので、犀利は面食らったようだった。

「さあ。節刀なんて俺ごときには姿すら拝めないものだ。錦《にしき》に包まれて、四方に菱《ひし》の紋が入った箱にでも大事にしまわれてたんじゃないか？」

「節刀に関する、特別な言い伝えなど聞いたこともないか」

「記憶にないな。まあものの本によれば、将軍に与えられる節刀なんてどれも咒《まじな》いみたいなものを帯びているそうだが、東国の一鎮兵が知れるものじゃない。肝心のところはものの本にも載っていないし」

またシキと伯櫓は目を交わす。

もちろん、とイアシが口を出した。

「節刀をお探しとは聞いていたので、目についた短刀は早蕨刀も朝廷風の腰刀も、手当たり次第に奪ってきましたよ」

「どれが目当ての刀かは、あんたがたが探してくれ」

ほら、と山のように積まれた刀を犀利に指差され、伯櫓は辟易《へきえき》したようだった。

犀利は両手を広げて問いかける。

「さあ、俺は証を立てた。あんたの望みどおり元仲間を出し抜き、元上官の屍を奪ってきた。これで俺を『鷺』の一員にしてくれるか？」

シキはあっさりとうなずいた。「わたしは構わないが」

「本当か！」

「モセ、お前はどう思う」

意見を求められ、当然のようにモセは切って捨てた。

「反対です。こんな犬、マツリ草漬けにでもして繋《つな》いでおき、鎮軍の秘密をすべて喋《しゃべ》らせたのちに殺すがよいかと」

「おい、俺を人扱いしてくれないのか？」

犀利のぼやきに、モセは冷たい視線を返す。

「なぜ人扱いしてやらねばならない。お前たちこそ神北の民を人とも思わず、皇尊の威光の外の民――化外《けがい》の民などと蔑《さげす》んでいるだろうに」

「俺は朝廷のお高くとまった貴族じゃない。辺境も辺境の東国の出なんだが。都に出れば『見えぬ民』扱いでその場にいないものとして軽んじられ、神北でも人として扱われないんじゃあ、東国の民は踏んだり蹴《け》ったりだ」

「そんなもの知るか」

まあまあ、とシキはとりなした。

「モセの意見はわかったし、懸念に一理あるのは認めよう。ではイアシはどうだ。犀利とともに東の城柵《じょうさく》に忍びこみ、死地をともにしたお前はいかに判断する」

「俺は、『鷺』に置いてやってもいいんじゃないかと思いました」

「なんだと」

意外な答えに、モセが咎《とが》めるように目を吊《つ》りあげる。ナツィも驚いた。ずいぶんな変わりようではないか。

しかしイアシはなにも、奇をてらったわけではなかった。

「シキさまが常々仰《おっしゃ》るとおり、人の本性とは戦の場でこそ現れます。俺は今夜、この男に幾度も助けられました。犀利は賢くよく機転が利くし、鎮兵と俺たち、どちらにつくのか迷う瞬間も一度たりともありませんでした。弓矢の腕も神北の民に見劣りしません。朝廷の内情を知っているのを併せても、『鷺』に置いておいてやる価値はあるかと」

イアシはよくも悪くも素直な男なので、意見には重みがあるように思われた。そして今夜の奪取に関わった他の男たちも、次々と同じようなことを口にする。

「どうする、モセ」

「わかりました」とモセもついには折れた。「シキさまのお心のままに」

「ありがとう。では改めて犀利よ」

とシキは犀利に向かい合う。

「モセの懸念も鑑《かんが》みて、まずは仮の許しを与えることにする。『新宮』にほど近い我らの隠れ里に、モセやナツイらとともに留まるといい。そして数日か数十日か、はたまた数ヶ月か、みなの気がすむまで見極めたら、大珠を与え、正式に我らの仲間に加えよう。それでよいな」

「もちろんだ」

犀利の表情がぱっと華やいだ。ナツイも頬を綻《ほころ》ばせる。心の底から嬉《うれ》しかった。首からさげた化け物石まで喜んでいる気さえした。

もはや誰も、維明の屍《しかばね》など見ていなかった。

死んだ男は、いつまでもそこに横たわっていた。

さきの奇襲で死んだ戦人の葬儀が正式に行われたのは、田植えの季節のころだった。『新宮』のそばにある新たな隠れ里での生活にも慣れ、早朝から雑用に走り回っていたナツィは、ぎりぎりの時刻になってようやくあばらやに戻って髪を梳《す》き、雨漏りや吹きこむ雨風から守るよう幾重にも重ねた藁《わら》の下から無地の帯を取りだした。腰に巻き、短刀を吊《つる》す。最後に、すっかりと普通の大珠のようにおとなしい顔をしている化け物石の位置を胸の中心に調えて、髑髏の谷へと出発した。

他の戦人はすでに出払っているようで、だからこそ、ちらと広場に目もやれる。広場には粗末な屋根があって、その下に犀利が座っていた。足を大縄で繋がれてはいるが、いたってくつろいでいる。ナツィに気がつくと、笑って手を振ってくれた。ナツィも小さく振りかえす。

仮の仲間と認められてからこちら、犀利は広場に留め置かれて生活している。ナツィは接触を禁じられているから、犀利がどんな気持ちでいるのかはわからない。だがそれほど心配はしていなかった。『鷺』に新たに加わろうとする者はみな、見定めの最中はこうして衆目の中に置かれるものだ。それに犀利はすでに、小さな信頼を確実に積み重ねている。元鎮兵だからこそ知っている朝廷の秘密は数多《あまた》あり、犀利のおかげで朝廷はすでに、いくつかの砦《とりで》や路《みち》を放棄しなければならなくなっていた。

その甲斐《かい》あって、いよいよ今日にも犀利は自分の大珠を授けられ、正式に『鷺』の一員になる。それがナツィには待ち遠しくて、それでいて寂しかった。

里から出て、すっかり青く繁《しげ》った山道を駆け抜けると、木々が途切れて髑髏の谷が現れた。葬儀が行われるのは谷底だった。曲がりくねった細い道をくだりきり、小さな瀬を渡って蔓《かずら》の橋の下に向かえば、笹藪《ささやぶ》が丸く切り拓《ひら》かれている。今回の墓地だ。すでに葬儀は始まっていて、神北文様で飾られた帯を締めた一人前の戦人が居並ぶ列の一番うしろに、ナツイはそっと加わった。

まず、ユジとグジの骨壺《こつつぼ》が埋められる。納められている亡骸《なきがら》は、ふたりのほんの一部だけだ。乱戦の現場からはユジの首しか持ちだせなかったし、地滑りのあとから見つけだした骨には、グジばかりか鎮軍の兵士たちのものも多分に混じっている。

それでもふたりが一族の墓地に戻ってこられてよかった、そうナツイは思っていた。死ねばもはや戦えない。戦えない者の魂は、尊重して守らねばならない。それが神北の、石と木と土の時代から続く教えだった。

『鷺』の戦人たちを葬りおわったあとには、鎮兵の骨や屍もまとめて埋められた。その中には当然、ナツイが殺したに等しい者も含まれているはずだった。

戦人の魂は、愛《いと》しい者と、自分を殺した者の中に生き続けるという。だからせめて、ナツイは祈った。お前たちの魂が、愛しい誰かとわたしの中で生き続けますように。

最後にひときわ大きな甕棺《かめかん》に土がかけられると葬儀は終わった。

それは維明のものだった。

埋もれていく甕を眺めながらナツイは、維明の、面頰を外した死に顔を思い出していた。それから今際《いまわ》の際の瞳《ひとみ》を。

物言わぬ維明がどういう顔をしていたのかはすでにあやふやなのに、死ぬ間際の維明の瞳がどんなふうに怒りや憎しみ、驚きの感情を浮かべていたのかは、ありありと思い出せる。その声も。

——このまま『鷺』にいれば、お前は必ず不幸になる——

まさか。

ナツイはすこし笑った。

さらば維明。お前の魂もまた、わたしの中で生き続けるんだろうか。

祈っておきながら、敵の魂が自分の中で生きるとはどういうことなのか、ナツイにはまだよくわからなかった。

葬儀が終わると、隠れ里は打って変わって騒がしくなった。広場に戦人が集まり、シキと犀利を取り囲む。犀利は身を清めてこざっぱりとしていた。鹿皮を幅広の腰帯で巻いた神北の民らしい恰好《かっこう》で、よく似合っている。

ひざまずいた犀利の前で、シキはおもむろに新しい翡翠《ひすい》の大珠を掲げる。自らの心に抱いた石の象徴として神北の民の誰もが生まれたときに授かり、生涯胸にさげてゆくそれを、今、犀利も授かろうとしている。

「お前を『鷺』の一員と認めよう。これから我ら痣黒の石をよく学び、己のものとして、理想の夢を追い求める立派な戦人となってくれ」

そして大珠を犀利の首にかけた。わっと歓声が沸いた。歓声すら沸くほど、いまや犀利は『鷲』の一員として受けいれられているのだった。もちろんナツイも声をあげる。

「犀利、おめでとう！」

すぐに犀利は目を向けてくれた。嬉しくて、ナツイは頰を紅潮させて走り寄ろうとした。もう言葉を交わそうと構わないはずだ。

だがそれよりさきに、イアシが犀利の肩を抱いて弾んだ声をかけはじめた。

「よかったな、犀利！　まあ俺は、最初からこうなるって思ってたけどな！」

イアシだけでなかった。犀利の周りには瞬く間に人だかりができる。

「どれ、猛者《もさ》で名高い東人《あずまびと》のお手並み拝見といこうじゃないか」

「元鎮兵で朝廷の民でも立派な戦人になれると、お前が証明してみせろ」

「まずは宴《うたげ》の席でな。酔い潰《つぶ》れるほど吞《の》んでも朝廷におもねらなければ、お前を戦人と認めてやるよ」

「あくまで半端者としてだがな！」

大きな声で盛りあがり、そのまま犀利を連れていってしまおうとする。

もっとも、犀利自身は困惑しているようだった。取り残されようとしているナツイを振り返り、気遣ったような目を向ける。

「ナツイ、宴にはあんたも来るんだろ？　なあ」

ナツイは口をひらこうとした。だが結局やめて、小さく首を横に振って笑った。

「わたしは行かないんだ」

「なぜだ」

「軟弱女だからだ」とモセが疎ましそうに髪を払う。「戦人のくせに甘ったれたことばかり言うので、宴の場への立ち入りを禁じているのだ。いると酒がまずくなる」

でも、となおも気にかけてくれる犀利に、ナツイは努めて明るく手を振った。

「いいんだよ、楽しんできてくれ。おめでとう」

そして返事も待たずに背を向け、ひとり森に駆けだした。

背後では、上機嫌なイアシの声が明るく響き渡っていた。

「なあ兄弟、みなで同じ石を抱くのはいいぞ。石は寄る辺のなかった心を支えてくれる。心に安寧が訪れる……」

第三章　石を満たす

強い日差しに目が覚めた。しまった、寝坊したと飛び起きたが、外に出ても見張りの戦人以外は誰ひとり起きていない。どうやら昨夜も無礼講は夜更けまで続いたようだ。

無理もないな、とナツィは納得した。

──久々にゆっくりできる日々がやってきたんだから。

犀利を歓迎する宴の翌日には、シキは別の隠れ里に旅立っていった。ひとつひとつの里をまわり、維明の死を自らの口から告げて戦人をねぎらうのだという。勤勉で、配下思いの長《おさ》である。

この里に残ったモセ以下の戦人は休息を与えられ、毎日のように盛大な宴を催していた。

『鷲』の宴には思うところがあるナツィだったが、今だけは純粋によかったなと思える。『鷲』を一網打尽にしようと執拗《しつよう》に追ってくる維明に防戦一方だったここ数年は、隠れ里にいようとも心の安まる日はなかった。だがあの男は死んだのだ。維明のいない鎮軍など怖くもない。事実維明の死後の混乱は続いていて、鎮軍は『鷲』どころではないようだった。東の城柵《じょうさく》にあった秘密の抜け道はどうにか塞《ふさ》いだものの、犀利が逃げたことすらまだ把握できていない。

束の間の休息に、思いっきり羽を伸ばしたい戦人たちの気持ちはよくわかる。

とはいえそれは、ナツイ自身には無縁の感情だった。あの奇襲の夜、イアシにさきを越されたばかりか戦場にすら出してもらえなかった悔しさが、まだじくじくと疼《うず》いている。征討軍がやってくれば、いよいよエツロは神北の王として名乗りをあげ、すべての部族に抗戦を呼びかける。そのときまでにはなんとか認められる術《すべ》を見いださねば。

久々の晴れの日だ。半端者に課せられた水汲《みずく》み、薪割《まきわ》り、見回りを半日以上かけてすませ、疲れ果てた身体に鞭打《むちう》って、河原におりた。松の枝に括《くく》りつけた重石《おもし》を相手に短刀を振るう。見えない敵を相手取り、踏みこむ、撥《は》ねる。汗が落ちる。息があがる。身体を動かしていれば、まだ気が紛れた。なにかを守れている気になれた。

八十川の上を涼やかな風が渡るころになって、ようやくナツイは疲れた身体を木陰で休めた。山翡翠《やませみ》が矢のように飛び回るのを眺めていると、ふと戦人の誰かが河原におりてきたのが目に入る。

「……犀利じゃないか」

今日もそろそろ宴が始まるだろうに、なに油を売っているのだろう。ナツイは気づかれないように、そっと立ちあがった。青葉の合間から木漏れ日が差しこんでいる。川は光り輝き、短く鳴いた山翡翠が、水面《みなも》を軽やかに横切っていく。

犀利は日が経つほどに『鷺』に馴染《なじ》んでいた。『鷺』の面々も、犀利の素直で泰然とした性格にまんざらでもなさそうだ。犀利は珍しい話をたくさん知っていて、宴の席でも評判は上々らしい。そして犀利が好かれるのは、戦人にばかりではなかった。やさしく聡明《そうめい》で、なにより美しい顔をしているから、『鷺』に関わる者どもが住まう近くの里に用向きがあって下りたとなれば、娘衆がわっと集まってきて熱い視線を送るのだという。

ナツィにとっては、すべてが誇らしくて、物悲しいことだった。犀利はきっと、ますます『鷺』の戦人として受けいれられていく。いつかはシキの軍師にだってなれるかもしれないし、ナツィなどより器量のよい娘を見初めるだろう。いつまでも半端者のナツィとは、やがて歩む道も、抱く石もかけ離れていく。

もちろん、それでいいのだとは思っている。

「あんまりそばにいると、守りたくなっちゃうからな……」

ナツィ自身、犀利にこれ以上心を許してはいけない気がしていたのだから。

割り切れない思いをすっかり押し流してしまうつもりで早瀬のせせらぎに耳をすまして歩いているうちに、気づけば端山の峰までやってきていた。脊骨の山脈より流れ出《い》でた八十川は、岩山である端山に行き当たって何度も大きくうねる。その最後のうねりの傍らに、こんもりと繁《しげ》る峰である。折り重なって生える木々の深い暗がりになぜか心を惹《ひ》かれて、ナツィは峰の斜面に近づいた。藪《やぶ》の中に砂色の岩肌が見えている。かきわけてみれば、羊歯《しだ》と蔦《つた》に覆われた、人が通れるほどの大きな割れ目が現れた。

——洞窟《どうくつ》の入口だ。

ナツィは興味に駆られて中を窺《うかが》った。長いこと、すくなくとも十数年は忘れ去られていたようで、入口あたりは藪に埋もれつつあるが、それより昔は大切にされていたのか、一歩踏み入れば丁寧に鑿《のみ》で掘り広げられていて、人ひとりが悠々と通れる高さがある。そこそこ深いようなのに、奥のほうがいやに明るい。気になって、ナツィはそろりと明かりのほうへ進んでいった。壁はざらざらとして、触ると砂が落ちる。ひとけも獣の気配もない。それでも警戒して、短刀の柄《つか》に手をかけ進んでいくと、急に視界がひらける。

「うわ……」

思わず感嘆の声が漏れた。

ゆきどまりは大きな空間になっていた。エツロの館《やかた》がすっぽりと収まってしまうほど、縦にも横にも広い。その中心に、天から一条の光が漏れ落ちている。どうやら天井を支える巨岩の隙間から、光が差しこんでいるようだ。光が届く範囲の地面は緑が覆っていて、この世ならぬ光景だった。

それでいて、どこかで見た記憶がうっすらとある。

やわらかな草を踏みしめながら、しげしげと見回しているうちに気がついた。

――夢で見た、わたしの心の中に似ている。

地滑りに巻きこまれて気を失ったときに見た幻そっくりだった。異なるのは、ナツィの心の中にはいくつもの石が鎮座していたが、ここはくさはらが広がっているだけなことくらいか。

不思議なこともあるものだと眺めていると、背後から犀利ののんびりとした声がした。

「すごいな。まるで伝説に出てくる、光差す窟《いわや》みたいだ」

ナツイは飛びあがった。

「犀利、どうしてここにいるんだ！」

「そりゃ、あんたを追いかけてきたからだよ。あんまり逃げられるから」

と犀利はすこし、恨めしそうな顔をする。

「俺が嫌いになったか？　あんたがいるから『鷺』に入ったっていうのに」

「まさか」

だったらいいが、と犀利は肩をすくめてから、物珍しそうに窟を眺めた。

「ものの本で読んだよ。昔々、石の角を生やした神が、輝く石を抱えてこの神北にやってきた。そして光差す窟に十三の族長を集めて問いただしたんだ。『お前たちのうち、神北の一なる王は誰か』。知ってるか？」

「知ってるに決まってる」とナツイはわずかに口を尖《とが》らせた。「なぜ神北の人々が『石』を心に抱くようになったのかって話をするときに、必ず語られる伝説だよ」

なぜ神北の諸部族が、それぞれの部族の石を固く守っているのか。そもそもなぜ神北の人々が自らの意思や矜持《きょうじ》を石と呼び、古《いにしえ》の時代には単なる飾りにすぎなかった翡翠《ひすい》製の大珠を、自分の心の石そのものの象徴として大切にするようになったのか。

すべての始まりとされる、神北に生まれた者ならば誰しもが知る伝説だ。

＊

今を遡《さかのぼ》ること三百年、早蕨の地が四方の軍勢に呑《の》まれて平定されたころ。

神北の北の果て、脊骨の山脈が尽きたさきにあるという玉懸の地に、突如として異形の者が現れた。深く笠《かさ》を被《かぶ》った女で、なぜ立っていられるのかと驚くほどに痩《や》せ衰えて傷だらけ、脚の骨など折れているように見えて、人々は恐怖した。屍《しかばね》が歩くわけがないのに。

しかし笠がはらりと落ちるや、人々は屍よりもおぞましいものを見ることになった。ほのかに輝く二本の石角が、女の額を突き破るように生えている。両の瞳《ひとみ》は金に染まって焦点が一向に定まらず、口元には薄ら笑いが浮かんでいた。傷も痛みもいっさい気にしない、気がつきもしていないような表情だった。

神だ。

誰もが思った。これは人ならぬもの、我らとまったく心通わぬもの。おぞましきもの。

つまりは神だ。

戦《おのの》く人々を嗤《わら》うかのように、女の姿はさらなる異形に変じていった。枯れ枝のようだった手足は古木のように硬く盛りあがり、太く長く伸びていく。そのそこかしこから枝が生え、花芽が膨らんでいく。

花はあっという間に咲き誇った。呆気《あっけ》に取られる人々の前で、女の姿の神——石神は花嵐を従えて、なにもかもをその幹のごとき両足で踏み散らしながら進みはじめる。節くれた両腕には、ちょうど首ほどの大きさの石を抱えている。

すべらかで、翡翠によく似たその石もまた、常ならぬものなのは紛《まが》いもなかった。おのずから白い光を放っている。光は女の呼吸と同じ速さで、強まっては弱まりをくり返している。

誰もが恐れをなし、討ち果たそうとした。しかしどれだけ矢を打ちこんでも斬りかかっても、この神を留《とど》めることに叶《かな》わなかった。石神は輝く石を抱えたまま、薄ら笑みを浮かべたまま歩き続けた。三の傍骨《かたわらぼね》を越え、二の傍骨を越え、ついには一の傍骨を越えたさきの六連野に至って、八十川のほとり、光差す窟に居座ると、十三の部族の長《おさ》を集めるように命じた。

そして神北中から決死の覚悟で集まった族長たちを前に、こう問いかけたという。

——汝《なんじ》らのうち、一なる王は誰か。

族長たちは息を呑み、顔を見合わせた。神北の地を統べる王などいない。それぞれの部族が勝手気ままに暮らしているのだ。

では、と神は族長たちへ粛々と告げた。

——吾《われ》は石である。吾は汝らのうちのひとりに、この大きな石を与えることができる。

これは古に栄えた石と木と土の時代の者どもがあがめ奉り、力蓄えた石そのもの。ゆえにひとたび心を注げば、今まさに早蕨を滅ぼさんとしている征東の大軍も、その大軍を送りこんだ四方の朝廷をも凌駕《りょうが》しうる固き結束と、結束を支える人ならざる権能をもたらすだろう。

または、と両手に抱えた輝く石を掲げて言う。

――吾はこの石を砕き、各々に小さな石を与えることもできる。ひとつひとつはすぐさま朝廷を凌駕しうるものではないが、部族それぞれの誇りと矜持を支え、信念を共にする者どもの結束を支える器とはなろう。

どちらかを選べ、と石神は促した。

今ここでひとりの王を決め、その王に従うと誓うのか。

それとも今までどおり、並び立つのか。

族長たちは困惑した。殺すことすら叶わぬおぞましき石神の求めに応じないわけにはいかない。しかし急に王を立てろと言われても、できるわけがない。この地に王がいないのは、王など必要なかったからだ。軍に対抗うんぬんもぴんとこない。帯懸骨の山々の南を脅かしている四方国など、このあたりの部族にとっては交易相手にすぎないし、ここに集まった部族同士も侵さずの誓いを立てている。

結局ほとんどの族長は、石を砕くことを選んだ。ひとりの王などいらない。みな等しく、なにやら部族の結束を強めてくれるという石をすこしずついただくのがよいだろう。

もっとも波墓という部族の長だけは、砕いてはならぬと主張した。四方国の朝廷がいつまでも万年櫻の塚の北方に手を伸ばさないわけがない。現に早蕨はつい先日攻め滅ぼされたというではないか。我らにも王が必要なのだ。みなの心をひとつにまとめ、南より来る大波に対抗しうる、一なる王が。

だが訴えは通らなかった。砕くと決まると、おぞましき金眼の神は帯からひと振りの早蕨刀を取りだして、波墓の族長に手渡した。

――この短刀を、砕かぬがよしと答えた汝に与える。これは『石砕きの刀』。吾《わ》が身を砕く唯一の刀。振るって石を分かつのだ。

石神が携えてきた輝く石を示され、波墓の族長は困惑した。輝く石はまるで翡翠のようにつややかで、とても軽く打ちつけただけで割れるような脆《もろ》きものには見えなかったのだ。

だが言われたとおりに刀で一度打てば、小さな欠片《かけら》がふたつ、あっさりと転がり落ちた。二度打てば四つ。すべてがかすかに光を放っている。

石が割れるたび、石神は族長たちを呼び寄せ、拾わせた。族長たちは輝く石に内心戦《おのの》いていたものの、いざ手にすれば、手放しがたい思いに囚《とら》われた。

心に芯《しん》が通った気がしたのだという。心に抱える思いに、信条に、硬い支えを手に入れたような。鎧《よろい》を手に入れたような。

波墓以外の族長が石を手に入れたところで、石神は『石砕きの刀』を収めるよう命じた。そして最後に残った、他のものより一回り大きな欠片を波墓の族長に手渡し言った。

――もし石が必要なくなったときは、再び『石砕きの刀』を打ちつければよい。さすれば粉々に砕け散り、輝く砂となって消え去るだろう。

最後に石神は、十三人の族長それぞれの手の中で異なる色に光りはじめた石を眺め回したという。

――石にひとつの思いを捧《ささ》げよ。部族のみなで同じ意思を抱き、それを石へ刻みつけよ。そして注ぎ続けるのだ。注げば注ぐほど、汝らの掌《てのひら》のなかの石はひときわ強く輝く。輝きが高まるほどに、思いを一にすることへの甘い高揚を汝らに与える。それは石のように固い結束をもたらし、おのずと部族は大きく栄えることとなる。

そして予言した。

――各々の石に帰依し、思いを注いで育てよ。さすればいつの世にか、汝らの石のうちからただひとつの石が定まる。それを手にしている者こそ、神北を統べる一なる王となり、いかな国をも凌駕する安寧をもたらすだろう。

言うや石神はばたりと仰向《あおむ》けに倒れ、白い砂となって崩れさった。砂が落ちた場所には、ほのかに光り輝く、この世ならぬ可憐《かれん》な白い花が咲き乱れたという。

十三の部族の長《おさ》は、神が授けた石――神石《かみいし》を各々の土地へ持ち帰り、それぞれの部族を部族たらしめる信念を捧げた。そして捧げた思いを、自らの中にも石のように固く抱えて育てていった。

やがて神石を授かったとされる十三道だけでなく、新興の部族を含めたすべての神北の人々が、自らの心が抱いた意思そのものを『石』と呼ぶようになった。単なる装身具として石と木と土の時代から脈々と伝わってきた翡翠の首飾り——大珠に、特別な意味を見いだすようになった。心に抱いた『石』の象徴として、生涯ひとつの大珠を大切に胸に掲げるようになった——。

*

「諳《そら》んじられるくらいに覚えてるよ」

「だったらあんただって驚いただろう？」

「え、なにをだ」

なにって、と犀利は物珍しそうに窟《いわや》を眺め渡す。

「この窟、石神が『十三道』の族長を集めたっていう『光差す窟』に、よく似てるじゃないか」

「……言われてみれば」

確かに似ていなくもない。実際あの伝説の描写は、この洞窟《どうくつ》の光景を参考に作られたのかもしれない。

だからといって、と思うナツイをよそに、犀利はいたく感動しているようだった。

「初めて伝説を耳にしたときから不思議に思っていたんだ。窟の奥深くなんて真っ暗に決まってるのに、どこから光が差すんだって。なるほど、ここがまさにその場所なんだ。長年の疑問がようやくすっきり解《ほぐ》れたよ」

胸に手を当て息を吐くので、ナツイはおかしくなった。

「大げさだな。伝説の窟がどこかなんて真面目に考えたって仕方ないよ。あんなの、ただの作り話なんだから」

「……実際に石神なるものが現れて、『十三道』の族長に不思議な石を分け与えたわけじゃないのか？」

いたく真面目くさった声で訊いてくるので、「まさか」とナツイは笑ってしまった。賢い犀利には珍しい、こどもみたいな勘違いだ。

「伝説の最後には、必ずこういうくだりがあるんだ。『十三道がそれぞれ神から賜った不思議な石とはまさに、部族が奉じる信条にして信念――部族の石のことである。それは実際には目に見えぬものだが、だからこそこの世ならぬ美しき色に光り輝き、部族の至宝として崇められつづけているのである』って」

部族の人々に伝説を語り聞かせた者は、きまってこう結ぶ。

――みなの者よ、眼を裏返し、己の心の窟をまざまざと眺めよ。さすればそこにもまた、我らが尊ぶ美しき石が坐《いま》していると気づくであろう。

そして自らの部族が掲げる石を心に抱き、結束を固めよと改めて呼びかけるのだ。

「……つまり伝説のなかで与えられる神石とは、部族の石のたとえってことか。この伝説は、部族のありようを定める目に見えない石が、なぜこれほど神北の人々に根ざしているのかを『神に石を与えられた』というていで説明するもの」

だとすると、と犀利は足元に咲く、いたって普通の白い花々へ目を向けた。

「神の予言ってやつの正体は、神北の民の祈りなのかもしれないな」

「祈りか」

そうかもしれない。神より石を賜ったという『十三道』のみならず、神北に生きる民は誰もが心に石を抱いている。新興部族であろうと各々の部族の石を掲げて結束を保ち、自らの石の象徴として、大珠を肌身離さず持ち歩く。

ナツイが抱く頑《かたく》なな石が、生まれ育った部族の石なのか、それとも父が特別ナツイだけに抱かせたものなのかは今となっては思い出せないが、どちらにしても、ナツイは石を抱いている。それこそが神北の民であるという証《あかし》。

そうして石を抱くことで、神北の人々はみな伝説に願いを託している。各々の部族の石を尊べば、優れた石を心の底で育てれば、いつかかならず神北にも一なる王が立つ。安寧をもたらす。そう信じるからこそ、神北の地で、伝説は熾火《おきび》のように熱を帯び続ける。

それはそうと、ナツイは感心していた。犀利は神北の民でもないのに、よくこんなふわふわした話を難なく解するものだ。

今日だけではない。いつだってナツィが誰ぞから一を与えられている間に、犀利は自ら十を見いだしている。深めている。この男はいつでも、どんな出来事に対してもこうなのか。物事の芯にあるのはなにかと常に考えながら生きているのか。そういう生き方とは、書物を好んで読みふければ誰しも手に入れられるものなのか。それとも犀利だからこそなのだろうか。

「でも、ちょっと拍子抜けだな」

犀利はまだ思うところがあるらしく、肩をすくめた。

「『十三道』に授けられた神石は単なる部族の信条や矜持《きょうじ》のたとえで、本当に輝く石を割って渡されたわけじゃない。つまり伝説の神石と、あんたが将軍を殺した石は、まったく無関係ってことか」

「え」

「ほら、どちらもひとりでに輝く石で、不思議な力に関係している。なにかしら繋《つな》がりがあるに違いないと思っていた」

思わぬことを指摘され、ナツィは動揺を隠せなかった。

改めて突きつけられれば、確かに似ている。

鎮守将軍さえ殺せる、化け物石。おぞましい神が与えた、部族の絆《きずな》を高める石。

どちらもおのずから光を放ち、人が持ち得ぬ不思議な力を与えるという。石の角を生やす神とすら関わりがありそうだ。

もしかしたら本当に、ふたつの『石』にはなんらかの繋がりがあるのだろうか？　そこには大きな秘密が……。

――己の頭で考えるのは悪なのだよ。

名も知らぬ父の声が、心の窟に激しく響きわたる。

――お前はただ、大切な人に従い、守ればよいのだ。

息が詰まり、胃の腑《ふ》がぐっと重くなる。そう、考えるべきではない。それがナツイの心の石だから。

でも。

「悪い、不安にさせるつもりはなかったんだ」

冷や汗を滲《にじ》ませるナツイに、犀利は気を遣ってくれたようだった。

「いいかげんなことを言いすぎたよ。よく考えれば、それほど似てもいないのに」

「……そうかな」

「うん、なんせ根本がまったく違う。伝説で与えられた神石は、多くの者が同じひとつの意思を注いでこそ、不思議な力を帯びるものなんだろう？　でもあんたのそれはあんたひとりだけのもので、しかも別に、なにかしらの決まった心を注いでいるわけじゃない。別物もいいところだ」

「確かに……」

「とすると、あんたの不思議な石を知っている奴が、それを参考に伝説を作ったのかもしれないな。ちょっと似て思えるのはそのせいとか」

言うとおりかもしれない。羽のように軽い犀利の声が、酩酊《めいてい》すら感じるほどの安堵《あんど》を運んでくる。細い不安を掻《か》き消し、覆い隠していく。ナツィは肩の力を抜いて笑った。

心の洞《うろ》に父の声がこだまする。それでいいのだ、それでいい。

「というか犀利、なにこんなところで世間話をしてるんだ。これから宴《うたげ》じゃなかったのか？」

「のらりくらりと躱《かわ》して逃げてきたよ」

まったく悪びれない犀利に、ナツィは今さらながら慌てた。

「宴での語り合いは鍛錬と同じくらい大事なものなんだ。勝手に抜けだすなんて許されないのに」

「怒られたって構わないよ。俺は、あんたがいない宴に飽きてしまったんだ」

「みんなと楽しくやっていたんじゃなかったのか？」

「もちろん楽しいときもある。でも常に頭の隅に、あんたはここにいさせてもらえないって事実がちらつくんだ。ひどい話だよ、あんただけのけ者にして」

犀利はすこし怒っているようで、ようやくナツィは、この男が自分を案じてくれているのだと気がついた。

「ありがとうな。でものけ者とは違うんだよ。わたしも納得してることなんだ。宴に出られないのはわたしが悪いから」

「どう悪いっていうんだ」

「聞いたって面白い話じゃないよ」

迷っていると、犀利は寄り添うように隣に腰をおろしてくれる。背を支えられたような気がして、ナツイはぽつりぽつりと語りだした。

「宴の席ってさ、女子どもや戦う気のない者が酷《ひど》い目に遭った話と、酷い目に遭わせた話で必ず盛りあがるんだ」

戦人たちは、悲しい末期《まつご》を迎えなければならなかった幼子や女の話を、どこか興奮した口ぶりで話す。その興奮の共有が、ますます戦人の結束を高めてゆく。

あるときからそれに耐えられなくなってしまった。いとけない幼子の無惨な死も、辱めを受ける女がどんなふうに懇願したかもナツイは知りたくないし、聞きたくない。ましてや、そういう悲惨な話に耐えられる自分に酔いしれたくはないし、楽しめる者こそ一人前だなんて勘違いしたくもない。

「だからわたしのほうから宴を避けるようになったんだ。その理由をモセさまに正直に答えたら激怒されて、二度と宴に出るなと言い渡されてしまった」

「……そうだったか」

犀利はそれだけ言って、草の上にごろりと横になった。

「わたしが軟弱なのはわかってるよ。興奮を共有して一緒に盛りあがれるからこそ、同じ石を抱き、同じ夢を追えるんだ。重々わかってる」

それでもどうしても好きになれない。許せない。心の片隅に勝手に生えてきた石が、ナツィを憤らせる。これは間違っていると叫んでいる。

「なるほどな」

でもそれは、楽しんでいる戦人にしたら興を削《そ》がれるものだな、なんて冷静に返されると思いきや、犀利は意外なことを言う。

「じゃあ俺も金輪際、宴には出ない」

寝ようかな、とまでつぶやくので、ナツィは焦って揺さぶった。

「いや、あなたは出ろよ」

「嫌だよ。なぜ俺にとってまっとうで好ましい考え方をするあんたより、宴のほうを選ばなきゃいけないんだ。だいたい俺は最初から、時期が来たら宴なんて断ろうと思っていた。どんちゃん騒ぎは好きじゃない。あんたと話をしたり、手合わせしたりするほうが楽しい」

「だけど」滲む喜びを押しこんで、ナツィは諭した。「わたしに構ってるより、イアシやモセさまと仲良くしたほうがあなたのためだ。わたしが『鷺』のなかでは下の下、半端者だって知ってるだろ」

「それがそもそもわからない。あんたのどこが半端者なんだ。不思議な石のことは秘密にしても、あんたはひとりで鎮守将軍に対峙《たいじ》した勇気ある戦人じゃないか。なぜみなあんたを軽んじる。おかしな話だ」

「軽んじてるわけじゃない。わたしが『理想の夢を追い求める』って石を心の中心に据えられないのが悪い」

「他の奴らと同じように考えて、同じものを心の支えにできなきゃだめってか？」

「そのとおりだよ。理想の夢を叶《かな》えるためには、一枚岩になって懸命に戦わなきゃいけないんだ。石に殉じなきゃ」

「殉じなくともあんたは結果を出した」

「そういうのが一番だめなんだよ。部族の結束を乱す」

「だけど」

と犀利は唇をとがらせて、やがて大きく息を吐きだした。

「せめてなんとかあんたの居場所を作りたいんだが」

真心の滲む声音に、ナツイは胸を衝《つ》かれた。そんなふうに言ってくれるひとなんて、今までひとりもいなかった。

すべてを委《ゆだ》ねてしまいたくなる。石の求めるままに、犀利を選んでしまいたくなる。

そんな自分を抑えこみ、軽く笑って返した。

「気持ちだけは受けとるよ。でも犀利こそ、自分の居場所をちゃんと作らなきゃ。そのためにも宴に出たほうがいい」

「居場所ってなんだ」

「もちろん、一人前の戦人として認められるってことだよ」

「一人前なんて興味ない」と犀利はのびをした。「俺が『鷲』に来たのは、あんたというためだからな」

「……そうやっていろんな女を転がしてきたんだな。あなたはものすごく顔がいいから」

「まさか。俺は奥手なんだ。今まで心から好きになった人もいない」

「でも」

「それにあんたがいいっていうのは、女だからとかじゃない。あんたとは、心の深いところに抱いている望みが似ている気がするんだ」

ナツィはつい犀利を見つめた。草むらに寝転んだ犀利は、穏やかな瞳《ひとみ》をナツィに向けている。

「……そうかもな」

すこし笑って視線を逸《そ》らした。

犀利の望みとナツィの望みは、きっとかけ離れている。それでも、今このときだけでも、同じと思ってくれて嬉《うれ》しかった。

維明の死から数月が経っても、朝廷の動きは鈍かった。

四年前、西の城柵《じょうさく》で征討軍を率いる征北大将軍が殺されたときは、十日もしないうちに次の大将軍が任じられ、さらなる大軍が派遣されたというのに、今回は兵を集めだしたという話すら聞こえてこない。

だから痣黒の族長であるエツロも、いまだ動こうとはしない。名乗りをあげて挙兵する機会を慎重に窺《うかが》っている。『鷺』の面々は逸《はや》る心をなだめつつ、束の間の休息を続けていた。

嵐の前の静けさだった。

ナツィの日々も変わらなかった。いや、すこしだけ変化もあった。あれだけ口を酸っぱくして忠告したのに、犀利はすべてとは言わないまでも、かなりの宴を抜けだすようになっていた。そして必ず、ひとり黙々と鍛錬を積んでいるナツィのところへ顔を出す。最初はいちいち追い返していたナツィも、やがて諦《あきら》め、受けいれた。

いつもふたりは八十川の河原で落ち合い、手合わせをした。疲れて動けなくなったら端山の峰にある洞窟《どうくつ》に行って、日光だったり月光だったりが落ちかかるくさはらに座り、気のすむまで話をする。それが日課になっていった。

手合わせの勝敗はまちまちだった。神北の民といえば弓矢を能《よ》くし、早蕨刀《さわらびとう》を巧みに操り戦うものだ。犀利は弓矢の腕はそこそこあるが、早蕨刀はからきしだった。細腕ゆえに刃渡りのある大刀を苦手とするナツィといい勝負なのだから、苦手と言い切ってもよいだろう。本人が言うに、使い慣れた太刀と反りが絶妙に異なるから、勘がくるうのだという。

だが早蕨型の短刀での勝負となると、犀利は勝ちはせずともほとんど負けなかった。先祖由来の品だという刃の反りが小さく柄《つか》の絞りも浅い、古めかしい短刀を手にうまく立ち回り、ナツィにとどめを刺させない。短刀の腕だけはかなりの自信があったナツィは、悔しくて仕方なかった。身体を猫のようにしならせ懐に入りこめば、どんな大男の首元にさえ切っ先を突きつけることができたのに。

「俺は臆病《おくびょう》で、あんまり人を信頼しないんだよ。どうしたら他人を懐に入れずにいられるか、四六時中考えて生きてきた。だからかな」

犀利は洞窟のくさはらに座りこんで短刀を磨きながら、むくれるナツィをなだめた。

「そこはわたしも負けてないはずなんだけどな」

人を信頼しないのはナツィも同じだ。というか人たらしに見える犀利が、人を信頼しないというのは驚きだった。

「あなたは賢いから、わたしよりいろいろ深く考えてるんだろうな」

「別に賢くなんてないよ。諦めて、流されて生きてきただけだ。こだわりも石も、全部捨ててな」

愁い顔で言うから、ナツィはなんとしても否定しなければならない気になった。

「卑下しすぎだよ。人の心にある石はひとつじゃないんだから、あなたにだって、どんなに小さくとも石はあるはずだ。自分の考えで鎮軍を抜けて、『鷺』に入ったんだし」

「誘ってくれたあんたについてきただけだ」

「だけど……ほら、物知りでもあるじゃないか。よく『ものの本によると』って言ってる。ものを知るって、つまり賢いってことだろう？」

「知ってるだけで、人生に活《い》かせてるわけじゃないが……まあ、そうだな、書物を繙《ひもと》くのはすごく好きだよ」と犀利は和やかに言った。ナツィの気持ちを汲《く》んでくれたのかもしれなかった。「貴重な品だからなかなか手にできないが、機会は絶対に逃さないようにしている。知識を得るほど心の泉が広がって、なんというか、泳ぎやすくなるんだ」

へえ、とナツィは思った。そういうものなのか。

「ナツィも、もっと知りたいって思ったことはないか？　たとえば、あんたが大珠にしている不思議な石は結局なんなのかとか。ユジってひとを乗っ取ろうとした桃色の石と同じく、石神でも閉じこめられているのかな」

「わたしはそういうの、どうでもいいよ」

ナツィはさもどうでもいいように言った。

本当はそうでもない。気になって仕方ない。ユジとグジが守っていたがらくたにして宝。ユジを乗っ取ろうとした光る石。

そしてナツィに力を与えた、この胸の白い石。

犀利が言うとおり、これは石神を閉じこめるものなのか。わたしはすでに石神に乗っ取られているのだろうか。

稲穂を狙う雀のように、追い払っても追い払っても疑問はナツィの上へおりてくる。だからこそ、ひたすらに散らし続けるしかない。

「自分の頭で考えることはしないんだ。そういうのは、わたしの石には必要ないから」

「うん。わたしは信頼しうる、賢く立派なただひとりの御方に従えばいいんだ。その考えを自分の考えとして、その悲しみを、喜びを、自分の感情とすればいい」

「賢く立派な方、か」犀利の短刀を磨く音がふいにとまった。「……たとえばどんな奴ならいいんだ」

「記憶がないからなんともいえないけど、そうだな、たとえばシキさまとかかな」

なるほど、と犀利はつぶやいて、再び手を動かしはじめた。

「確かにシキは立派な男だな。最初は、あんたみたいな若い女を戦場に出すなんてどんな鬼畜かと思ったが、神北に王を立てるっていう夢のために全然ぶれないようだし、戦っても強い。それでいて普段は穏やかで賢くて、情もある。敵味方関わらず弔うと決めたのはシキなんだろ？　痣黒の族長はよい顔をしなかったけど、死者はみな悼むと譲らなかったと聞いた」

ひょっとしたら、と犀利はつぶやく。

「痣黒の族長より、シキのほうが王にふさわしかったりしてな」

つい漏れたような一言に、ナツィは慌てて犀利の口を塞《ふさ》いだ。

「誰かに聞かれたら殺されるぞ」

「誰も聞いてないだろ？」

「そうだけど」

「父上の教えか？」

「それにすくなくとも『鷺』の面々は、同じように思ってるんじゃないか？」

ナツイは言葉に詰まって、それから「まさか」と呆《あき》れた顔をしてみせる。

だが心の隅では、ありえるとも思っていた。

理想の夢を追い求める。その崇高な石に従って、痣黒の民と『鷺』の戦人は同じ夢を見ている。神北に一なる王を立て、その王のもと朝廷を退けて、神北に安寧の王国を築くという夢。それはシキもエツロも同じなのだ。

だがエツロはなんというか、夢ばかり追い求めて足元がおろそかな気がしていた。モセが父親を恨んでいるのはナツイですら知っている。だがとうのエツロは気がついていないか、気づいていても軽視している。

シキは違う。美しい理想の夢を追う一方で、自分を支える人々と、その欲望や苦しみをよく理解している。その隻眼に、夢と現《うつつ》、どちらもしかと映りこませている。

もしふたりが石だとしたら、間違いなくシキのほうが美しく輝いて見えるに違いない。

「ふと思ったんだけど、あんたはちょっとシキと似ているな」

犀利は磨き終えた短刀を掲げた。落ちかかる光を受けて、切っ先が眩《まぶ》しく光る。

「シキは、自分こそが神北に一なる王を立てると幼いころから決めていたそうだ。そして一心に夢を追い続けてきた。別の部族の民だったのに、同じ夢を見られる痣黒に出奔して、苦労して故郷の石への誓いを捨てて、痣黒の石に改めて帰依した。『十三道』では、別の部族の石に乗り換えるのはとても困難なんだそうじゃないか。なんでも脊骨の山脈をずっと北にいったところ、玉懸っていう果ての地まで行って、大珠に刻んだ印を消さなきゃいけないっていうんだから」

「玉懸って、伝説の石神がはじめに現れたところか？」

「そう。この六連野からは、傍骨《かたわらぼね》の山脈を三度も越えなきゃいけない。シキはそれほどの困難を乗り越えて痣黒の石を抱き、矢面に立って戦う『鷺』を率いるようになった。心に信じがたいほど硬い石を隠してなきゃ、とても成せないことだ。そこがあんたと似ているよ。あんたたちふたりは、ひとつの石を揺らがず心に抱き続けているわけだ」

「ずいぶんと買ってくれてありがとう。でもシキさまとわたしは全然違うよ」

とナツイは苦笑するしかなかった。確かにナツイもシキも、自身と石が分かちがたいくらいに強く結びついているのは同じかもしれない。だがナツイの石は父から与えられたにすぎず、シキ自ら選び、育て、堂々と掲げ続ける石の同列には置けない。輝き方だってまったく違う。ナツイの石は、どれほど硬くてもナツイしか照らさないし、照らせない。だがシキの石は、集った人々にさえ煌々《こうこう》たる光を注ぎ、酔わせられる。

いや、放つ輝きの質が違うのは、なにも石だけではないのかもしれない。シキには人を強烈に惹《ひ》きつける力がある。まるで自分自身が輝く石であるかのように。

どちらにしてもナツイとは違う。全然違う。

「いや、同じだよ」

短刀を鞘《さや》に収める犀利は譲らなかった。「けっして砕けない石を心に抱けるあんたがたがうらやましい。俺の心なんて、粉々に砕かれた破片が散らばってるだけの殺風景なものだから」

笑っているのに寄る辺なく見えて、ナツィの胸はざわめいた。

犀利は、生きるために石を捨てたと言っていた。こうあるべき、こうすべきというこだわりを与える石なんて、自分で道を選べるからこそ活きるものだ。やりたくもないことを無理やりやらされる人生に耐えるためには、石なんて砕くしかないのかもしれない。硬い石など、あったところで従えないのなら苦しいだけだ。

それでいて思う。支える石のない人生とは、どれほどつらいものだろう。そもそも人は、心にひとつの石もなく生きていけるのだろうか。

「それで、ナツィはどうなんだ」犀利は軽い口調で話を変えた。「俺が書物を繙くのが好きなように、あんたにも趣味ってあるのか？　戦うことと守ること以外で」

趣味。

ないと答えようとして、ナツィは思いなおした。しばしためらってから小声で告げる。

「実はひとつだけ、それらしいものがあるんだ。笑わないでくれるか？」

「もちろん」

犀利は素直にうなずいてくれる。だから思い切って言った。

「刺繡《ししゅう》だよ」

「神北文様か」

「ああいう神北らしいきちんとした手仕事じゃないんだ。その、綺麗《きれい》な糸を使って花や鳥を刺すのが好きなんだよ。正確には好きだったみたいだ、かな。記憶がなくなるまえに嗜《たしな》んでたみたいで、手が覚えているから今でも刺せる。軟弱な趣味だろう？」

言われるまえに自分で言った。「戦人の風上にも置けない」

『鷺』に入ったばかりのとき、モセに『軟弱な、いかにもひ弱な女らしい趣味だな』とけなされたのを、昨日のことのように覚えている。

しかし犀利は馬鹿にせず、笑い飛ばしもしなかった。

「軟弱でもなんでもない、よい趣味じゃないか」

「戦人らしくはないよ」

「戦人らしさってなんだ。あんたは充分強いし、『鷺』の夢のため、神北のために戦っている。ならなにが好きだっていいだろ」

「……そうかな」

「そうだよ」とさっぱり言い切って、犀利は微笑んだ。「なあ、俺にもひとつ刺してくれないか？　素敵なやつを」

心から頼んでくれているようで、ナツイはもじもじとした。そんなふうに言ってもらえるとは思わなかった。

「人に刺してあげられるほど上手じゃないんだ」

「構わないよ。練習台にしてくれていいし、なによりあんたが刺繍してくれたって事実が大事なんだ」

奇襲で血と泥にまみれてしまって捨てた帯にこっそりと刺していた、神北草の小さな白い花が脳裏に浮かぶ。あの図案ならば、そこそこ見られるものになるかもしれない。どうだろう、犀利は喜んでくれるだろうか。

それでも最後の勇気が出なくて、結局ナツィはこう返した。

「もし神北に王が立って、朝廷も追い返せて平和になったら、そのときでいいなら」

じゃあいらない、と言われるかと思ったのに、犀利の瞳《ひとみ》はぱっときらめいた。

「空約束じゃないよな。楽しみにしていいんだな？」

毒気のない明るい声に、ナツィも照れを滲ませつつ、心から応《こた》えた。

「もちろんだよ。神北の民は、約束を守るんだ」


一向に征討軍を率いる大将軍が都を発《た》ったという知らせが届かないまま、とうとう脊骨の山脈の頂《いただき》から大鳥が飛び去り、六連野は盛夏を迎えた。他の隠れ里を回っていたシキがしばらくぶりにナツィたちのいる里へ戻ってきたのは、そのころだった。

急ぎ集まった戦人たちの前に立派な碧《あお》の大珠を揺らして座ったシキは、まずは隅でナツィと並んでかしこまっている犀利に目をやった。

「どうだ犀利。『鷺』の暮らしには慣れたか？」

「まあな」と犀利はにこりとする。「楽しくやらせてもらってるよ」

モセやイアシはなにか言いたそうにしていたが、「ならばいい」とシキはにこやかに皆々を見渡した。

「近頃の情勢を知らせよう。鎮軍はようやく新たな鎮守将軍を任命した。さきの副将軍山高《やまたか》の実弟、浜高なる男だ」

「そいつは維明のように、俺たちの脅威になりますか？」

イアシが尋ねれば、いや、とシキは首を横に振る。

「小物にすぎない。すでにエツロさまに懐柔されていて、維明が重用していた阿多骨の部族を差し置いて、痣黒にすり寄っている始末だ」

軟弱、とモセが嗤《わら》った。

「ならば我らがことさら目を配る必要もありませんね。それよりも、肝心の征討軍はいつ来るのです。さすがにそろそろなのでは？」

「それが朝廷は、いまだ征討軍を率いる征北大将軍すら任じていないようだ」

なんと、と戦人たちはざわめいた。

治安の維持を担う鎮軍とは違い、征討軍は皇尊《すめらみこと》が勅を発して動かす大軍だ。よって率いる征北大将軍も、鎮守将軍とは比べものにならない高位の者が任じられる。皇尊を支える四人の皇族のひとりである縛北《ばくほく》将軍が、そのまま征討軍の長を拝命することさえあるのだ。

だがいまだ四方津の都では、大将軍の選定すら進んでいないという。

そんな、とみな眉《まゆ》をひそめて、口々に言い合った。

「大将軍が任命されないことには、いつまで経っても征討軍は神北を訪れず、諸部族に一なる王を戴《いただ》き戦おうと呼びかけることすら叶《かな》わないではありませんか」

「なぜそれほど朝廷の動きが鈍いんでしょう。維明は討たれたわけではないから、征討が必要とみなされていないのか？」

「まさか。あやつは『鷺』を討つために出陣して死んだのだ。朝廷の奴らは当然我らのせいで死んだとみているはず」

「維明が死のうと、都は悔しくもないのでは？　朝廷の奴らは、神北出身の維明を人とも思っていなかった。使い捨ての将軍が死んだくらいで大軍など出せないのですよ」

嘲笑《ちょうしょう》するモセに、「そうかもしれませぬが」と伯櫓が口を出す。

「にしても朝廷にも面子《メンツ》はあります。さすがに征討軍自体は送ってくるはず」

「ならばぐずぐずせずに早く来ればいいのだ。なあイアシ」

「仰《おっしゃ》るとおり！　愚かで無知な朝廷の民に、正しい石とはなんなのか一刻も早く知らしめてやりたいですよ」

「そう逸《はや》るな」とシキがなだめた。「春先に西国《さいごく》で、尖の残党が決起したらしい。その鎮圧が優先されて、神北は後回しになっているのだろう。焦らずとも、脊骨《うたげ》の山脈が白骨晒《さら》すまでには動きがある。いよいよ我らの夢がまことになる。そろそろ宴に興じるのも大概にして、戦の準備を始めよ」

応、と戦人たちが答えると、シキは再び犀利に目を向けた。

「犀利。わたしは明朝またここを発ち、他の隠れ里の戦人にも同じ話をしにゆこうと思う。供をしないか？」

え、とナツイは息を詰めた。シキは犀利を連れていくつもりか。胸がすっと冷える。汗が首筋を流れていくのは、暑さのせいばかりではない。

犀利は気の進まないような顔をした。

「半端者かつ元鎮兵に警護させるつもりか？　不用心だな」

「半端者かつ元鎮兵だからこそ、連れてゆくのだ。我らの夢と、我らの石についてじっくり語って聞かせたい」

「名誉なことだぞ」とイアシが振り返ってささやいた。「シキさまに同行できるのは、選ばれし者だけだ」

その誇らしげな声が耳に届いた瞬間、心臓が大きく跳ねあがって、ナツイは胸にさげた化け物石を強く握りしめた。

わかっている、イアシの言うとおりだ。シキに同行できるのは誉れであり、栄達への近道。ひとつの隠れ里に長くは留《とど》まらないシキと深く関われるのは、旅の同行に選ばれし者の特権だ。ここで気に入られれば、犀利はきっと多くを手に入れられる。犀利のためを思うのならば背を押すべきだ。

だが、他でもないイアシがそれを口にしたという事実が、動揺をかきたてて仕方ない。

過去に目の当たりにした光景が、引いた血の気の代わりにひたひたと這《は》いあがってきた恐怖が、鮮やかに脳裏に蘇《よみがえ》る。怖い、行かないで。

犀利は少々考えこんだ。固唾《かたず》を呑《の》んでいるナツイをちらと見て、にっこりとした。

「遠慮しておく。ナツイをひとりにしたくないんだ、悪いな」

おい、と思わず胸ぐらを摑《つか》みかけたモセを、シキは制する。

「よいよ。ならばまたの機会にしよう」

ナツイの緊張はほどけていった。一気に息を吐きだし、思わず心の中でつぶやいた。

よかった。


シキが散会を告げるや、戦人たちは外へ出ていった。残るは自分とシキになったのを確認してから、モセは苛立《いらだ》ちを抑えられないように身を乗りだす。

「やはり犀利をナツイのそばに置くべきではなかったのです！ 堕落するのは目に見えていた。それにしてもナツイめ。いつまでも自分の石にこだわる半端者のくせに、男を誘惑する腕だけは一人前か」

「言ってやるな」シキはほのかな笑みを崩さない。「自分だけの石を頑《かたく》なに持ち続けるのはなにも悪ではない。むしろ犀利はその希有《けう》なることを理解しているからこそ、ナツイに憧《あこが》れ、惹《ひ》かれているのではないか？」

「あれほど石を軽んじていた犀利が、石の硬きに惹かれているというのですか？ ずいぶんな変わりようだ。とはいえ我らにとっては、ナツィの石が硬かろうと脆《もろ》かろうとどうでもよいでしょうに。大切なのは痣黒の石、それだけ」

「それだけと断じられると困ってしまうな。わたしだって心の片隅に、痣黒の石とは別の自分だけの石を持っているし、大切にしているのだが」

モセは虚を衝《つ》かれたような顔をした。

「……そうなのですか？　どのような石なのです」

それは、とシキは、戸惑うモセの頰に手を添えささやきかける。

『なにを曲げても生かす』という石だ。このわたしだけが心に抱く、わたし自身が見いだした石なのだよ」

「なにを曲げても生かす……」

「この石を抱えているからこそ、わたしは自らの才を活《い》かさんと、生まれた部族の石を捨てた。そして痣黒の石を最上の石と奉じるようになった今でも、かの石を大切に心の隅に置き続けている。お前の父にいくら反対されようと、敵味方問わず髑髏の谷に葬り続けてきたのも、彼らの死を活かさねばならぬというわたしだけの信念、わたしだけの石があるからこそなのだよ」

「……その石を抱えていらっしゃるからこそ、シキさまは父と同じ石を奉じながら、父とはまったく違うのですね。わたしをわかってくださる」

モセは心動かされたようだった。そうかもしれないな、とシキは頰に笑みをのぼらせる。

「だから案ずるな、犀利の硬き石への憧れはほどなく花ひらき、蕩《とろ》けんばかりの実を結ぶ。ゆえにあのふたりの関係もまた、これでよいのだよ」

お前が今のままでよいように。

睦言《むつごと》のようにつぶやいて、シキはモセを引き寄せた。

そのころ外ではイアシが、犀利をなんとか説得しようとしていた。

「考え直せよ、犀利」

「考えても俺の答えは変わらないよ」

「じゃあせめて今夜、シキさまを囲む宴には出ろよ。な？」

ナツイも足を止め、はらはらとふたりの会話を聞くしかなかった。さらりといなされているのに、イアシはしつこいくらいに食いさがる。

「あのなあ、宴も学びの場なんだ。いいか？　胸襟をひらき、腹を割って話すことで、戦人の結束はより強まる。石への思いもいっそう強くなる。もしかしたらお前の気も変わるかもしれない」

「変わらないとは思うがな」

犀利、とイアシは嘆息した。

「お前がナツイに恩を感じているのはわかってるし、いつまでも半端者のナツイを哀れんでいるのも知ってる。気にかけてくれるのは俺だって嬉《うれ》しいんだよ。でもだからって、いつまでも付き合うことはないんだ。俺たちと同じ痣黒の石さえ心に呼びこめれば、お前は立派な戦人になれる」

「立派な戦人になったらどんないいことがある」

「そりゃいいことずくめだ。なによりみなで同じ石を、同じ熱さで抱えられる。その一体感がもたらす恍惚《こうこつ》や凄《すさ》まじいんだ。たちまち心の安寧を得られるぞ」

「あとは？」

「おいおい……じゃあこれはどうだ、一人前になれば、好きな女を娶《めと》れる」

へえ、と犀利は片方の口の端を持ちあげた。

「悪くないな」

「だろう？　だったらお前も、いい加減変わらなきゃだ。な！」

「やめろよイアシ！　犀利は変わる必要なんてないよ！」

イアシから引き離すように、ナツィは懸命に犀利の袖《そで》を引っ張った。「ほら行こう。今日は一緒に武具の手入れをする約束だろう？」

「ナツィ、俺はなあ、お前のことも心配してるんだ」

「ありがとう、気持ちだけは受けとっておく」

「おい、最後まで聞けよ」

なおも言い募ろうとするイアシから、ナツィは逃げるように歩きだした。今はお小言を聞きたくない。こと、イアシのそれは。

ふたりでいつもの洞窟《どうくつ》に着くと、犀利は笑って腰をかがめ、ナツィの瞳を覗《のぞ》きこんだ。

「そんなに俺に行ってほしくなかったか」

「行ってほしくなかった」

硬く返すと、からかっているつもりだったらしき犀利は驚いたような顔をした。改まったように草の上に腰をおろし、やさしく口をひらきなおす。

「大丈夫だよ、ナツィ。俺はどこにも行かない」

「……ありがとう」

それしかナツィは返せなかった。まだ心臓が波うっている。

いいんだよ、と笑って犀利は短刀を磨きだした。

「だけどイアシのことは意外だな」

「イアシのこと？」

「うん。あんたとイアシは幼なじみなんだろ？　なのにあんたはいつも、全然あいつの目を見ないだろ」

気づいていたのか、とナツィはうつむいた。

人が信じられないナツィは、そもそもできる限り、誰とも目を合わさない。だが犀利が言っているのはそういう話ではないだろう。ナツィがイアシに対してどんなときも、八十川のように捻《ねじ》れた思いを抱えているのに気がついている。

「嫌ってるわけじゃないんだ。仲が悪いわけでもない。イアシはちょっとお節介だけどいい奴だ。心からわたしを案じてくれているのもわかってる」

　でも、と口から出かかったのは呑みこんだ。

　イアシは悪い男ではない。だからこそ恐ろしい。あの日からずっと、目も合わせられない。

「もしかして祝言をあげる寸前でうまくいかなくなったから、気まずく思ってるのか？」

「祝言？」ナツイは目を剝《む》いた。「待って、なんの話だ」

「あんたとイアシはお似合いだからと、古参の戦人が祝言を勧めたそうじゃないか。でもあんたは寸前ですげなく断ったって」

　そこまで聞いて腑《ふ》に落ちた。グジが奇襲の夜、ナツイに持ちかけた話のことか。

「そんなに進んでいた話じゃないよ。わたしの将来を心配してくれただけだ」

「なんの心配だ」

「わたしは半端者だろ。『理想の夢を追い求める』ために、他のすべてを犠牲にできない、殉じられない。わたしの中には別の石があるから」

「心に決めたただひとりを守るって石か」

「……うん。それで案じてくれた人がいたんだ。誰かを守るという石を真ん中に抱いたまま、変わらないまま、それでも『鷺』の戦人として立派に戦えるように」

　敵の女子どもを哀れむ隙もなく、理想の夢に殉じられるように。

「それが、痣黒の石を揺らがず心に抱けている誰かを、わたしが守るべきただひとりとして選べばいいって案だった」

理想の夢とかわいそうな幼子、どちらかしか守れないなら、今のナツィは幼子を守りたくなってしまう。

だが心に決めた『誰か』とかわいそうな幼子ならば。

ナツィはきっと、『誰か』を選ぶだろう。

「そのただひとりの候補がイアシだったと」

「そう。でもイアシとはそういう関係になれる気がしなかったから断ったよ。それに――」

ナツィは、犀利の首にかけられた大珠に目を落とした。

「そもそもわたしは、守るべきただひとりなんてもう決められない。自分のすべてを委《ゆだ》ねられるほど、誰かを信じられないんだ」

「信じられなくなるような出来事が昔あったんだな」

『若』の憎しみに満ちた声が心の窟《いわや》に満ちる。幼いナツィは、なぜ、なぜ、と嘆き続けている。

犀利はふいに刃を磨く手をとめて、ナツィをまっすぐに見つめた。

「なあ」

「うん？」

「俺でもだめか？　俺は、あんたの守るべきただひとりになれないか」

『若』の声を懸命に追い出そうとしていたナツイは、はたと犀利に目を向けた。

言葉が出てこない。出てこないうちに、

「なんてな、冗談だよ」

犀利はすぐに笑って、短刀の切っ先に目を戻した。

翌日、ナツイが見回りから戻ってくると、すでにシキは出立の準備をしていた。美しい神北馬に荷を積むのを手伝いにゆけば、イアシが不思議そうな顔をして言う。

「犀利に挨拶《あいさつ》してこなくていいのか？　あいつ、髑髏の谷にいるようだけど」

「挨拶？」ナツイは首を傾げた。「なんの話だ」

「聞いていないのか。あいつ、やっぱりシキさまと一緒に行くことにしたらしい」

「え……」

「まあ、ひと月もすれば戻って……おい、ナツイ」

ナツイはもう聞いていなかった。青くなって、端山を登る獣道へと駆けだした。夏の日差しに汗が噴きだす。あっという間に息があがる。それでも構ってはいられない。

犀利は、髑髏の谷を望む蔓橋《かずらばし》の上にいた。蔓の欄干にもたれかかって、崖下《がけした》に遠く目を向けている。

「犀利！　なんでだ」ナツイは息を切らして叫んだ。「なんで、そばにいてくれるって言ったじゃないか！」

犀利はこちらを向いた。口の端を緩めてナツイに歩み寄った。

「これからもあんたのそばにいるために、ちょっと頑張ってくるだけだよ。一人前になったら、好きな女を娶れるってイアシが言ってただろう？　だから――」

だがナツイの頬があまりにも真っ白なので、犀利は笑みを収めた。歩み寄り、ナツイの手をとる。

「どうした、不安なのか」

そうだよ、とナツイは吐きだした。声が震えてしまう。

「行ったら変わってしまう、イアシみたいに！　あなたに変わってほしくない」

「どういう意味だ。イアシとなにかあったのか？」

言葉が出てこないナツイを、犀利は支えて座らせてくれた。ナツイは大きく息を吸っては吐いて、ようやく続ける。

「……イアシはすごく立派な戦人だ。わたしみたいにいつまでも『鷺』にすべてを捧《ささ》げられない半端者と違って、本当に、心から理想の夢を追い求めている。でも、あいつ、実は神北の民なんかじゃないんだ。移民の里の出身なんだよ。里を焼かれてみなしごになったから、『鷺』に拾われてきたんだ。そして……」

ナツイは声を震わせつぶやいた。

「イアシの里を焼いたのは、シキさまなんだ」

その日イアシの里には、朝廷の官人が泊まっていた。シキは『鷺』の戦人を殺された報復に、里もろとも官人を焼き払ったのだった。

イアシの本当の名は、環語で伊足《いあし》。万年櫻の向こうから送りこまれた人々の生き残りだ。本来ならばその場で殺されるところ、戦人のひとりが戯れになぶり殺すつもりで連れ帰ってきた。

「あいつが連れられてきたときのことは今も覚えてる。泣きながらシキさまに摑《つか》みかかって、本当にかわいそうだった」

里を返せ、父母を、妹を返せ。

イアシは泣きじゃくりながら挑みかかった。あっさりと返り討ちにされても、何度でも立ちあがった。だが勝てるわけもない。ぼろぼろになるまで打ちのめされて、頰を地面に押しつけひとり涙を流し続けていた。

見ていられなかった。

「その根性を買われて、イアシはしばらく里に置かれることになった。でもすこしも心をひらかなくて、仇《かたき》を討ってやるってずっと叫んでた。だからわたしは思っていたよ。きっとこの子は、いつか殺されてしまう」

そのまえにどうにか逃がしてあげられないかとまで、真剣に考えていたのだ。

「でも逃がす隙を見つけられないうちに、シキさまと伯櫓さまに別の隠れ里に連れていかれてしまった。泣いて暴れるイアシを見送って、わたしは後悔した。今度こそあの子は殺されてしまう。そうなるまえに逃がしてあげるべきだったって。でも」

十日後、イアシは無事に戻ってきた。

別人のようになって帰ってきたのだ。

「戻ってきたイアシは、きらきらした目で言ったんだ。四方の民に生まれた自分を、今では恥じている。ようやく正しい石を心に抱けて、生まれ変わったように気分がいいって」

耳を疑った。あれほど故郷と死んだ家族を想い、シキに復讐《ふくしゅう》を誓っていたイアシの言葉とは思えなかった。イアシは移民としての石を、家族を想う心を、どこに置いてきてしまったのか。

そして気がついた。

人とは、これほど簡単に変わってしまうのだ。

故郷のために涙するイアシはいなくなった。それどころかイアシは、死んだ父母を蔑《さげす》んでさえいた。真実も知らず、夢もなく、命じられたからと移民して神北の土地を侵した父母など、殺されても自業自得、と。

「きっとイアシは、それまで心に持っていた石を全部砕かれてしまったんだ」

逃げ場のない場所で、お前なんて価値がない、お前はずっと間違ってきたとくり返し聞かされて、石は砕け散ってしまった。イアシをイアシたらしめていた石を全部なくしてしまった。

「そしてなにもなくなった寄る辺がない心に、痣黒の石を抱えこまされた」

美しい理想の夢の輝きは、支えを失ったイアシの目にはいたく眩《まぶ》しく見えただろう。それさえ抱けば仲間として受けいれられると知って、心から安堵《あんど》しただろう。

「今ではすっかり夢に心酔して。心酔しないと生きていられないんだ。痣黒の石以外に、支えてくれるものがなにもないから」

それが怖かった。石を砕かれれば人は変わる。わたしはわたしでなくなってしまう。かつてのイアシが、もうどこにもいないように。

「それで俺が、シキとゆくのを恐れていたのか」

「そうだ。あのときのイアシみたいに、戻ってきたあなたが変わってしまっていたら」

ナツイの石は、砕け散ってしまうかもしれない。大事な人を守れなかったのだから。

「なあ犀利」

ナツイは犀利の手を握りしめ懇願した。

「あなたは、変わらないでくれ。お願いだ」

今さら行くなとは言えないのはわかっている。ならばせめて、変わらないで。

縋《すが》るナツイを映した犀利の瞳《ひとみ》が見開き、やがてふわりと緩んだ。

「大丈夫だよ。俺は変わらない。一人前になっても、痣黒の石を心に抱くことができても、絶対に変わらない」

「本当に？」

「もともと俺の心には石なんてない。守りたい矜持《きょうじ》も信念もないんだ。でも今の俺には、大切にしたいものはある。それを守るためにこそ行くんだから、変わりようがない」

約束する、と犀利はナツィの手を強く握り返して誓った。

「神北の民じゃあないけど、俺も約束は守るたちなんだ。知っているだろう？」

「……うん」

そうだ、確かにそのとおりだ。犀利は約束を守る人。

ナツィは潤んだ瞳を歪《ゆが》ませて、なんとか笑みを作った。


犀利が里を離れたあとも、ナツィは隠れ里の片隅で、努めて今までどおり、淡々と日々を過ごしていた。

だが心は今までどおりとはいかなかった。ひとりがこんなにさみしいとは。

そんなある日、犀利の出立からほんのひと月あまりが過ぎたころだった。晴れわたった高い空の下、汗を垂らして外堀に溜《た》まった泥を搔《か》き出していると、隠れ里の入口である木戸の周囲に戦人たちが集まりだした。

「なにかあるのか？」

泥だらけの両手のまま寄っていくと、戦人たちは呆《あき》れたように言う。

「聞いていないのか？　シキさまがお戻りになるんだよ」

「すぐそこまで来られているから、じきにお姿も見えるだろうよ」

え、とナツィは固まった。そんな知らせ、聞いていない。

「なんだ、初耳みたいな顔しやがって」

「初耳なんだろ。半端者だから教えてもらえなかったんだ」

「数日前から目と鼻のさきの『新宮』に滞在していらっしゃったのにな」

戦人たちは顔を見合わせ笑っている。だがナツイはそんなのどうでもよかった。

シキが戻ってくる。

つまりは同道していた犀利もまた、ナツイのもとに帰ってくるはずだ。

急いで井戸へ走って手足や顔の泥を洗い落とすと、水気をろくに拭《ぬぐ》いもせずに木戸へ駆けた。すでに歓声があがっている。木戸の前は屈強な戦人が陣取っていて、ナツイの入りこむ隙もない。仕方なく里を突っ切り裏の木戸から森に出て、ぐるりと里を回りこむと、ちょうど鬱蒼《うっそう》と繁《しげ》る樅《もみ》の木の向こうから、神北馬にまたがるシキが現れるところだった。

いつもどおりに神北文様のあしらわれた絹布を片目に巻き、胸には碧《あお》の濃い翡翠《ひすい》の大珠をさげている。『新宮』でエツロに会ってきたからか、改まった際に袖《そで》を通すことになっている漆黒の小袖をまとっていて、その引きこまれるように深い黒を、一人前の証《あかし》である美しい文様が組みこまれた腰帯で彩っていた。

シキのあとに続く馬上の戦人たちも同じように、漆黒の衣を、神北文様が組みこまれたり刺繡《ししゅう》されたりした帯で飾っている。ナツイは懸命に目を凝らして犀利を探した。ひとり過ぎ、ふたり過ぎ、とうとう笹藪《ささやぶ》の向こうに林立する樅の陰から、馬に乗った見知った影がちらと垣間《かいまみ》見えた気がした。ナツィは逸《はや》る気持ちで身を乗りだし、懸命に凝視する。間違いない、犀利だ。待ちわびていた人だ。目を輝かせて大きく手を掲げる。その名を呼ぼうとする。

だが。

今にも発されようとしていた声は、木々の合間から犀利の姿がはっきりと見えた瞬間、腹の底まで引っこんでいってしまった。

ナツィに気づいて大きく手を振った犀利は、変わらぬ純粋で、喜びに満ちた笑みを浮かべている。だがその帯は、出立したときの無地のものではなかった。

他の戦人と同じく、神北文様の入った帯を締めていた。

あの神北文様が入った帯は、一人前の戦人だけがまとうことを許されるもの。痣黒の石をなにより尊きものとして、自らの心の中心に据えられた証。

理想の夢のためならば、命さえ捨てられる証。

掲げた腕から力が抜けていく。ナツィは呆然《ぼうぜん》として腕をおろし、次の瞬間にははじかれたように逃げだしていた。犀利はもう半端者ではないのだ。痣黒の石を迎え入れた。自分の人生の芯《しん》に据えるべき石と決めた。

変わってしまった。

今際《いまわ》の際に維明が吐いた呪いの声が、たった今耳に直接注ぎこまれたかのごとく、生々しく蘇《よみがえ》ってくる。心の窟《いわや》にずっとぼんやりとたゆたい続けていたのが、急にはっきりと響きだす。

――このまま『鷺』にいれば、お前は必ず不幸になる――。

笹藪などものともせず、すぐに背後から馴染《なじ》んだ足音が近づいてくる。懸命に逃げたがついには手首を摑《つか》まれた。

「ナツイ！　なぜ逃げるんだ！」

振りはらおうとも叶《かな》わなかった。身体を捻《ひね》った拍子に、犀利が首からさげた大珠の裏側が目に飛びこんでくる。

痣黒の石の印が、刻まれている。

「なぜって、あなただってわかってるはずだ」

「俺は変わっていない！　変わらずあんたが一番だ」

そう言ってくれるからこそ足がすくむ。いつ豹変《ひょうへん》するかわからない。かつてのイアシのように。かつての『若』のように。

「違うよ、あなたはちゃんと変わったんだ。変わることができた。心に石を招き入れられた」

ナツイを追い越し、行ってしまった。

「これからも変わっていける。だからもう、変われないわたしは置いていってくれていいんだ。きっと、ついていけないから」

最初からわかっていた。犀利を『鷺』に連れてきた日から知っていた。いつかこの男も他の『鷺』の戦人と同じになる。遠くで輝く理想の夢ばかりを追い求めて、足元を顧みようとはしなくなる。幼子を殺す。だとしたらここが、ナツィの儚《はかな》い夢の潮時なのだ。

「ナツィ」

犀利は強くナツィの手首を引いて、視線を合わせようとしてくる。ナツィは顔を逸《そ》らした。それでも犀利は諦《あきら》めなかった。

「俺の目を見てくれ」

「嫌だ」

「人を信じるのは怖いか？」

ナツィの両肩を押さえ、強引に向かい合おうとする。逃れられなかった。目の前に犀利の瞳がある。かすかに青みがかっている。不思議な色の、強い光を放っている。ナツィの胸で眠っている石が放った光と同じ、深い碧《あお》。

その碧を揺るがさず、犀利はくり返した。

「俺は、なにも変わっていない。俺の中に石があるというのなら、理想の夢よりなにより、あんたが一番大事な石だ。あんたのためにこそ、俺は痣黒の石に忠実であろうとしているんだ」

ナツィは顔を歪めた。そうだ、本当は知っている。犀利が変わろうとしたのはナツィのためだ。いつまでも居場所を見つけられないナツィが『鷺』で生きていけるように、そのためにこそ石を心に受けいれた。理想の夢を追い求めることこそ生きる道だと納得した。

誰にも文句のつけられない、立派な戦人であろうとした。

わかっているからこそ逃げだしたい。信じられない。

「なぜ」

声が掠《かす》れる。「なぜあなたは、そこまでわたしを大切に思ってくれるんだ」

石を持たない俺は空っぽなんだと、犀利は何度も言っていた。だが真に空っぽなのはわたしだ。自分で考えることもなく、ただ従い守るだけ、そう生きるしかないナツイこそが空っぽの女なのだ。今このときでさえ、『なぜ』と問いかける自身を後ろめたく思っているような、そんなつまらない女のために、どうしてすべてを懸けてくれる。

それは、と碧の光がふいにやわらいだ。

「あんたが俺を、大切にしてくれたからだよ」

「……わたしはなにもしていないよ」

「初めて会ったとき、あんたはうなされていた。どこかの誰かに向かって手を伸ばしていた。あんたがほしいのは俺じゃないのはわかっていたよ。だがそれでも握らずにはいられなかったし、あんたはそんな俺の手を握りかえしてくれた。そのとき、俺は初めて満たされた気がした。そして思ったんだ。誰かの石に翻弄《ほんろう》されてばかりの空っぽの俺の人生にも、意味はあるかもしれない。この身はきっと穏やかな生活なんて手に入れられずに朽ちるだろうが、心は違うかもしれない。大切な人を見つけて、その人ひとりくら

い は守れるかもしれない。そう思った」

犀利はナツィの肩から手をひいた。ナツィは目を逸らさなかった。逸らすことすら忘れていた。

「そしてあんたは、そんな俺を受けいれてくれた。人を信じられないのに他人に情をかけずにはいられないあんたが、俺はますます好きになった。大切な誰かを守りたいと願っているあんたの、『心に決めたただひとり』になりたいと思った」

「わたしは……」

胸の白い石を握りしめたナツィの手に、犀利は手を重ねた。

「ナツィ、あんたは変わらなくていい、そのままでいてくれればいい。だから、その美しい、なにより硬い心の石の求めるままに、俺を守ってくれ。俺は『鷺』の夢そのものになるから。あんたが俺を守ることで夢に殉じられるように、誰にも文句の言えない戦人として認められるようにするから」

犀利の瞳《ひとみ》は熱を帯びて揺らめいた。

「秘儀の中で、俺は夢を見たんだ。理想の、美しい夢だったよ。神北に一なる王を迎えるため、朝廷を永遠に打ちのめすための戦いに、あんたと身を投じるんだ。そしてめでたく神北に王が立ち、朝廷に与《くみ》するすべてを屠《ほふ》ったあとは、一緒に穏やかに暮らす。清らかな小川のそばで、あんたと笑いあっている、そんな夢だった。この夢を叶えたい。あんたと一緒に本物にしたいんだ。だから俺を守ってくれ。俺の隣にいてくれ。もし志半ばで髑髏の谷に横たわることになっても、あんたの膝《ひざ》の上で死ねればいい。それだけでいい」

ナツィの唇は震えた。これほどの思いを向けられたことはなかった。向けたことはあっても、その思いは返ってこなかった。返ってこなくていいと思っていた。二度と『誰か』を守らない。守れない。傷つきたくない。

でも。

「……あなたにはきっと、これからもっとよい出会いがあるよ」

「俺の腕は二本だよ。片手で刀を、もう一方であんたの手を握れたら充分だ」

「わたしはたぶん、石に乗っ取られた化け物なのに」

「気にしすぎだ。俺はもう、あんたが大珠としてさげている石の正体に見当がついているよ。話してしまったとしても、すくなくともシキさまは、あんたの力に喜びこそすれ疎みはされないと思うけどな。でも、あんたが黙っていたいなら、約束は守る」

「本当に、本当にあなたをただひとりの人と決めていいのか。わたしの石は硬いよ。一生をかけてあなたを守るよ」

「望むところだ」と犀利はナツィに顔を近づけ、吐息のようにささやいた。

「俺も一生、あんたを恋うよ」

その約束が、最後の逡巡《しゅんじゅん》を砕いていった。

ナツィはそっと目をとじた。

った。
「『若』は、わたしを憎んでいたんだ。ずっと嫌いだったって」
窟《いわや》の最奥に寝転んで、岩の割れ目の向こうで瞬く星を眺めながらナツィはぽつりと語
すべてを覚えているわけではない。かつての生活も、『若』の名すら思い出せない。
ナツィに石を植えつけた父の顔も。それでも痛みをかき集めて、はじめて自分の外に、
言葉として吐きだした。
「そして『若』は、すごい目をしてわたしを突き落とした。運よく木にひっかかって、
死なずに川に落ちたから、必死で戻ったよ。『若』の言葉の意味がわからなかったし、
なにより心配でならなかった。でも戻ったときにはもう、『若』は死んでいた。……そ
れで、髑髏の谷に葬った」
そうか、と犀利は静かな声でつぶやいた。
「それであんたは、人を信じられなくなってしまったんだな。大切な誰かを心に定めて、
守ることが怖くなった」
「かもしれない」
ナツィは犀利の腕に頭を預けて、ぼんやりと空を見つめる。
「嫌われていたなんて夢にも思わなかった。細かいことはみんな忘れちゃったけど、わ
たしは『若』が大好きだった。一生お守りするつもりだったんだ。でも、『若』はそう

じゃなかった」

ナツイの信頼も、憧《あこが》れも、捧《ささ》げた心も捨てられた。

かわいそうに、と犀利が抱きしめてくれる。ナツイの目から、一粒涙が流れ落ちる。

そうだ、ずっと誰かにこう言ってほしかった。

「……でもナツイ。もしかしたら『若』は、あんたを憎んでいたわけじゃないのかもしれないよ」

「え？」

思わぬ言葉に、ナツイは顔をあげた。どういう意味だ。

「『若』は、わたしを嫌いだって、憎んでいるって」

「全部嘘かもしれない」

「なぜそんな嘘をつく必要があるんだ」

「そりゃあんたを守るためだ。ひどいことを言って突き放して、あんたの命だけは守ろうとしたんだ」

ナツイは瞠目した。『若』は、ナツイを助けようとした？

「そのままじゃ敵に追いつめられて、あんたが『若』の盾となって死ぬしかなかったんだろ。でもあんたは思わぬ言葉を投げつけられた衝撃で、『若』にされるがまま突き落とされた。『若』はきっと安堵《あんど》したと思う。あんたの献身に最後に報えて、今ごろ満足して眠っているはずだ」

間違いない、と犀利は微笑んだ。ナツイはなにも言えなくて、その目をただただ見つめ返した。

それから、力いっぱい犀利を抱きしめた。

本当に『若』がナツイを守ろうとして、あえて突き放したとは思えない。それでも、そういうふうに思わせてくれようとする犀利が愛《いと》おしかった。

このひとを、ずっと守ってゆこうと誓った。


犀利と祝言をあげたい。そうシキに恐る恐る切りだすと、拍子抜けするくらいにあっけなく許しがおりた。

「わたしはずっと、そのようにことが運ぶよう願っていたのだよ、ナツイ。これからはお前自身の心の石に従い、犀利をしっかり守ってやってくれ。そうすれば必ず、お前は立派な戦人となれる。楽しみだ」

「ありがとうございます」

ナツイは感極まって頭をさげた。シキはずっとナツイを案じてくれていたのか。こんな半端者まで気にかけていてくれたとは。

「わたしでなく犀利に感謝するといい」とシキは笑った。「犀利はお前を娶《めと》るために、懸命に痣黒の石を学び、自らの心のうちで立派に育てた。血の滲《にじ》むような努力をしたのだよ」

「たいしたことはありませんでしたよ。わかってくれれば、楽しいものでしたし」

犀利が少々照れたように頭に手をやると、シキはおかしそうな顔をした。

「謙遜《けんそん》しなくてもいい。実際お前はよい戦人になった。いまや痣黒の石を誰より理解し、誰より夢に殉じられるではないか。優れた男を夫にできて幸せ者だな、ナツイ」

はい、と照れつつ、ナツイはひそかに落ち着かない気分になった。犀利が誰より夢に殉じられるというのは、さすがに言いすぎの気がする。確かに犀利は、神北の民が抱く石なるものを表立って尊重するようになったし、理想なる夢の実現のために自ら動くようにもなった。だがそれは夢そのものに心酔しているというよりは、ナツイのため、ナツイとの未来のためだろうし、なにより犀利という男の芯《しん》はすこしも変わっていない。そのやさしさも賢さも、揺らいではいないではないか。

それとも。

ナツイが呑気《のんき》にすぎるだけなのだろうか。

「さて、では祝言の日取りだが――」

「お待ちくださいシキさま」と犀利が制した。「祝言をあげるまえに、俺とナツイを戦場にお出しください。功をあげたいのです」

「功を？」

はい、と犀利はうなずいた。

「ナツイはこのままでは、半端者として祝言をあげることになる。いらぬ誹《そし》りも受けるでしょう。それは嫌なのです。功をあげれば、ナツイも我らの夢に立派に貢献できる証《あかし》になる。誰も文句は言わないはずです」

「ナツイも欠かせぬ戦人なのだとみなに認めさせたいということか」

「ええ。俺はこの『鷺』に、ナツイの確かな居場所を作りたい。いつ俺が死んでも、ひとりにならないように」

「なんで死ぬなんて言うんだ」

思わずナツイは口を挟んだ。気持ちはありがたいが、思いつめすぎではないか。

「戦人である以上、理想の夢のために死ななきゃならないときはある」

「わたしが守るよ、約束しただろう！」

犀利はきょとんとしてから、「そうだったな」と目尻《めじり》をさげた。

「もうよい、当てられてはかなわない」シキは苦笑している。「だが犀利の心はよくわかった。そうだな、ナツイがなにを措《お》いても犀利を守れるのだと、ひいては我らが夢をなにより高きに掲げられると、みなみなに示してから祝言をあげたほうが幸せになれるのは間違いない」

「では戦場に出していただけるのですね。どこにでもゆきます。誰を討てばよいですか」

そうだな、とシキはしばし考えた。

「本来ならば征討軍との緒戦を預けたいところだが、いまだ大将軍すら任じられていない現状でもある」

「では東の城柵《じょうさく》に討ち入りますか。朝廷への刺激になる」

「やりすぎだ。今となっては神北の諸部族すべてが、我ら『鷺』の一挙一動を注視している。我らの戦いにひそかに声援を送る者も多い。とはいえ新たな鎮守将軍の浜高は小者ゆえ、あえて泳がせておきたいと考える部族もある。ここで討ち入るのは得策ではない。道理が立たないと思われて、せっかくの支持を失う」

「そう仰《おっしゃ》るとは思っていました」と犀利は笑った。「ではこれならばどうでしょう。シキさまは近々、ひとつ戦を仕掛けるおつもりなのではないですか？　そちらをどうか、我々にお任せいただけませんか。よい策があるのです」

「なるほど」

　シキはおもむろに両手を組み、ほのかな笑みをたたえて身を乗りだした。「それはよいかもしれないな。ナツイの証立てにもなるうえ、犀利、お前の軍師としての腕を、一度しかと見せてもらいたかったのだ」

　ナツイはひとり話が摑《つか》めず、ふたりの男を交互に見やった。

「どこを攻めるというのです。柵戸《さくこ》の里を襲うのですか？」

「そんなつまらぬ戦ではないよ。かつて維明に犬のようにへつらい、従い、そして彼奴《きゃっ》の死後も我らを苦しめる、神北の裏切り者」

　シキの瞳《ひとみ》がきらめいた。

「古《いにしえ》の『十三道』のひとつ、阿多骨の部族を滅ぼすのだ」

シキのもとを辞し外に出ると、一斉に晩夏の蟬の鳴き声が降り注いだ。ナツィは日差しを手で遮る。

「確か阿多骨族は、維明に誠心誠意協力していたんだったよな」

阿多骨攻めはイアシに託してあるから、相談するといい。そう言われたので山道を登っている。シキ自身はほどなく、古参の戦人を連れて長く六連野を離れるのだそうだ。一の傍骨《かたわらぼね》より北の『十三道』の部族に、蜂起への協力を直接取りつけにゆくのだとか。

幼なじみは髑髏の谷にいるそうだ。額を汗が滑り落ちる。今年の夏はひどく長い。

「よりによって維明にへつらうなんてな。まさに、『十三道』の裏切り者ってわけだ」

額を拭って、ナツィは続けた。

神北に住む民は、大きく三つに分けられる。

まずは『十三道』と呼ばれる、古から続く部族。かつては本当に十三あったらしいが、花落の大乱の首謀だった花落の部族や、伝説のなかで『石砕きの刀』を預けられたとされる波墓の部族をはじめ、いくつかはすでに滅びてしまっている。それでも残りの部族は古くから変わらず、伝説で与えられた神石になぞらえて、部族の者が常に従うべき矜《きよう》持《じ》や信念を『石』と呼んで掲げ続けている。たとえば痣黒ならば『理想の夢を追い求める』、件《くだん》の阿多骨は、『変わるを恐れず受けいれる』ことが部族の石だ。

そういう古の部族とは別に、新興の諸部族も神北には多く住まう。『十三道』は互いに不可侵の盟約を結んでいるが、新興の諸部族にそんな約束はないから、小競り合いをくり返しているという。ナツイは、自分はこの新興部族の出身だと考えていた。

　そして三つ目が、朝廷がこの地を支配するために送りこんだ、柵戸とも呼ばれる移民だ。勝手に土地を切り拓き、四方の民らしい方形の里を築いて暮らしている。

　この三者が入り乱れるのが今の神北で、それぞれで朝廷に対する態度もまちまちだった。

　移民である柵戸は当然、朝廷の庇護《ひご》のもとにある。そして新興の諸部族も、ときには朝廷の庇護下に自ら入ることがあった。他部族から守ってもらうために、あえて臣従するのだ。

　だが『十三道』が朝廷になびくことなどありえなかった。今の痣黒のように、表向きは臣従していますよという態度をとっていたとしても、心のうちでは朝廷になどまったく従うつもりはないし、いつかは追い出してやろうと考えている、そういう暗黙の了解があった。

　なのに阿多骨は、その了解を破った。鎮守将軍として赴任してきた維明に助力を請われ、力になると約束したのだ。そして城柵の普請のみならず、六連野を維明と巡って勢力図を事細かに教えたり、『鷺』の弾圧に戦人を参加させたりしていた。二心なく、芯から維明に協力した。

「思えばわたしがはじめてこの化け物石の力を使ったのも、阿多骨の戦人に対してだったんだろうな」

ナツィは胸に手をやった。あのときナツィとグジを取り囲んだのは、明らかに神北の

民だった。維明に従っていた阿多骨の戦人が、あの乱戦の手引きをしたのだ。『鷺』を

根絶やしにしようという維明の策謀に手を貸した。

「それは裏切りもいいところだな。つくづくあんたが無事でよかったよ」と犀利はちら

とナツィの握る石に目をやる。「だけどあの阿多骨が信じがたいのは、維明が死んだ今

も変わらないってことなんだ」

維明の手腕に恐れをなし朝廷にすり寄っていた諸部族が、その死を境に一斉に様子見

を決めこむ中、変わることなく『鷺』狩りに精を出している。

「先日も、『鷺』の隠れ里がいくつも暴かれ、焼かれたんだったか」

「そう。他の部族は見て見ぬふりをしてくれていたっていうのに。阿多骨だけは『鷺』

の一掃っていう維明の遺志を愚直に引き継いで、荒らし回ってるんだ」

『鷺』の隠れ里は、痣黒の領内に留《とど》まらない。さまざまな部族の縄張りである森の奥や

山をかきわけたさきに、こっそりと里が造られている。もちろん近隣を治める族長は、

『鷺』が勝手に入りこんで住んでいると知っているのだが、黙認している。神北から朝

廷勢力を追い出してくれるのではと内心期待しているからだ。

だがその隠れ里が、最近阿多骨に相次いで焼かれてしまった。

「この横暴はけっして許せない、そうシキさまは厳しい顔で仰っていた」

なるほどな、と言いながら、ナツイはかすかな違和感に首を傾げる。

しばらくして気がついた。犀利はいつの間にか、シキに敬語を使うようになったのだ。

つと胸の底がざわめいた。かすかな不安が、暗がりから細き煙のように立ちのぼる。

出会ったばかりのころの犀利は、石に縛られるなんて馬鹿げていると笑っていた。だからこそ、ナツイはこの男に惹《ひ》かれたのかもしれない。頑《かたく》なな石に縛られた人々の中にあって、犀利は軽やかで、自在に見えた。

だが今思えば、犀利は硬き石を常に尊び指針とする神北の生き方に、憧《あこが》れも感じていたはずだ。

その憧れは今、犀利の中でどんな姿をしているのだろう。

「……でもなぜ阿多骨は、今も維明に忠誠を誓ってるんだ？　維明って、それほど人として魅力がある奴だったのか？　素顔も本心も隠してたっていうのに」

それとも、とナツイは不安を押しやり続けた。

「思わず惹かれてしまうような、強くて硬い石でも心に抱いていたのか？　なんというか……シキさまみたいに」

「全然だよ」

と犀利はあっさり退けた。「維明には、譲れない信念や矜持なんてひとつもなかった。あいつの心に石はない。シキさまとは違う」

「……そうか」

「阿多骨が今も愚直に維明の遺志を守っているのは、単に便宜を図ってもらったからだろう。阿多骨の族長は郡領の官職を与えられて、新興部族や移民の里をいくつも治めているし、里も朝廷との交易で栄えている。その恩でも引きずってるんじゃないか？」

なるほど、とナツィは納得した。

「だとしたら愚かな部族だな。そりゃ阿多骨自身は、いろいろ融通を利かせてもらった恩があるのかもしれない。でも神北全体の未来なんて、なんにも考えてないじゃないか。維明が死んだときに目を覚ましてほしかったよ」

「だから俺たちが気づかせにゆくんだよ」

なあ、と犀利は立ちどまり、ナツィに向かい合った。改まったように言う。

「もし俺が阿多骨との戦いで劣勢に陥ったら、その胸にさげた不思議な石の力で守ってくれるか？」

その声は真剣で、思いつめているようにすら聞こえる。だからこそナツィは励ますように、支えるように、迷いない声を返した。

「もちろんだよ」

「みなに化け物と思われようとも？」

「構わないよ。あなたの命より大事なものはないんだから」

犀利は、心底安堵《あんど》したような顔をした。その表情を目の当たりにしたナツィもまた、深く胸をなでおろす。

やはり犀利はすこし変わったのかもしれない。でも大丈夫、そう思えた。『穏やかな生活を送りたい』という切なる願いも、ナツイを愛《いと》しく大切に想ってくれる心も揺らいでいない。

だったら信じていい。ナツイのすべてを委《ゆだ》ねていい。

この心に決めたなにより大切な人に従い、守ればいい。

イアシは蔓橋《かずらばし》の上にいた。吹き矢の練習をしている。

その吹き矢は、細い筒を使ったものだった。筒を口に当てて強く息を吹きこむと、短い矢が飛びだして、向こう岸に置かれた的にまっすぐに刺さるのだ。的になっているのは、死んだ鎮兵から奪った大鎧《おおよろい》の胴と、その上に載せられた頭蓋骨《ずがいこつ》だった。ナツイはつい眉《まゆ》をひそめたものの、思いなおした。ここは髑髏の谷。墓場そのもののような場所なのだから、頭蓋骨を的にしようが魂を汚したことにはならない。

それに、余計なことを言ってイアシの練習を邪魔してはならないとも思っていた。イアシの早蕨刀《さわらびとう》や弓矢の腕は、お世辞にもよいとは言えない。それを自分でもわかっていて、マツリ草の毒を塗った吹き矢での一撃必殺の戦い方を編みだした。努力家なのだ。

「なあイアシ、その矢に塗ってあるのは、『鷺』に来たばかりの俺の口を割らせるのに使った毒か？」

犀利がのんびりと声をかけると、「なわけあるか」とイアシは苦笑して振り向いた。

「練習なんだから、毒なんて塗ってないに決まってるだろ」

「ならよかった、安心して近寄れる。またぺらぺらと喋《しゃべ》らされたら困るからな」

「心配無用。なんせ喋らせずとも、俺はちゃあんと知ってるからな。お前たち、祝言をあげるつもりだろう？」

なあナツィ、と話を振られて、ナツィは身を強《こわ》ばらせた。イアシは犀利を気に入っているうえ、いつまでも半端者の幼なじみを不甲斐《ふがい》ないと感じている。ナツィが犀利と結ばれることを、不快に思いはしないだろうか。

しかし憂いは一瞬で晴れていった。

「おめでとう犀利、そしてナツィ」

吹き矢を収めて橋を渡ってきたイアシは、ナツィに笑顔を向けた。「ずっと心配していたんだからな。でもこれで一安心だよ。犀利といれば、きっとお前も立派な『鷺』の一員になれる。嬉《うれ》しいよ、兄弟」

「……ありがとう、イアシ」

ナツィは顔をほころばせた。細面の犀利とはまた違う、日輪のような笑みが眩《まぶ》しい。

「やっと目を合わせてもらえた」

とイアシは声をあげて笑った。

「でも、俺はちょっとばかし気が早いか。まずは阿多骨を滅ぼす戦で、お前たちふたりして勲功を立てる。当然祝言はそれからだろう？」

「そのとおりだ」と犀利が言う。「また隠れ里が襲われたそうじゃないか。これ以上の横暴は許せない」

「安心しろ、もちろんやり返すつもりで準備を進めている。阿多骨には煮え湯を飲まされてきたからな、今回は底の底までやるぞ。なあナツィ」

夜襲でも仕掛けてやろうかと逸《はや》るイアシを、犀利は笑って押しとどめる。

「待ってくれ、俺は別のやり口を考えているんだ」

そして企てを説きはじめた。


ひと月あまり経ったころである。

秋津虫《あきつ》が飛び交う葦原《あしはら》に、一組の男女の姿があった。洗いざらした麻の服は汚れ、結った黒髪がほつれて秋の風に吹かれている。ふたりとも数日はなにも食べていないようだった。頰はこけ、肌も荒れ果てている。だが瞳《ひとみ》だけは輝きを失っていない。身を寄せ合い、ひたすらに葦原の北を目指してゆく。

と、男のほうがはっと顔をあげ、女を守るように前へ出た。同時に葦の陰から、腕に見事な文様を入れた戦人が数人、早蕨刀を抜き放ちながら飛びだしてくる。

「なにやつだ！」

朱色の衣に身を包んだ戦人たちは、男女に早蕨刀を突きつけた。それでも男は退かず、なり振り構わず両手を広げて訴える。

「助けてほしい！　この葦原のさきには、阿多骨の部族が治める里があると伝え聞いた。俺たちのような行き場のない者も受けいれてくださると！」

　男は膝《ひざ》をつき、懇願した。

「どうか里に住まわせていただけないか。こき使ってくれてもいい。俺は殺してくれてもいい。ただせめて……せめて我が妻だけは」

　妻を守ろうとする夫の切なる訴えに、戦人たちはどうしたものかと顔を見合わせた。

「お前はなにか勘違いをしている。確かに我らが族長は、朝廷から郡領の職を賜りいくつもの里を治めている。その里には行き場のない者も多く迎えているし、坤北の生まれか否かの別なく暮らせるように心を砕いてもいる」

「だったら――」

「だがその里はここから三十里は離れたところにあるのだ。このさきにあるのは我ら阿多骨の部族自らの里。さすがに得体の知れない者は入れられない」

「そんな……」と男は声を震わせた。「妻はもう三十里も歩けない。どうか一夜でいい、休ませてくれないか」

「しかし――」

　そこに葦の背後からもうひとり、堂々とした佇《たたずま》いの若い戦人が現れて、唇の片端を吊りあげた。

「構わん、宿を貸してやれ。野垂れ死にされたら目覚めが悪い」

他の戦人と同じく腕には朱色の文様を入れ、朱色の衣を羽織っている。胸には濃い色の翡翠《ひすい》の大珠、腰には翡翠と同じくらいに深く澄んだ碧色《あお》の帯を締めていて、そこに見事な飾りのついた早蕨刀を佩《は》いていた。帯の鮮やかなる色は『波墓の碧《あお》』に染めた糸を惜しげもなく使ったもので、戦人を指揮する高貴な身分なのは間違いない。

その戦人は、鷹揚《おうよう》なしぐさで男女に歩み寄った。

「俺は阿多骨の族長が長子、糸彦《いとひこ》だ。我らが阿多骨族は古《いにしえ》より、『変わるを恐れず受けいれる』ことを部族の石としてきた。よって、お前たちを追い返しはしない」

「里に置いてくれるってことか」

「雨風凌《しの》ぎ、飢えぬようにはしてやれるな」

「本当か！　ありがたい、なんと礼を申せばよいか」

平伏した男に、糸彦は笑って手をさしだした。

「礼など捨てておけ。それで、お前とその愛しい妻の名は？」

男はその手を取って立ちあがる。

にこりと答えた。

「犀利だ。こちらのかわいい妻の名は、ナツイ」

第四章　維明の呪い

「なるほど、神北の女に惚《ほ》れたか。それで鎮軍を脱走して駆け落ちしたと」

思い切ったなと笑いながら、糸彦は葦《あし》をかきわけていった。

「鎮軍には黙っていてくれるか」

「心配するな。よくある話だ。我が父の治める郡にも、同じような家族はいくらでもいる」

「咎《とが》めらなしにた!?」

「表向きにはまったくないわけではない。だが案ずるな。維明さまは、そういう家族が増えるのを内心歓迎しているふしがある。これからは朝廷とただいがみ合っていても埒《らち》があかない。朝廷の民と神北の民が共に暮らし交ざりあう、新たな神北を造れなければ、もはや生き残るすべはない、とな。だからお前たちのこともきっと――」

と言いかけて、いや、と糸彦は寂しげに笑った。

「維明さまはもういらっしゃらないのだった。やはり鎮軍には黙っているか。大丈夫、一度した約束は守る。俺は神北の民だからな。さあ、我らの里だ」

思いなおしたように糸彦が葦をかきわけると、一気に視界がひらけた。

ナツイは小さく声をあげた。堀を越えたさきに、刈り入れられたばかりの田が一面に広がっている。その向こうはゆるやかな丘になっていて、中腹には材木塀に囲まれた里があった。丘に咲く秋の花々の周りを、幼子たちが駆け回っている。はしゃいだ声がのどかな陽気に響く。

ナツイは敵地ということも忘れてしばし見とれた。

「今年は稲が早く実ってな。それですでに刈り入れが終わっていささか殺風景になってしまってはいるが、なかなかのものだろう？」

糸彦は、光に照らされた丘を誇らしげに見渡しながら田畑の畦《あぜ》を歩いていく。

ナツイはますます言葉を失った。これほど整然とした田畑は痣黒の領地でも見なかった。刈田《かりた》のさきには、馬に牽《ひ》かせた車のようなものまで見える。あれで重い荷を運ぶのだろうか。これもやはり『新宮』ですら見たことがない。

やがて糸彦は田畑の中央、見晴らしのよい畦の隅に建っている小屋の戸をあけた。

「ここを使うといい。里には入れてやれず悪いが、この時勢だ。阿多骨の石を心に戴《いただ》いた者――つまりは真なる阿多骨の民以外は、里には入れぬ決まりとなっている」

「充分だ、ありがたい」と犀利は恐縮した。「突然押しかけた得体の知れない俺たちに、こんな立派な家を貸してくれるなんて」

犀利は心から言っているように見えた。実際、ナツイも思わぬもてなしに驚いていた。

外見は粗末だが、中は雨漏りもなければ風も吹きこまない、しっかりとした造りだ。しかも一段高くなった板間には、真綿の詰まった掻《か》い巻きが置いてある。『鷺』の里では里長《さとおさ》の家にしかないものだった。

「おおげさだな。水田を獣から守るための単なる見張り小屋だぞ」と糸彦はおかしそうな顔をした。「のちほど食事も運ばせよう。まずは存分に身体を休めてくれ」

ではな、と軽く手をあげ、再び見回りへ戻っていく。ひとつもナツィと犀利を疑いもしない、そんな背中だった。

「……あっけなく入りこめて驚いたよ。もっと警戒していると思っていたのに」

朱色の衣が葦原の向こうに消えてから、ナツィは犀利に身を寄せささやいた。

駆け落ちの男女のふりをして阿多骨の里に近づく。それが阿多骨攻略のために犀利が立てた作戦だった。

阿多骨の里は栄えてはいるが、戦人がそれほど多いわけではない。せいぜい百。はじめから火を放ち、族長の首を取りに行っても勝てるのではとナツィは思ったが、きっちりと滅ぼすためには、ただ族長の首を取るだけではだめなのだそうだ。

部族の奉じる石を奪わねばならない。その矜持《きょうじ》も歴史も奪い、信念を根元から折らなければいけない。

それでまずナツィたちが、深く入りこむ必要があるという。

「族長の長子が自ら引きいれるなんて。呑気《のんき》すぎてもやもやするよ」

しかし犀利はどこ吹く風で、板間にごろりと横になって伸びをした。

「気持ちがよいな。こんな小屋をいただけるとはありがたいことだ」

「こちらにおいで、ナツイ。長旅で疲れただろう。一緒に休もう」

でも、と言うより早く腕を引かれる。近づいた耳に、犀利はささやいた。

「あまり余計なことを言うな。あちらも当然警戒して、俺たちを監視しているに決まっている。それでこの、見通しのよい小屋を宛《あて》がったんだ」

ナツイは口を押さえた。確かにそうだ。里には入れず、だが目の届く場所に留め置く。ある意味それが阿多骨としては一番安心できる。そしてナツイたちがどこぞに火でもつければ、すぐに捕らえて尋問するつもりだ。

「それに俺たちは疑われず、馴染《なじ》まなければならない。本当の同志なのだと錯覚させなきゃいけない」

そのためには、と犀利はナツイの髪を梳《くしけず》る。

「あんたは一度、自分が誰なのか忘れたほうがいい。俺と駆け落ちした神北の民として暮らすんだ」

そんな、とナツイは戸惑った。

「阿多骨の裏切りを忘れろっていうのか？　無理だよ。さっきだって糸彦とかいう男、維明の名を寂しそうに口にしていた。正直、言いかえしたくてたまらなかったよ」

朝廷の民と神北の民が共に暮らし交ざりあう、新たな神北を造れなければ、もはや生き残るすべはない。糸彦はそんなことすら言っていた。

そんなわけがあるか。綺麗事《きれいごと》でごまかして、維明は神北をじわじわと朝廷の土地に変えようとしていた。糸彦や阿多骨は、そんな維明に騙《だま》され続ける愚か者なのだ。それとも、自分たちの益しか考えていないか。

「興味がないふりをするんだよ、ナツィ」と犀利はくり返した。力の入ったナツィの頬を撫《な》でさする。「あんたは、神北の行く末になんて興味がない。ただ俺といられればそれでいい。そうだろう？」

「そうやってうまく馴染んだあとはどうするんだ」

「俺が全部わかっているから心配ない」

と犀利は目尻《めじり》をさげてナツィを見あげた。「企ては俺の心の中に収めておく。あんたは悩まなくていい、そのままでいいんだ。ただ、いざ時が来たら俺を守ってくれ。短刀を振るって、不思議な神の石の力を使って」

ナツィは嚙《か》みしめるようにうなずいた。そうだ、これがほしかった。わたしは流されればいい。ただ目の前の大事な人を守ればいい。

「ありがとう。きっとあんたは、ここの暮らしを気に入るよ」

犀利はナツィの首にかかった掛け紐《ひも》をたぐり、その身を引き寄せる。『鷺』の戦人ではなく、愛《いと》しい女とようやくふたりになれた男の顔をしていた。

やがて運ばれてきた食事を一目見て、ナツィは驚きに口をひらいた。漆の椀《わん》にたっぷりと盛られているのは米粥《こめがゆ》ではないか。つややかに輝いている。そればかりではない、華やかに散らされた野良荏《のらじそ》の花がほのかに薫る青菜の汁物と、鹿の干し肉数切れまでが添えられている。

「……こんな立派なものをいただいていいのか」

ごくりと唾《つば》を飲みこむと、むろんだ、と糸彦はおかしそうに口角を持ちあげた。

「遠慮するなよ。我らが里は朱鹿の狩りが古からの生業だから、鹿肉はたっぷりと蓄えている。むろん畑作や稲作にも力を入れているうえ、しばらく騒乱続きで大変だろうと朝廷も考慮してくれてな、ここ三年は我らの郡から税の取り立てはないのだ。ゆえに部族の民も、郡民も、たっぷりと米が食べられる。もちろんお前たちもだ」

朝廷は恩着せがましいな、とちらと文句が脳裏を掠《かす》めたものの、空腹がすべてを掻き消した。さも本当に駆け落ちしてきたように見せかけるため、ここ数日ろくなものを食べていない。そもそもこれほど輝く白粥など、ほとんど見《まみ》えた記憶もない。鹿肉にありつけるのもよっぽどの慶事の際だけだし、花で飾った汁物など、まるでシキに供する御《ご》膳《ぜん》のようではないか。ナツイごときが口にしてよいのだろうか。落とし穴が待ち受けてはいないか。期待と不安をない交ぜにして、恐る恐る口に運ぶ。

「……おいしい！」

記憶の底を揺さぶられるような美味に、つい声が出た。「いや、その」

我に返ってもごもごとしているナツイをよそに、犀利も嬉しそうにうなずいた。

「本当に旨《うま》いな。なによりこんな妻の顔を見るのは久しぶりだよ。ありがとう、糸彦」

「そうだろう、いくらでも食うがいい」糸彦も嬉しげだ。「とくにこの米、阿多骨自慢の、粒の揃った新米だ。この神北ではどこよりも旨いだろうよ」

「土のおかげか？」

掻きこむように平らげると、ナツイは食いつき気味に尋ねた。やっかみ半分、興味半分。

「土はそれほどでもないな。ただ我らには知恵がある」

「知恵？」

「我らの献身の見返りに、維明さまが四方津の都から知恵者を呼んでくださってな。いつ苗を植えればよいのか、水をいかに流し、いつ抜くか。刈りとった稲をどのように保存するのか。この地の気候に合った方策を練ってもらった。さきほど、馬に牽かせた車を見ただろう？あれも知恵者が教えてくれたものだ。都ではもっと立派な車を牛に牽かせるそうだが、我らの土地にはよい馬がいるし、土地も広いしで、あのような頑健でせわしない車が合っている。いたく便利でかなわん」

都の知恵と聞いてナツイの頬から笑みが消える。犀利がすかさずナツイの前に身を乗りだしてごまかした。

「都から直《じか》に知恵を得るなんてすごいな。知恵者は、俺の故郷の東国にすらそうそう来てくれない」

「だろうな。我が里でも維明さまが働きかけてくださらねば実現しなかっただろう」

「都の知恵は進んでいたか」

「驚くほどだ。まあ、知恵者のほうも神北の気候には詳しくなかったから、数年試行錯誤が続いたがな。今はちょうどよい案配に落ち着いた」

「……失礼かもしれないが、四方の民から知識を得ることに抵抗はなかったのか。神北の民としての誇りもあるだろう」

「あるに決まっている」と糸彦は胸を張って自分の大珠に手を添えた。「だが我らは古来、『受けいれる』ことを部族の石として掲げてきた。変わってゆくことを是としてきた。我らが栄える道に繋《つな》がるものは、受けいれる。そして変わる。豊かに生きられるのならそのほうがいい」

「そうしてなんでも受けいれてゆくのは本末転倒じゃないのか？　部族の石とは、変わらずそこにあり続ける固き信念そのものだろうに」

「まさか、逆だ」

と糸彦は笑みを深める。

「少々変わったくらいで脆《もろ》くなってしまう石など、本物の石なものか。どれほど変わろうとも変じぬものこそ、我ら部族の芯《しん》にある石、矜持にして信念、そして誇りなのだ。そしてその石とはむしろ、我ら自身が変わり、生き延びることでこそ次代へ繋いでゆける」

糸彦の声には張りがある。心の底から信じているのがありありと表れている。

だからこそナツィは戸惑っていた。この男はなにを言っている。変わるのがよいことのわけがないではないか。変わらないからこそ、人はひとつの硬き石に従い大業を成し遂げられるのだ。てこでも動かず、誰がなんと言おうと揺らがぬ固い信念こそが世を穿《うが》ち、人々を動かすはずだ。今までのナツィが見知ってきたことも、経験してきたことも、みなそう告げている。変わってしまえば砕かれる。消えてしまう。人も部族も、以前とは違うものになり果てる。

それとも糸彦には、まったく別のなにかが見えているのか？

いやまさか、とナツィは固く目を閉じた。そもそも糸彦はわかっていない。自分の意思で変わっているつもりで浸食されていくのが人だ。使えるものだけ取り入れているつもりでいたとしても、大波には抗《あらが》えない。いつしかすべてが四方に浸り、いびつに姿を変えて、阿多骨の伝統は汚されてゆく。神北の民としての誇りも、部族の記憶も失われ、そこにあったことすら忘れられて、はじめから自分たちは四方の民だったかのように錯覚するようになる。

四方の石こそ我らが石だと思いこむ。

呑《の》みこまれていく。

そんな未来を拒むからこそ、『鷲』はすこしもぶれずに、己が石だけを見つめて戦っている。

そのはずだ。

「……悪い、語りすぎたな。ナツィは寝てしまったか」

惑い、憤り、揺さぶられているナツィをよそに、糸彦は声をひそめて笑った。「それとも、俺の顔も見たくはないほど怒ったか。我らの考え方は神北では珍しく、ときに疎まれる。朝廷の支配を受けいれてでも生き延びるべきと考えていたのは我らと……滅びた波墓の部族くらいだった」

「気にしないでいい、疲れて寝てしまっただけだと思う」

と犀利は、うつむいたナツィの頭を撫でた。「ナツィは『十三道』の出身じゃないから、石についてそれほど深く考えているわけじゃない。そもそも難しいことは興味がないらしいんだ。俺を守れてさえいれば幸せなんだと」

「それはそれは。めんこくて仕方がないな」

「言っておくが、もう俺の妻だからな」とナツィを急いで引き寄せる犀利の肩を、「心配するな」と糸彦は笑って叩《たた》いた。

「俺にもかわいい妻がいる。身重なのだ」

ナツィは息をとめた。聞かなければよかったと思った。

翌日起きると、犀利はすでにこざっぱりした麻の衣に着替えていた。糸彦の衣のように朱色に染められてはいないものの、目の詰まったよい布で、市に出せば高く売れるだろう。これも朝廷の知恵を取り入れた成果かと考えると、ナツィは暗い気分になった。

「おはよう。昨日はよく眠れたな」

知ってか知らずか、犀利は朗らかに声をかけてくる。今はその胸に、痣黒の印が刻まれた大珠はない。鎮軍の脱走兵を装っているから、大珠など持っていないふりをしている。

「あんたが病弱で道行きに難儀するから、しばらくここにいさせてもらえることになった。なにもせずに住まわせてもらうのも悪いから、俺は戸口で縄を編んでいるよ。なにかあったら言ってくれ」

「……わかった」

どこも悪いところはないから、居座るための方便だろう。ナツィは再び褥《しとね》に横たわり、ひらいた戸口の外をぼんやりと見あげた。秋の風に草花がそよいでいる。高く青い空を燕《つばめ》が滑り、葦原《あしはら》に去っていく。遊ぶ幼子の歓声、犀利が黙々と編む藁《わら》が擦れる音。

これが、穏やかな生活というものなのかな。

ふいに頭に浮かんだ考えを、慌てて掻《か》き消した。まさか、こんなの偽りだ。阿多骨は朝廷におもねって、この豊かな生活を手に入れた。自分たちが生き残ることしか考えていない。

『鷲』は違う。痣黒も違う。神北の地すべてを救うために血を流している。血を流させたのは阿多骨だ。あの糸彦だって本当は、冷たい顔をして『鷲』の隠れ里を襲ったのだ。

あの奇襲の夜、ナツィを殺そうとしたのだ。

間違いない。

それから十日ほど、ナツィは寝込んでいた。そのあいだに犀利はすっかり、土地の者と顔見知りになったらしい。はじめ挨拶《あいさつ》からはじまって、いつしか田畑の管理に来た者や、狩りの帰りの戦人などと気負わぬ会話を交わすようになっていた。一度など、倒れた媼《おうな》を慌てたそぶりで小屋まで運んできたから、ついナツィも懸命に看病してしまった。

犀利は、けっして人々からなにかを聞きだすような真似はしなかった。疑われる言葉もいっさい吐かず、ただただ『脱走兵の犀利』としてふるまっていた。自ら心をひらき、受けいれた。そうして人々に好かれていった。

犀利は本当に人たらしだな、とナツィは後ろめたいような気分になった。こんなよい男、わたしにはもったいない気がする。

「じゃあお前が鎮軍から逃げだしたのは、維明さまが死んだからなのか」

今日も狩り帰りの戦人たちが戸口で休んでいる。犀利が焚《た》いた火に当たっている。火を焚いてもよいと許されたのは、ほんの数日前のことだった。

「そうだ」と犀利はぽつりと漏らした。「将軍には恩があった」

「そうだろう」「立派な御方だったよ」

「だけど死んでしまったからな。ある意味、よい機会だと思った。俺も自分の人生というのを歩んでみてもいいんじゃないかと思ったんだ。他人の石に左右されるんじゃなくて、自分で選んだ道を、好きなように生きようと」

「正しいよ。好いた女を幸せにするのは立派な生き方だ」

「人生など一度きりだからな」

恩か、とナツイはぼんやりと考えていた。そういえば犀利は実際のところ、維明にどんな思いを抱いていたのだろう。維明という男とどんなふうに関わって、言葉を交わしていたのだろう。ここに来るまえに揶揄《やゆ》めいたことは言っていたが、恩となるとあまり耳にしたことがない。

「しかし残念だな。それじゃあお前は、節刀の行方についてなにも知らないな」

戦人のひとりが嘆息して、犀利は不思議に思ったようだった。

「節刀？　皇尊《すめらみこと》から授けられた、鎮守将軍の権力の証《あかし》だっていう短刀のことか」

「そうだ。見つからなくて鎮軍中大騒ぎだ。とうとう都の四縛《しばく》将軍のひとりから、捜せと直々に命がくだったらしい」

四縛将軍と聞いて、犀利は驚いたようだった。

「四縛将軍と言えば、皇尊を文武に支える四人の皇族だろう？　ほとんど朝廷の頂点じゃないか。そんな奴らまで、いつまでも弔いのための征討軍も出さずに刀捜しか。まったく薄情だ」

「まあな。だがそれほど大事な刀だったんだよ、あれは」

「全権を委任された証として、皇尊から貸し与えられた品だからか」

「そんなのどうでもいい。そうじゃなくてあれは、俺たち神北の――」

「おい、喋《しゃべ》りすぎだぞ」

小声で仲間に制されて、なにごとかを言いかけていた戦人は慌てて口をつぐんだ。なにか隠しているようだったが、犀利は踏みこまずに流す。

「それで、結局節刀は見つかったのか？」

いや、と男たちはあきらめ顔だった。

「『鷺』が持っていってしまったんだよ」

「ちくしょう、なんとしてでも取りもどさないと、ますます神北は奴らの思い通りだ」

「恐ろしいことだ」

心底悔しがっている。そしてなにかを恐れている。その理由にすこしも見当はつかなかったものの、すくなくとも阿多骨が『鷺』の隠れ里を襲撃するわけはうっすらと察せられた。阿多骨は、その節刀なるものを『鷺』が奪ったと思いこんでいるからこそ、隠れ里を襲って捜していたわけか。

だが妙ではあった。節刀は、『鷺』もまた持っていないのだ。シキも散々捜させたが、結局見つからなかったのである。

つまり、阿多骨は見つかるはずのないものを捜し続ける。隠れ里の襲撃はこれからも続くし、終わらない。

――やっぱりここで阿多骨の息の根はとめなきゃいけないんだ。

などとナツィが身を起こして思案していると、

「なにを辛気くさい話をしている」

小屋の外、道の向こうから糸彦の声が近づいてきた。「それより犀利、ナツィの具合はどうだ」

ちょうど戸口の前を、本日の獲物なのだろう、綿雪兎を背負ってゆっくりと横切っていく。ちらと目があった。ナツィの、病人にしてはいやに血色のよい顔を見られてしまった。

「もう元気だ！」ナツィは勢い叫んで、戸口に駆け寄った。「だけど犀利が寝てろってうるさくて。すごく心配性なんだ」

なにごとかを言いかけていた犀利と目が合う。犀利はわずかに目をひらいたが、すぐに照れたように頭に手をやった。

「仕方ないだろ。もう俺にはナツィしかいないんだから」

ナツィの意を察して、うまくごまかしてくれたようだった。

たちまち男たちは、「素直な奴だな」とはやしたてる。

「過保護が過ぎると嫌われるぞ」

「やめてくれ。そんな末路は考えたくもない」

みな笑いだす。ナツィは赤くなりつつも、内心胸をなでおろした。そしてにこやかな皆々の顔を見渡し、犀利がここで、これほど疑われずにいられる理由を悟った。心から思っていることしか口にしないからだ。

「しかし」と糸彦はふと思いついたように言った。「ナツイが回復したのなら、そろそろ頃合いかもしれんな」

どきりとして、ナツイはひそかに身構えた。そろそろこの里を出ていけとでも言うつもりか。そうしたら犀利は、どうするのだろう？

しかし糸彦が口にしたのは、思いも寄らない一言だった。

「なあ犀利。そろそろ一度、我らの朱鹿《あかしか》狩りに加わってみる気はないか」

「朱鹿狩り？」

「『十三道』の部族には、それぞれ古くから続く生業《なりわい》があるだろう。我らが阿多骨においては狩りだ。食料を得るための狩りは、もっぱら白骨晒《さら》す季節に行うんだが、近頃四方の朝廷で珍重されるのは朱鹿の皮でな。これはちょうど今の時季に狩りをしている」

東西に延びる一の傍骨《かたわらぼね》の山脈を北に望むこのあたりの山々は、素晴らしい毛並みの朱鹿が多く棲《す》まうのだという。

「我らはいつも、他の部族の者と親交を深めるために狩りをする。お前たちを知るにも恰好《かっこう》の機会だと思わないか？」

「それはありがたいが……」と犀利は少々戸惑ったようだった。「脱走兵などを狩りに誘ってよいのか？」

「そんなことをまだ気にしているのか。もちろん父とも話し合ってある。お前たち、倒れた我らの部族の媼を親身に介抱してくれたそうだな」

「世話になっているんだから当然だ」

「そしてお前の言葉にはいつも嘘がない。だからこそ、狩りに誘ってみようとなった。ゆえに心配無用。どうだ、ゆくだろう」

「そういう話ならば、もちろんゆく。狩りは得意なんだ。ぜひ力になりたい」

犀利は喜んでいるようだった。裏にあるはずの理由を察して、ナツイは胸の石をひそかに握りしめる。きっと犀利は狩りの隙に乗じて、この族長の長子であり、戦人を率いる糸彦を殺すつもりだ。そうすれば阿多骨は大混乱に陥る。維明を突然失った鎮軍のように。

それでいいんだ、とナツイは自らに言い聞かせた。糸彦も戦人ならば、殺し殺される末路などとっくに覚悟しているはずだ。この結末を招いたのが、自分たちであることも。

糸彦たちが里へ帰ってから、ナツイは犀利に声をかけた。

「いよいよだな」

「そうだな」と犀利は暮れゆく茜《あかね》の空に目を細める。「いよいよ俺たちにも、終《つい》の棲家《すみか》が見つかるのかもしれない」

「……犀利？」

「穏やかな生活が、叶《かな》うのかもしれない」

ナツイは口を引き結んだ。それが犀利の本音なのか、演じているのか、わからなかった。

次の日、犀利は貸し与えられた弓矢と愛用の短刀を携え、狩りに出かけていった。そして綿雪兎を手に、意気揚々と戻ってきた。もちろん糸彦も一緒だった。

「お前の夫はなかなかの狩人《かりうど》だな。ひとりで兎を獲《と》ったぞ」

からかうように糸彦に話しかけられて、ナツィは視線を惑わせた。まさか糸彦が無事に、それも犀利と和気藹々《わきあいあい》として帰ってくるとは思ってもみなかった。

「なんだ、怒ったか？　俺は別に、兎ごときしか狩れぬと侮辱したわけじゃあない。綿雪兎は素早くて、狩るにはとっさの判断がものを言う。犀利は素晴らしく迷いのない狩人だと言ったんだ」

「そうじゃないんだ糸彦。ナツィはただ、俺に置いていかれたのが悔しいんだよ」

と犀利は笑って戸口に腰をおろした。「神北の民だからな。本当はナツィも優れた狩人なんだ」

「なるほど」と糸彦も笑う。「だが残念ながら、お前たちのどちらかには、ここに留《とど》まってもらわねば。理由はわかってもらえるだろう？」

「もちろんだよ」とナツィは急いで言った。「大丈夫、犀利が行ってくるといいよ。わたしは病みあがりだし、ここで藁籠を仕立てているから」

いわば人質として、甘んじて監視されているから。

「悪いな。詫《わ》びといってはなんだが、お前の夫が今日どのように狩りをしていたのか、詳しく話して聞かせようか？」

「本当か？　ぜひ聞きたい」

「情けない話しかないよ」と犀利が苦笑した。「俺は肝心の朱鹿には、終始逃げられてばかりだったんだから」

「お前がよい男だからだろ」

と糸彦は、『波墓の碧《あお》』の色をした立派な帯に手を置いた。この美しい碧い帯には、朱色の糸で神北文様が組み織りされていて、その対比が鮮やかだ。どうやら朱色は阿多骨の部族が好む色合いのようで、この里はそこかしこで朱の色を目にする。

「朱鹿の狩りは、『二心の狩り』と言われる。二心とは、表に出している心とは別の心、裏切りの心のことだ。朱鹿は臆病《おくびょう》だから、さも興味がないように近づき安心させてから、不意を打って仕留めねばならない。朱鹿の安堵《あんど》の心を裏切るわけだ。それが下手ということは、犀利がまっすぐな、よい男である証《あかし》以外のなにものでもない」

そうなのか。

糸彦が語る犀利の気質ににこにこと首肯しつつ、ナツイはわからなくなってしまった。

犀利に二心がないわけがない。今も虎視《こし》眈々《たんたん》と阿多骨を滅ぼす隙を狙っている。

そのはずだ。

その夜犀利は、狩りのおこぼれにあずかったのだと言って、嬉《うれ》しそうに紅葉鍋《もみじなべ》と酒を振る舞ってくれた。この里では『鷺』では考えられないほどの馳走が普段の食事として出てくることにナツィも慣れつつあったが、今日はさすがに驚きを隠せなかった。鍋は彩り豊かな野菜と紅葉の出汁《だし》のみならず、貴重な昆布の味がする。酒は信じがたいことに、四方の都で飲まれるとかいう米を醸した酒だった。桑の実や山葡萄《やまぶどう》を浸け置いた酒しか知らない神北の地で、こんなものまで造っているとは。

改めて衝撃を受けているナツィをよそに、犀利は上機嫌だった。

「明日《あした》も狩りにゆくんだ。阿多骨族やそれに従う新興部族は、近頃は狩りより稲作とか蚕飼《こがい》に力を入れているらしい。でもこの時季には古《いにしえ》からの伝統どおり、多くの民が朱鹿狩りに励むそうだ」

「……そうか」

「女の狩人も多くいて、みなよい腕だったよ。さすがは『十三道』だな。本当はあんたも連れていってやりたいけど」

「気にしないでくれ。のんびりするのもけっこう好きなんだ」

「だったらよかった。でも、そのうち一緒に行けるといいな。とりあえずはあんたのために、明日も頑張るよ。せめて喰《く》える獣を仕留めたい。仕留めた者には、一番よい肉が与えられるんだ」

「それは楽しみだな」

ナツィもにこりと笑みを返した。嘘にまみれているのに、ふたりとも知らないふりをしているのがむずがゆい。それでいてナツイの心もまた、隠しようもなく弾みはじめていた。なにも豪勢な紅葉鍋と甘い酒のせいだけではない。

これは、犀利が夢見た暮らしそのものだ。儚《はかな》い夢だとしても、今このときは、確かに目の前に存在している。

阿多骨の里の北陵に広がる森の木々がくっきりと色づくころになっても、ふたりは同じ暮らしを続けていた。犀利は狩りに出る日もあれば、冬を越すための干し肉作りや、薪集めに精を出す日もあった。ナツイはしばらく戸口に座って籠を編んでいたが、ある日思い切って、針と糸を貸してくれるように糸彦に願いでた。

「ナツイは繕いが得意だったのか」

狩りでほつれた犀利の衣を繕ってみせると、糸彦は感心したような顔をした。

「ただ繕うだけじゃない、これを見ろ」

と犀利は得意げに、ナツイがほつれをうまく隠すように入れた刺繡《ししゅう》を指差す。糸彦は両眉を大きく持ちあげた。

「霞草《かすみそう》か。すっかりほつれが隠れるうえに美しい。とんでもない技だな」

「だろう？」

「なんであなたが得意げなんだ」

恥ずかしくなってきて、ナツイは素っ気なく言った。本心では嬉しいのだが、糸彦の手前、どういう態度を取ればいいのかがわからない。

それもお見通しだとからかい顔でふたりを眺めていた糸彦は、ふいに思いたったようにして、腰に巻いていた『波墓の碧』の帯を手に取った。なにごとかに思いを馳《は》せるかのごとく目を落としてから、ナツイにさしだした。

「ナツイ、その腕を見込んで頼みがある。この帯へ、我ら阿多骨の印を刺繍してくれないか。生まれてくる我が子への贈り物にしたい」

え、とナツイは言葉を失った。

「……そんな恐れ多いことはできないよ。神北文様入りの帯なんて大切なものに、わたしの下手くそな刺繍なんてとてもじゃないけど入れられない」

「謙遜もほどほどにな。四方の都由来の品と言われても納得できる出来じゃないか」

「だけど」

「刺繍を入れられそうかだけでも、見てくれないか」

再三請われて、ナツイは戸惑いつつも受けとった。受けとったとたん、思わず口から感嘆が漏れる。

「美しいな……」

間近で見ると息を呑《の》まずにはいられなかった。いたく目の揃った、手の込んだ組み物だ。なによりその地色に目を奪われる。森の奥にひっそりと佇《たたず》む沼の水面《みなも》を思わせる、静かで深い碧。どこかで見たような碧。

「どうだ、刺繡できそうか。ちなみに我ら阿多骨の印とは、このようなものなのだが」

と糸彦は自らの大珠を裏返した。立派な翡翠《ひすい》には、痣黒のものと見紛《みまが》うほどよく似た、神北草を象《かたど》った印が刻まれている。違うのは文様の位置で、六枚の花弁のうち左上のものにだけ神北文様が入っていた。

ナツィの脳裏に、今も犀利が隠し持っているはずの大珠に刻まれた痣黒の印が浮かぶ。確かそちらは、下の花弁に文様が入れてあったはずだ。

「……出来は措《お》いても、入れられはすると思う」とナツィは正直に答えた。「たとえばこの隅に小さく繡《ぬ》えば、帯を巻いたときは目立たないけど、肌のすぐそばに位置どることになるから魔除《まよ》けの守り印みたいに思えるかもしれない」

かつてこっそりと帯に入れていた刺繡を思い返しながら話すと、糸彦はいたく喜んだ。

「それはいい。ぜひにも頼む」

「本当にいいのか？　これって、『波墓の碧』に染められた糸で組んだ帯じゃないか。もう手に入らない、貴重なものだ。損なってしまったら」

「気にするものか。俺も、この帯を贈ってくれた方も、小さいことは気にしない」

「贈ってくれた方？」

そう、と糸彦は遠い目をしてうつむいた。

「実はこの帯は、維明さまにいただいたものなのだ。鎮軍と阿多骨のあいだに約定が成った証であり……俺は、我らの変わらぬ友情の証でもあったと信じている」

維明。

その名を聞いてナツィは身を強《こわ》ばらせた。どうする。これはいわば維明の遺品にして、糸彦への信頼が込められた品なのだ。そんな代物に、心を籠《こ》めて刺繡など入れられるのか。

と、犀利が助け船を出してくれた。

「あまりに大切なものだから、ナツィは気が引けてしまっているな。ずいぶんと刺していなかったそうだし、ちょっと練習して、それから改めて預かったらどうだろう」

助かった、とナツィは提案に乗った。

「そうする。また今度、自信がついてきたら預かるよ。待ってもらえるか？」

「もちろんだ。いつまでも待っているからな」

再び帯を巻いて帰っていく糸彦を見送って、ナツィは大きく息を吐きだした。

「ありがとう、犀利」

「どういたしまして。あんな大事なものをいきなり渡されたら緊張するよな」

犀利はあっけらかんと言った。今日も自分が『鷺』であることなど忘れたような顔をしている。

「にしても、あんたの刺繡、話には聞いていたけど初めて見たよ。腕がいいんだな。見とれてしまった」

「これは繕いついでの戯れで、本気のはもっと綺麗《きれい》なんだよ。……まあ、なんでこんな芸当ができるのか、今のわたしにはまったくわからないんだけどな」

だから褒められると気が引ける。刺繡の腕を磨いたのは、記憶を失うまえのナツイだ。そちらのナツイから賞賛を盗んでいるような気がしてくる。

「理由なんて気にしなくたっていいよ。あんたのいいところをまたひとつ知れて、俺は嬉しい。さっそく明日みなに自慢しよう」

とナツイの繕った衣を撫《な》でる犀利に、そういえば、とナツイははにかみ声をかける。

「あなたに刺繡の贈り物をするって約束してたよな。ほら、穏やかな生活をできるようになったときにはって」

征討軍に打ち勝ったらそんな日が来るのかな。そう尋ねようと顔をあげたナツイに、犀利はさっぱりとした笑顔を返した。

「そうだな。楽しみにしてるよ」

あれは結局、どっちの意味なんだろう。

翌日、ナツイは自分の衣の隅で刺繡の稽古《けいこ》をしつつ考えこんでいた。

ナツイの贈り物を楽しみにしていると犀利は言ってくれた。だが、実際贈るべき日はいつなのだろう。四方の勢力を退け、一なる王が神北に王国を打ち立てたそのときか。

それとも。

「ねーなにしてるの？」

突如手元に影が落ち、甲高い声に問いかけられた。

びくりと顔をあげると、年の頃が三つ四つの幼子が数人、みなしてナツィを取り囲み、興味津々な表情で刺しかけの刺繡を見つめている。どうやら丘の中腹で遊んでいた子らが、こちらまでおりてきたらしい。

「わあ、きれい！」「花だ、花！」「上手だねえ」

「えっと」

なんと返せばよいかわからずナツィは口ごもった。『鷺』の隠れ里には戦人しかいない。他人の幼子など路傍の石か、ていのいい玩具《がんぐ》と思っている者しかいない。どう接すればいいのか。

「……ありがとう、その、なんというか、刺繡だ。刺繡をしているんだ。糸で絵を描くんだよ」

結局要領の得ない答えを返す羽目になったのに、幼子たちは満足そうな顔をした。

「お絵かき！」「かわいいね」

戸惑っているあいだにも、ナツィを囲む影は増えてゆく。背の高い年長の子も、言葉すらおぼつかない幼子までもがわらわらと集まってきた。

「わ、すごい！　本物の花みたい」

「ねえおねえちゃん、わたしの衣もお花で飾ってよ」

「俺は早蕨刀《さわらびとう》がいいな！　できる？」

「えっと――」

「こら、困らせるんじゃないよ」

大人の声がする。幼子たちを遊ばせていた女たちが、にこやかに近づいてきていた。

「ごめんねえ、邪魔して」「あらでもほんとに綺麗。噂どおりね」

「噂?」

首を傾げていると、女たちのとりまとめらしき身重の女が、親しげにナツィの隣に座った。

「今さらだけど、こうして話をするのははじめてね? ナツィ。はじめまして――」

ナツィは驚いた。糸彦の妻、笹目《ささめ》ではないか。お互い遠目で眺めて会釈したことはあったが、ずっと接触が禁じられていたから、こうして言葉を交わすのははじめてだ。

「丘をくだってきても構わないのか?」

「ええ、ようやくお許しが出たから。にしても糸彦から聞いていたとおり、あなたの刺《し》繡《しゅう》はとても素敵ね」

ねえ、と笹目は子どもたちを見回す。素敵、と笑顔が口々に答える。ほんと、と女たちもうなずいた。

「目の肥えた笹目に気に入られるなんて、あんた、いい腕してるわ」

「ねえあんた、藁籠なんて編んでないで、その腕で暮らしなさいよ」

「……刺繡を刺して、金をとるということか?」

それは考えたこともなかった生き方だった。

「そう。あたしたち、代金を払うよ。それだけ上手なら生業《なりわい》にできる」

「生業……」

抑えようもなく心が浮き立った。刺繍を刺して生きていく。そんな一生があるのか。許されるのか。

「……そんなふうに暮らせたらすごく嬉《うれ》しいけど、無理だよ。生業にできるほどは上手じゃないから」

「謙虚なのね」と笹目はおかしそうな顔をする。「でも気持ちはわかる。わたしも狩りに戦に走り回ってばかりいたから、子ができて、こうして里の幼子たちの世話に加わるようになって、いつもうまくできるか不安なの。かわいい子らをちゃんと守れるのかって」

と、笹目は急になにごとかを思いついたように手を合わせた。

「そうだ、里の子たちの衣に、魔除けの守り印を刺繍してくれない？　そうすればわたしも安心できるし、あなたの腕もあがる。いい案でしょう？」

ナツイは目を輝かせた。確かにいい案だ。

「ぜひ！」

みなが歓声をあげる。ナツイも心から笑みを浮かべた。必要とされて嬉しかった。除けられるべき魔はナツイ自身なのに、そんなことはすっかり忘れていた。

その日からナツィは、子どもたちの衣に刺繡を入れて暮らすようになった。

「評判はすこぶるよいぞ。子らがいたく喜んで、毎日のように自慢してきてかなわん」

針を動かすナツィを、糸彦が笑って覗《のぞ》きこんでくる。

「それは嬉しいな」

ナツィは笑って、小さな衣に目を落とした。子らの衣に刺しているのは、白髪の神の図柄だ。神北の伝説に出てくる石神であり、死んだ朝廷の将軍でもある。維明に対峙《たいじ》したのはほんの数月まえなのに、はるかな過去に思えてくる。

「刺繡だけじゃない。ナツィ自身の評判も上々みたいだな」

と犀利が笑って口を挟む。

「そうそう、えらく遊んでくれているんだって？」

「たいした遊びじゃない。虫取りしたり、追いかけっこしたりしてるだけだよ」とナツィは照れた。「でもみんな喜んでくれて、とてもかわいらしい。そうだ、わんぱくなのがいてさ、いっつも刺繡の糸を引っ張ってくるんだよ。それで手を焼いてたんだけど、今日よくよく聞いてみたら、自分も刺してみたいんだって。わたし、白骨晒《さら》す季節になったら、教えてあげるって約束したんだ」

窺《うかが》うように見あげれば、犀利は眦《まなじり》をさげてうなずいた。

「それは楽しみだな」

その表情に、ナツィは頬を紅潮させた。

確信したのだ。この生活は、まだ続く。白骨晒す冬までは、神北草が咲く春までは、いや、いつまでも続けばいい。

「だけどナツィ」と犀利は言う。「雪が降れば、俺たちはこの小屋に留《とど》まれないな」

「え……なぜだ」

「この阿多骨の里は山際だから、それなりに積もるんだそうだ。俺たちの小屋は埋もれてしまうだろう？　ずいぶん世話になってしまったが、そろそろ阿多骨の治める他の里に移る頃合いかもしれない」

「あ、そういう意味か……」

ナツィはひそかに化け物石に手をやった。どきりとした。犀利が『そろそろ焼き払う頃合いだ』と言いだすのではないかと錯覚した。それを恐れている自分に気がついた。

と、糸彦がゆっくりと口をひらく。

「その件についてだが、実はお前たちに話がある」

「……なんだ」

ナツィはますます身構えた。出ていけとでも言うのか。

しかし糸彦はにこりとして、ナツィと犀利の肩にそれぞれ手を置いた。

「お前たち、我ら阿多骨の民にならないか？　我らの一員となれば、お前たちを里のうちに入れてやれる。そうすれば雪に埋もれることもなく、ともに暮らせるだろう？」

ナツイは目をみはった。阿多骨の一員になる。この地に骨を埋《うず》める。なにもかも捨てて、欲しいものだけを手に入れて。

できるのか。そんな夢を手に入れてもいいのか？

「それはありがたい申し出だが……」

と犀利も戸惑いを隠せない。

「『十三道』で部族の一員と認められるのは、生半可な道ではないと聞いた。部族の石を心の中心、もっとも高いところに据えられねばならない。いつでも、なによりも優先して、自らの指針にできなければならない」

「おおむねそのとおりだ」

「だったらすくなくとも、わたしには無理だ」とナツイはうなだれた。「生まれた部族の石か、自分だけの石なのかわからないけれど、とにかくわたしの中には動かしがたい石がある。犀利を大切なただひとりと定めて、一生守ると決めているんだ」

やはりこの石がある限り、ナツイはどこにも受けいれてもらえないのだ。『鷺』でも半端者、阿多骨でも幸せを摑《つか》み損ねる。

しかし糸彦は「とんだ幸せ者だな、犀利」と頰を緩めるばかりだった。

「ナツイは、犀利を守るのがなにより大事な、動かせぬ石なのだな。それでいい、立派な信念だ。ならばその石を守りつつ、我らの石をも心に置いてくれ」

思いがけない提案に、ナツイは困惑してしまった。

「でも部族の石っていうのは、心の真ん中に置かなきゃだめなんだろう？　他の石よりも絶対に優先されなきゃいけないし、石を守るためなら自分自身だって犠牲にできなきゃだめだって」

「そんな犠牲がいるものか。石のために己を殺しては元も子もない」

と糸彦は、どこか哀れんだような目をする。「確かに部族によっては、部族の石をなにより大切にできねば一人前とは認められないとも聞くな。たとえばあの、名も黒ければ腹のうちも黒い痣黒のように。だが我らは違う」

「……自分だけの石が一番大切でもいいのか」

「もちろんだ。なにせ我ら阿多骨の石は『受けいれる』石。目をひらき、よくよく見渡し、見知らぬものであってもよいものはよいと取り入れる。そのような生き方こそ我ら部族のありかた、目指すべき道、誇りにして矜持《きょうじ》なのだ。我らの石を心に住まわせているのなら、それはもう立派な阿多骨の民だろう？」

阿多骨の石を心に住まわせているのなら。

ナツイは胸に手を当てた。

「わたしの中に、阿多骨の石はあるだろうか」

受けいれる石。つまりは変わる石。そんなものがナツイの中にあるのか。ナツイも変われるのか。変わってもよいのか。

「ある。俺には見える」

「本当か！」

「間違いない」と糸彦は迷いもなく答えてくれた。「もちろんお前にもあるぞ、犀利」

浮かない顔をしている犀利にも声をかける。

「お前を見ていると、俺は遠い昔に失った盟友を思い出す」

「盟友？」

「そうだ、情に厚く、素直でやさしい、よい男だった。それでいて道理を見通す賢さと、あるがままから目を逸らさない強さと厳しさも持ち合わせていた。奴ならば我らの悲願、神北を率いる一なる王となれるかもしれない、そう思わせてくれた男だった。部族もろとも炎に呑《の》みこまれてしまったが」

糸彦は、金色に染まった葦原《あしはら》の向こうへ盟友を悼む目を向けた。そしてその目をそのまま犀利へ滑らせた。

「お前はあいつによく似ている気がする」

「残念だが、俺には理想なんてないよ。石もない」

「いや、ある」と糸彦はすこしのためらいもなく言い切った。「お前はお前自身の、美しい石を持っている。自分で気がつかなくともな。だからこそ俺は、お前の中に阿多骨の石があると疑わない」

「糸彦」

「どうか我らの一員になってくれ。俺は、お前たちがずっと隣にいてくれれば嬉しい」

それは糸彦の嘘偽りない本心だった。

犀利の口の端に力が入り、瞳《ひとみ》が揺れる。言葉を探していた。心動かされているようだった。ナツイはひそかに息をとめる。ここですべてが決まる気がしていた。犀利はいったい、なんと答えるのだろう。

やがて犀利は静かに息を吐きだすと、ナツイに顔を向けた。

「ナツイ」

「……なんだ」

「俺は、阿多骨の男になってもいいか？」

ナツイは目をみはり、大きく胸を広げた。その問いに籠《こ》められた、真の意味を察した。

犀利はつまり、こう問いかけているのだ。

『鷺』を捨てて、阿多骨の民として暮らしてもよいか？

あんたもそれで構わないのか？

「もちろん、もちろんだよ！」食いつくように犀利の両手をとった。「わたしも阿多骨の女になる」

そうだ、わたしはこの瞬間を待っていた。

「ここに住もう、ここで子を育てて、年を取って、土になろう。それでいいんだ、わたしたちは本当に望んでいたものを得られるんだ」

ようやくわかった。理想の夢などどうでもいい。そんなもの捨てて今ここにある穏やかな生活を選ぶことこそ、犀利を真に守るということだ。真の意味で石に従い、満たされる道だ。

犀利は瞬《まばた》いて、ほんの一瞬、泣きそうな顔をした。

そして糸彦に深々と頭をさげる。

「俺たちを、阿多骨の民に加えてほしい。お願いだ」

ナツイも並んで願いでる。お願いします、どうか。

「頭などさげるな、もう仲間だ。よし、決まったからにはさっそく秘儀の日取りを決めよう。次の満月の日がよいな。なに、簡単な儀式だ」

と糸彦は嬉《うれ》しそうに自分の腕を捲《まく》ってみせる。

「このように、腕に文様を刻みこむ。それが我らの神石《かみいし》へ帰依した証《あかし》となる」

「神石？」

ナツイが首を傾けると、いたずらっぽく目を輝かせた。

「その日になればわかる」

「そなたらが犀利とナツィか。糸彦からよく話は聞いていた。よくぞ我らの里人になると決意してくれたものだ。ともに助け合い、ともに栄えようぞ」

穏やかな老年の男が片手をあげて、言祝《ことほ》いでくれる。糸彦の父である阿多骨の族長が、さっそくふたりの顔を見るために里をおりてきてくれたのだった。

その後も多くの人が祝いに駆けつけてくれた。幼子も、戦人も、女たちも、老人も。『俺たちも他の里の出身で、阿多骨の民になったんだ』と教えてくれる者も幾人もいた。誰もが親身に世話を焼いてくれた。ナツイはただただ幸せに浸っていた。

満月の日に秘儀を行うと決まって、その日を待つあいだ、ナツイは祝いの朱色の衣に、春になったら丘や森を彩るであろう花々の刺繡《ししゆう》を入れた。満作、菫《すみれ》、猫目草《ねこのめそう》。片栗、躑躅《つつじ》、水芭蕉《みずばしよう》。会心の出来だった。

そしていよいよ明日には月の満ちるという夜、ナツイは刺繡を入れた揃いの二着と、秘儀が終わるまで使う無地の帯を枕元に置き、美しい朱色の神北文様が組みこまれた糸彦の帯を手に取った。

先日改めて預かった、維明から贈られたという帯。

「いよいよ明日だな」どんなふうに刺繡をいれようかと考えながら、夢見心地でつぶやく。「明日は、まずはあなたが秘儀の場に向かうんだよな」

犀利がさきに、阿多骨の石へ帰依を誓いに行く。ナツイはそのあいだ、この糸彦の帯に刺繡をするつもりだった。

「あなたが戻ってきたら、次はわたしだ。そしてわたしも帰ってきたら宴《うたげ》がはじまる。わたしたちのための宴だ」

「そうだな、いよいよだな」

犀利はほのかな笑みを浮かべて、愛用の古い短刀を磨いている。いち早く春を告げる早蕨《さわらび》を思わせる、くるりと巻いた柄《つか》のさきが鈍く光っている。

犀利はなにも言わないし、表情の片隅にさえ乗せないように押し隠してはいるが、いよいよ正式に阿多骨の民になったら、阿多骨の人々に真実を告げて、『鷺』と戦わねばならないと覚悟を決めているはずだ。『鷺』はナツィたちの裏切りをけっして許さないだろうし、阿多骨を滅ぼすという決意を緩めることもない。

だがナツィもまた腹は括《くく》っているし、ふたりでならば立ち向かえると確信していた。犀利についていけば、なにも怖くない。心に決めたただひとりの人である犀利をひたすらに守る。それは巡り巡って、この美しい阿多骨の里と、住まう人々を守ることに繫《つな》がるのだ。

「なあ、痛いかな」

とナツィは褥《しとね》に転がった。阿多骨の人々の腕に入っている文様は、どうやって入れるものなのだろう。針で色を入れていくのなら、それなりに痛みを伴うはずだ。

「こんなこと言うのもなんだけど、早く終わるといいな」

「心配しなくていい」と犀利は磨く手をとめずに言った。「あんたはいつもどおりに過ごせばいい。自分の心の中心に据えた石を忘れずにいてくれればいい」

「わたしの石を忘れることなんてあるもんか」とナツィは笑う。「今までも、いくら砕こうとしたってびくともしなかったんだ」

「それを聞いて安心した。だったら早くおやすみ。明日は長い一日になるから」

短刀を収めた犀利が掻《か》い巻きをかけてくれる。わかったとナツイは背を向けた。

「楽しみだな。おやすみ」

「おやすみ」

返ってきた声があまりにやさしくて、ナツイの心は温《ぬく》もった。つい表情までも味わいたくなって振り返る。

どっと胸が跳ねた。

犀利は、微笑んでなどいなかった。

思いつめた顔で、隠し持っていた自分の大珠を握りしめていた。

その裏側に刻まれた痣黒の印を、縋《すが》るように見つめていた。


深い意味などないのだ。

ナツイは思った。思いこもうとした。実際犀利はすぐにいつもの表情に戻ってナツイの隣で寝入ったし、朝も「楽しみだな」とにこやかに、薄雲がたなびく空を見あげていた。晩秋の高い空。澄んだ青。

なにも言えなかった。言えないまま、迎えに来た糸彦とともに里の背後に広がる樅《もみ》の森に去っていく犀利を見送った。最後まで犀利は、いつもどおりの笑みを浮かべていた。

いつもどおりの。

化け物石に手を沿わせて深呼吸する。白い石の中で、胸の底で、なにかがぞわりと波うっている。振りはらいたいのに振りはらえない。

　これはなんだ。わからない。考えたくない。考えたら変わってしまう。変わったらわたしはわたしでなくなる。

「犀利はもう行ったの？」

　強《こわ》ばった視線を糸彦から預かった帯に落としていると、笹目に親しげに声をかけられた。今日も子どもたちを連れている。寒くなってきたからか、遠出するのか、小さな子は馬が牽《ひ》く荷運びの車に乗せられていた。車のそばを歩いていた大きな子らは、ナツイを見るや「おめでとう」と口々に言って、目を輝かせて駆け寄ってくる。

「……ありがとう」

　ナツイは懐に糸彦の帯をしまいこむと、ぎこちなく子どもたちの頭を撫《な》でた。その硬い面持ちは緊張ゆえと解したのか、女たちは気晴らしに誘ってくれる。

「ここでひとり、堅苦しく待っている必要なんてないんだよ。わたしたちはこれから森に、木ノ子やら綺麗《きれい》な落ち葉やらを取りに行くんだ、一緒に来るかい？」

「夜の宴に使うんだよ」と子どもたちも教えてくれる。「ナツイのお祝いだよ」

「そうなのか、ありがとう。嬉しいよ」

　ナツイは笑みを返した。返したつもりだったが、口の端に力が入ってうまく笑えない。

　杞憂《きゆう》かもしれない。きっと杞憂だ。

　だがもし、そうでなかったら？

「どうした、気晴らしどころではないか？　なら無理しなくても――」

「行きたい！　もちろん行きたいんだ！」

死にものぐるいで頭を動かす。考えろ、考えるんだ。

「その……あれだ！　馬が牽ける車って、あと数台はあるよな？　せっかくだからすべて牽きだして、みんなで乗っていこうよ。馬車の行列だ。楽しそうじゃないか？」

「仰々しい木ノ子狩りだな」と女たちは笑うが、ナツィは必死に頼みこんだ。

「今日は急に冷えこんだし、歩いていったら疲れるよ、夜も長いだろうし……それにわたし、その、聞いたことがあるんだ。四方の都では、乗り物に乗ってのんびり話をしながらどこへでもゆくって。そういうの、やってみたいなって憧《あこが》れてた」

「わかった」と笹目は笑って手を叩《たた》いた。「だったら車を牽いていきましょう。今日はナツィのための日だから」

ナツィは首がもげるほどの勢いでうなずいた。

馬に牽かれた車に、すべての子らと女が乗りこんだ。連なり丘をのぼり、北西に広がる森へ向かう。森のさきには沼があって、そこを越えるとまたくだりになり、阿多骨が任せられた郡の土地が広がっているという。

「いい天気だねえ」とのんびりと話す女たちに相づちを打ち、じゃれつく幼子をあやしながら、ナツィはちらと背後を振り返る。口の中が乾く。

葦原《あしはら》はただただ白く輝いている。

「そんなに犀利が心配かい？　そっちにはいないよ」

　女たちに笑われた。

「……どこにいるんだ？　そもそも秘儀ってどういうものなんだ」

「心配しなくていい。沼の北東の端にある石室《いしむろ》に向かったんだよ。大昔に栄えた石と木と土の時代の民が作ったって言われてるもんさ」

「そこで腕に文様を入れるのか。針かなにかで引っ掻いて色を入れるのか？」

「いいや、そんなものは必要ない。ただ神石の前で阿多骨の石への帰依を誓えば、ひとりでに文様が浮きでてくるんだ」

「神石、の、前で？」

　ふいに首にかけた化け物石が、ずっしりと重みを増したような気がした。

「……なに言ってるんだ、神石って、伝説に出てくるあれだろう？　石角を生やした白髪金眼の神が、光差す窟《いわや》に『十三道』の族長を集めて、古《いにしえ》の時代から伝わった大きな輝く石を砕いて族長たちに授けたっていう」

　石神は、神北を統べる王は誰かと問うた。そしていないとわかると、胸に抱えていた石を、『石砕きの刀』で十三に砕いた。

　その欠片《かけら》を族長たちへ渡して言った。

　各々の石を奉じ、立派に育てよ。さすれば汝《なんじ》らの部族は大きく栄えるだろう。そしていつか汝らの石のうちから、ひとつの石が定まる。それを手にしている者こそ、神北を統べる一なる王となり、いかな国をも凌駕《りょうが》する安寧をもたらすだろう――。

「でもあれは、ただのたとえ話だろう？」

何度も何度も聞かされてきた。神石なんていう物が実際あるわけではない。心に抱える意思を、部族のありようを定める目に見えないものを、神北の民は石と呼んできたのだと。それは神に授けられたように尊いものだから、大切にしなければならないのだと。

「なのに神石の前で、部族の石に帰依を誓うってどういうことだ？　その……その言い方じゃまるで」

ナツイは唾《つば》を飲みこんだ。胸にかけた石に触れたい。でも触れられない。

「……まるで、実際に『神石』っていう目に見えるなにかがあるみたいじゃないか」

ナツイの胸で沈黙している化け物石のように。

ユジとグジが守っていた『宝』のように。

女たちは膝《ひざ》に抱いた子らの背を撫でながら、顔を見合わせた。

「そっか。ナツイは新興部族の出身だから、秘儀の中身も、神石の真実も知らないんだね」

「でももう言ってしまってもいいんじゃない、阿多骨の女になるんだから」

そうね、と厚く敷いた真綿の上に座り、膨らんだ腹に手を当てた笹目が口をひらく。

「実はねナツイ、あるの。『十三道』の部族は、部族の石を支える器である、本物の神石を隠し持っている」

「形や大きさは翡翠《ひすい》の大珠に似ているけれど、おのずから光を放つ不思議な石でね。それぞれの部族で異なる色に輝くとか。まさに伝説どおりの代物なの」

「本物の、神石……」

「伝説どおり……待ってくれ、じゃああの逸話は真実なのか？　たとえ話でもなんでもなく、本当に神は『十三道』に、神石という、人ならざる力を宿した石を、授けたのか？」

血の気がひいて、音が遠ざかる。口の中はカラカラに乾いていく。

わかっている。薄々気づいていた。考えないようにしていただけで。

そのとおり、と笹目は和やかに口の端を持ちあげる。

「神石こそが『十三道』のみに伝わる秘宝。結束を支える器にして、わたしたちの思いを守る柵《さく》。古の族長たちは神石を持ち帰り、それぞれの部族の信念を刻みこんだの。以来『十三道』の民は、それぞれの部族の神石に帰依し、神石に刻まれた部族の石を己の石とすると誓う。そうして誓えば、ほら、こうして大珠の裏に印が勝手に刻まれるの。これこそ阿多骨の神石とわたしがひとつの糸で繫《つな》がれているという約定の証《あかし》」

笹目は首にさげた自らの大珠を手に取り、裏返してみせた。阿多骨を表す六連の花が刻まれている。

「じゃあ、これからする秘儀っていうのは……」

「自分が阿多骨の石を心に抱いているのだと、どんなときも『変わるを恐れず受けいれる』という信念に沿って生きると神石に誓い、阿多骨の神石をただひとつの神石として選ぶという約定を結ぶ儀式よ」

「ただひとつの、神石」

「大丈夫、怖いことはなにもないの。神から神石を賜ったときからずっと、『十三道』の民はそうして約定のもと、各々の神石を育ててきたんだから。わたしたちは神石に思いを注ぐ。注げば注ぐほど、神石は輝きを増す。力を蓄えて、同じ神石に帰依する者同士を強く太い絆《きずな》で結んでくれる。同胞《はらから》と同じ石を抱くことへの恍惚《こうこつ》を、より深く、強く感じられるよう支えてくれる。儀式自体は、小さな光る石にそっと触れるだけなの。そうすれば神石は権能をもって、大珠と腕に印を与えてくれる」

こんなふうに、と笹目は愛《いと》おしそうに腕の文様を見やった。

「それで晴れて部族の一員になったと証明される。それだけよ。他の『十三道』の神石に帰依を誓っているわけでもなければ、恐ろしいことなんてなにひとつ……ナツイ？」

真っ青なナツイに気がついて、笹目は眉《まゆ》を寄せた。

「どうしたの？」

「……もしすでに、他の『十三道』の神石に帰依していたらどうなる」

『阿多骨の神石をただひとつの神石として選ぶという約定を結ぶ』。そう笹目は言った。脳裏に昨夜の、犀利の思いつめた表情がよぎる。犀利はすでに、隠し持っている大珠の裏に痣黒の印を刻みつけている。おそらく笹目と同じく、秘儀の場で痣黒の神石に帰依を誓い、ただひとつの神石とする約定を結んでいるのだ。

理想の夢を追い求めることこそが、今の犀利の生きる指針、命よりも大切な思想。

「他の神石に帰依していたら？」笹目は怪訝《けげん》な顔をした。「いくつもの神石と約定は結べないの。そもそも部族の一員となるための秘儀は、別の『十三道』の神石に帰依していては受けてはならない。もし別の神石に乗り換えようと志すならば、北の果て、玉懸の地へ行って大珠に刻んだ印を一度まっさらにしなければ」

「もしまっさらにしないままに帰依しようとすれば？」

「自分が帰依しているのとは別の神石に触れたら、恐ろしいことが起こるとは言われているけれど……。触れたとたん、中に棲《す》まう石神に乗っ取られる、心は死に、その身はおぞましい神と化すって」

もうナツイは座っていられなかった。がむしゃらに車を飛び降りる。馬を御していた女たちが慌てて手綱をひいた。子どもたちもなにごとかと顔を出す。

「どうしたの、ナツイ」

ナツイは答えられない。震えが身を貫き、歯が音を立てる。

神石。本当にある石。部族の矜持《きょうじ》を、信念を、意思を注ぐさき。他の部族の神石に帰依したままに触れたら、石神に乗っ取られる。

犀利は当然、この真実を知っているはずなのだ。秘儀を受けて一人前の痣黒の民に認められた者として、『十三道』の秘密を共有しているに違いない。

ならば犀利が、すでに痣黒の神石に帰依を誓ったあのひとが、今さら阿多骨の神石に触れるはずもない。

つまり犀利には、はじめから阿多骨の儀式を受けるつもりなど毛頭なく――。

「逃げろ！」

ナツイは声を嗄《か》らして叫んだ。「みんなこのまま逃げてくれ！　殺されてしまう！　全部焼かれる！　だから逃げて、あなたがたと子らだけでも」

枯れ葉に覆われた地面に額をこすりつける。涙を流し、顔をくしゃくしゃにして懇願する。刻《とき》はもう残されていない。今日、この満月の日に秘儀が行われるとは前々から決まっていた。族長の一族が秘儀のために里を離れた今この瞬間を、『鷺』が逃すわけがない。

「いったいどうしたの、なにを急に」

笹目は戸惑い顔で身を乗りだす。他の女や子らも同じだった。誰もまさか、今このめでたい日に無惨に死ぬとは思い至っていないのだ。

しかしナツイの昏《くら》い確信は現実のものとなった。困惑していた女のひとりが、あ、と丘の麓《ふもと》、白く光る葦原《あしはら》を指差し、顔色をなくした。

「なにか来る！」

誰もが息をとめて振り返った。確かに来る。綿甲で身を固めた戦人がわらわらと葦原から現れて、蜜《みつ》にたかる蟻のように阿多骨の里へ迫っていく。騎馬が数騎、里の見張りを蹴散《けち》らしこちらへ向かってくる。みるみる大きくなっていく。

『鷺』が攻め入ってきたの？　なぜ今……」

笹目は信じがたいように、どこか緩慢にも思えるほどゆっくりとナツイに目を落とす。

「まさかあなたは……いや、お前は――」

瞳《ひとみ》に、みるみる憎悪が溢《あふ》れていく。

わかっていても、ナツイは懇願し続けた。

「どうか逃げてくれ！　お願いだ、お願いします」

穏やかな里を、そして族長や糸彦が籠《こ》もっているだろう石室がある方角を、笹目は後ろ髪を引かれるように見つめた。瞳が潤む。唇が震える。だが腹に手を置き、無邪気にはしゃぐ子らを見渡すと、振りはらうがごとく鋭く命じた。

「急ぎ森を越え我らが郡の里へ向かう！　もし追いつかれたら子らを逃がして応戦する！　まずは西に向かったふりをするゆえ飛ばすぞ！　子らを抱きしめよ！」

女たちは馬に鞭打《むちう》った。ナツイなど一顧だにせず、車はものすごい勢いで走りだす。

「ナツイも早く！」

なにも知らない子らが、心配そうに身を乗りだす。小さな手がいくつも差し伸べられる。ナツイは涙を流した。身じろぎもせずに見送った。

わずかに遅れて、蹄《ひづめ》の音が迫ってきた。

「ナツイか！」馬上からイアシが声をあげる。「間諜《かんちょう》が、いよいよ秘儀が始まったと伝えてきたから攻め寄せたが……無事か？　今行ったのは阿多骨の民か？」

ナツィは涙を拭《ぬぐ》い、奥歯を噛《か》みしめた。耐えろ。耐えなければ全部失う。

「そうだ。最後の最後でこちらの企《たくら》みに気づかれて、逃げられてしまった。だけど女子どもばかりだ。わざわざ追うまでもないよ」

「追うに決まっている」とイアシは呆《あき》れた顔をした。「朝廷にへつらい同胞の命を奪った、憎き阿多骨の民だぞ？　女子どもさえ逃がすものか。どちらに行った、追いかける」

「西だよ」

とナツィは顎《あご》でしゃくってみせた。「西にくだった川沿いに、鎮軍の柵があるだろう。そこに逃げこむつもりだ」

「なるほどな。戦うつもりもない腰抜け女どもというわけか。わかった、追うぞ！」

イアシはさっそうと、配下の騎馬を率いて去っていく。

その姿が木々の奥に消えるや、はじかれたようにナツィは立ちあがった。里の方角を振り返った。

叫び声が聞こえる。煙が満ちている。

それから火が。

心の臓がばくばくと撥《は》ねる。息があがる。火だ。すべてを舐《な》める火が、阿多骨の里のそこかしこからあがっている。ほどなくすべてを燃やし尽くす。

それでもナツィは信じたくなかった。夢だと思いたかった。だから駆けた。木の根に足を取られ、藪《やぶ》で手足を引っ掻《か》いても駆け続けた。

「犀利！」祈るように叫んだ。「犀利！」

もうどうにもならない。取り返しがつかない。わかっていても叫び続けた。足をとめることなどできなかった。

やがて林の奥、燃えるように色づいた木々に囲まれた沼のほとりに、巨岩が組み合った祠《ほこら》のようなものが目に入った。秘儀の場である石室だ。その入口の前には、朱色の衣をまとった戦人が輪になって座り、談笑している。なにも知らないのだ。まだ恐ろしい運命に気がついていない。

「ナツイではないか。どうした」

息を切らせて駆けてきたナツイに、男たちは尋ねかけた。

「さきほど田畑に出入りしている男が伝令を頼まれたとかでやってきて、糸彦は血相を変えて戻っていったぞ。笹目が急に倒れたんだって？　大事ないといいんだが」

「倒れた？」

ナツイは青くなった。それは嘘の知らせだ。戦いに秀でた糸彦を、誰かがこの場から引き離したのだ。

「……今犀利は、石室の中にいるのか？」

喉が詰まってうまく声が出ない。戦人たちは笑って答える。

「さては夫が心配か？　大丈夫、糸彦がおらずとも犀利の秘儀は無事進む。族長と他の兄弟がこなしてくれるからな。そろそろ神石の権能で、腕に文様を入れるところだろう」

ほら、と石室のほうに耳を傾けるそぶりをする。楽しげな笑い声が、石室の奥から聞こえてくる。ナツィは見張りの男たちをなるべく見ないように後ずさった。化け物石を手繰り寄せる手が震えている。維明を殺したときでさえ、こんなふうにはならなかったのに。

「ちょっとわたし、中を見てくる」

「いやだめだ、もうすこし待て──」

石室から、鉄を叩《たた》きつけるような冷たい物音と叫び声が響いた。

「……なんだ？」

怪訝な顔をした戦人たちをかきわけ、ナツィは息を切らせて石室に駆け入った。どうか、どうか！

秘儀の場は、石室の奥まったところのようだった。松明《たいまつ》が叩き落とされているらしく、幾人もの影が石室の壁に映っては消え、ちかちかとする。困惑の声があがっている。

「どうした！　なにも見えぬ！」

「犀利だ！　犀利が裏切って」

声は唐突に途切れた。びくりとナツィが立ち止まった次の瞬間、つんざくような悲鳴が石室に響きわたる。一瞬の静寂を切り裂き、怒声が次々とあがった。もみ合う影、刃《やいば》がかち合う火花、そして重いものが倒れる音。

やがて静まりかえり、壁に映る影もふたつだけになった。行きたくない。ナツィは化け物石を握りしめたまま歯を食いしばる。だがゆかなければならなかった。戻ったところで、見るものは同じなのだ。すぐに駆けつけるはずの見張りの戦人は、誰ひとりあとを追ってこないではないか。

石室の奥に、こちらに背を向け人が立っている。見紛《みまご》うはずもなく、犀利だった。その美しい横顔が、石の床に落ちた松明に明々と照らされている。手には太刀。足元には倒れ伏した人々。

犀利は太刀の切っ先を、唯一生き残っている族長に突きつけていた。突きつけたままつぶやいた。

「来たか、ナツィ」

「犀利……」

声が出ない。族長と目が合う。あの穏やかな老人の瞳に、憎悪が燃えている。

「お前たちを信じたわたしが愚かだった」

族長は低くつぶやいた。その手には、朱色に輝く石がある。翡翠《ひすい》のようにきめ細かく、おのずから光を放つ、不思議な石。

ああ、とナツィは苦しく息を吐く。わたしはあの石を知っている。ずっと知っていたんだ。

「阿多骨の神石を渡してほしい」犀利は静かに族長に告げた。「もし渡せば、命までは取らない」

「笑わせるな『鷺』め」と族長は撥ねつける。「我が子をことごとく斬り伏せてから、今さら生かすと？　ふざけるな！」

　そして衣を片肩袒《かたかたぬ》ぎして腕の文様を晒《さら》すと、朱色に輝く神石をむんずと摑《つか》み命じた。

「あの者を、骨も残さず受けいれよ！」

　石がひときわ輝いて、赤い閃光《せんこう》が石室に放たれた。族長の腕までもが赤く染まっている。腕に絡みついた見事な神北文様が熱した鉄のように輝き、ひとりでに剝《は》がれていく。宙に浮きあがる。そして次の瞬間、鞭《むち》のようにしなって犀利に襲いかかった。

　虚を衝《つ》かれた犀利は後ずさるが、朱色の文様は逃さなかった。犀利の首にまとわりつき、締めあげようとする。

「犀利！」

　ナツイは動転していた。どうする、どうすればいい。

「わかっているだろう！　あんたの石を！」

　両腕で文様を引き剝がそうとしながら犀利が叫ぶ。

「その胸にさげた石に命じろ！」

　化け物石を握る手が震える。そうだ、石だ。なにがあっても、なにを措《お》いても犀利を守る。それがナツイの石。心の中心に掲げた揺らがぬ石。守るのだ。守るために化け物石を使え。化け物の力を――神石の力を解き放て。

　一言告げればいい。族長を殺せと。わたしたちを受けいれてくれたひとを、ともに生きようと約束してくれた部族の長《おさ》を。

「ナツイ！」

蠢《うごめ》く文様に取り囲まれた犀利の顔が白く変じていく。ナツイはあえぐように息をして、神石を掲げる。守らなければ。救わなければ。

だが一向に言葉が出てこない。掠れた声ひとつすら。

「ナツイ……」

犀利の声が細まり途切れようとしたそのとき。

「充分待ってやったぞ」

背後から声がした。同時に視界の端を矢が走り、阿多骨の族長が悲鳴をあげた。次々と矢が打ちこまれる。族長の手から、朱色の石が転がり落ちる。とたん、犀利の首を締めあげていた文様も、ぱたりとかき消えた。

石室には、静寂が訪れた。

ナツイは息をひそめて振り向いた。

見張りをしていた阿多骨の戦人たちの屍《しかばね》を踏み越えて、弓に矢をつがえた戦人たちが入ってくる。

率いているのはモセだった。

ナツイに、蔑《さげす》みの目を向けていた。

「己の石に誓った男すら守れないとはな、軟弱者め」

声もないナツイの前で、犀利は朱色の石を布に包んで拾いあげる。

そしてナツイに、悲しみに満ちた目を向けた。

なぜ。瞳《ひとみ》はそう問いかけていた。


里を取り囲まれた阿多骨の戦人たちは、決死の応戦むなしく斃《たお》れていった。勝負にもならなかった。まるで心が折れてしまったようだった。

実際折れてしまったのだろう。神石とは、自らに思いを注ぐ民に強力な結束と誇りを与えるものだという。だが犀利に奪われた今、その支えはなくなった。心にぽっかりと穴があいてしまった。

支えを失った人々とは、こんなにもあっけないのだ。

空は煌々《こうこう》と明るかった。燃やし尽くす火。ほのかな夢も憧《あこが》れも、穏やかな生活すらも奪っていく。

そして夜になった。ナツイと犀利は、戦後の略奪にも『鷺』の宴《うたげ》にも加わらなかった。ただ石室のそばの倒木に、すこし離れて座っていた。犀利は『鷺』の紺の小袖《こそで》に着替えて、ナツイは汚れた晴れの衣のまま。犀利はなにも言わない。ナツイも犀利を見ようとはしない。

なぜ。

犀利の悲しみをたたえた視線を思い起こす。なぜ俺を守ってくれなかったのか。犀利の目はそう問いかけていた。

それでナツィは悟った。犀利が危機に陥ったのは、わざとだったのだ。ナツィに自分を助けさせようとして、あえて阿多骨の族長が振るった権能に捕まった。

神石は自らに思いを注ぐ者に、対価として不思議な力――権能を貸し与えるという。

痣黒の神石は瞬《まばた》きひとつのうちに、心に抱いた理想の夢が叶《かな》った未来の自分を見せる。そして阿多骨の神石の権能は、腕を這《は》う文様を自在に動かし、なにかをその文様のうちに取りこもうとする力だった。

まさに阿多骨の石そのもの、『受けいれる』権能。

犀利はわかっていて、あえて族長に権能を使わせた。陥らなくていい危機に陥った。モセが見ているその面前で、ナツィが立派に自らの石に従って、『鷺』の夢を追い求められると証明しようとした。

証明して、ナツィの居場所を作ろうとしてくれた。

ナツィのために。

なぜ、と奥歯を嚙《か》みしめる。なぜだ、なぜ。犀利の瞳が投げかけた問いは、ナツィの中にこそ渦巻いている。焰《ほのお》となって身を突き破り、燃えあがろうとしている。大事に抱えてきた石の肌を舐《な》めあげて、包みこみ、ひびをいれようとしている。

「はじめからあなたは、阿多骨の神石を奪うつもりだったんだな。全部めちゃくちゃにするつもりだった」

闇を見つめたまま、ナツィは口をひらいた。

『鷲』は、犀利は、阿多骨の民の命のみならず、すべてを奪おうと考えた。誰ひとり逃がすつもりがなかった。阿多骨の歴史と文化を支えた、誇りと矜持《きょうじ》そのものを葬り去ろうとした。

「なぜだ。なぜそこまでする必要があった」

「じゃああんたは、阿多骨が正しかったと言いたいのか？」

犀利もまた闇を見つめている。「神北を屈させようとやってきた鎮守将軍に尻尾《しっぽ》を振り、媚《こ》びへつらって受けいれることこそ、神北を守る唯一の道だと」

「……そうじゃない。神北を守るためには、朝廷の官人も、軍勢もひとり残らず追い出さなきゃいけないんだ」

「だったらわかるだろう。阿多骨族が犯した裏切りを思えば、シキさまが完膚なきまで叩《たた》きつぶそうとされるのは道理だ。根絶やしにしなければ、また朝廷の手先として勝手をはじめる。これしか道はなかったんだ」

「わたしが訊《き》いてるのはそこじゃない」

「一なる王を立てるには、他の神石は邪魔なんだ。神石とは、部族の石を守り強めるものだ。石なる形のないものに形を与え、守り、帯びた力を溜《た》めておく器だ。そんなものがいつまでもそれぞれの部族に残っているから、この期に及んでも神北は、真に優れたひとつの石を選べない。統一されない。それどころか朝廷につけいる隙を与えている。

だから痣黒のエッロさまは今までも、ひそかに他部族の神石を奪ってこられた。神石を失えば、神石に頼ってきた『十三道』の部族は結束を維持できない。寄る辺を失い、容易かつ強力に心を支えてくれるなにかを探す。痣黒の石が見せる、理想の夢に深く傾倒する。誰より熱心に痣黒の石を心に抱く。イアシのように」

「そういうことを訊いてるんじゃない！」

淡々と告げる犀利に、ナツィは我慢がならなくなった。

「なぜあなたは、自分の切なる望みに寄り添わず、『鷺』の――痣黒の石に従ったのかって訊いてるんだ！」

立ちあがり、涙ながらにわめき散らした。わめかないではいられなかった。

「あなたは穏やかな生活を望んでいたじゃないか。そしてわたしを想ってくれた。『鷺』の活動に熱心に身を入れたのも、わたしの居場所を見つけるためだと言ってくれた。わたしは居場所を見つけたんだ！　ここで、この阿多骨で。なのに――」

「ナツィ、静かに。誰かの耳に入ったら困る」

「構うもんか！」

ナツィは腕を振り回した。犀利の声など聞きたくないと初めて思った。

「落ち着いてくれ、あんたは感情に走っている。俺はあんたのためにこそ――」

「どの口が言う！　やっぱりあなたは変わってしまった。今の犀利が大切なのは、自分自身でもわたしでもない。理想の夢だ。夢を追い求めるためなら、なにを壊したって仕方がないと心から信じているんだ」

幼子を盾にする『鷺』の戦人のように。死んだ家族をせせら笑うイアシのように。

「違う」

と犀利は泣きそうな顔をした。「俺は変わっていない。なにより大切なのはあんただ。だからこそ心を鬼にして、歯を食いしばって阿多骨を討った。なぜわかってくれない」

「わかってないのは、あなただ」

ナツイはふらふらと後ずさった。

言葉がなにも出てこない。泣き叫びたい。犀利を、自分を思いきり殴りつけたい。犀利がこれほど自分が見えなくなっていると、それほどまでに夢に溺《おぼ》れていると、なぜ今まで気がつかなかったのか。

わたしのせいだ。わたしがこのやさしい男を業火に引きいれた。変えてしまった。

それに。

――阿多骨を滅ぼしたのだってわたしなんだ。

もっと早く犀利を問いただすことだってできた。おかしいなと思う瞬間はいくつもあった。そもそもナツイは知っていた。犀利がどうするつもりかを知らずとも、なんのために自分が阿多骨にやってきたのかは理解していた。理想の夢を追い求めることよりも、心に決めたただひとりに従うよりも、阿多骨の人々が大切だと、ここが自分の居場所だと一瞬でも思えたのなら、たとえ犀利を裏切ってでも、大事に守ってきた石を砕いてでも、糸彦に早く真実を告げるべきだった。阿多骨の人々をこそ守るべきだったのだ。

なのに、わたしはなにもしなかった。

動かず、考えもしないで、目をつむり、ただ従っていた。

頑《かたく》なに石を守っていた。

天を仰いだとき、背後で落ち葉がかさりと鳴った。

はっとナツイは身構えた。なにか来る。足を引きずるような音や荒い息も交じる。獣ではない、人だ。手負いで、瀕死《ひんし》の人。

阿多骨の民であるのは疑いようもなかった。命を削って、石室に向かおうとしている。

犀利も気づいたのか、音もなく腰の短刀を抜き放った。ふたりは息をころし、揺れる笹藪《ささやぶ》を見つめる。

やがて藪をかきわけ、男がひとり現れた。身体中に傷を負い、血を流し、刀を引きずるようにして、なんとか身体を前に運んでいる。

そのかんばせを一目見るや、ナツイは声を失った。犀利でさえ、短刀を構えていた腕を思わずおろす。

それは、糸彦だった。

「犀利、ナツイ。生きていたのか、よかった」

糸彦は口元を緩めて、ふらふらと犀利に近寄ろうとした。だが犀利の首に、贈った覚えもない大珠がかかっているのを目にしたとたん、表情がするりと抜け落ちる。

「……お前たちが、やったのか」

掠《かす》れきったつぶやきが、すべてを悟ったのだと伝えてくる。血と土に塗《まみ》れた頰がわなわなと揺れたときには、糸彦は耐えられないように片膝《かたひざ》をついていた。

「すべて嘘だったのか。駆け落ちも、我らへの思いも。すべては我らを滅ぼし、我らの神石を奪うのが目的だったのか？」

犀利の瞳《ひとみ》が揺れる。息を吸って、感情を押し殺したような声で告げた。

「そうだ。我ら『鷲』の長、シキさまは、阿多骨族の屈辱の死を所望された。はじめから俺たちは、阿多骨の神石を奪うためにこの里へやってきた」

「そんな、嘘だ……」

「嘘じゃない」

犀利は懐から、まるで呼吸するように朱色の光を明滅させている小さな石を取りだした。阿多骨の神石。『受けいれた』末に、滅びた部族の石。

その輝きを、糸彦は瞬きもせずに凝視した。ふいによろめき、力なく座りこむ。

「なぜだ。なぜ『鷲』などに与《くみ》する。穏やかに暮らすのが夢ではなかったのか」

「だからこそだ。一なる王を戴《いただ》かなければ、四方の勢力を討ち果たせない。討ち果たさなければ、真に穏やかな生活は得られない。だから最善を尽くすと決めた」

「最善？　この所業のどこが最善だ。今まで『鷲』がなにをしてきたか知っているだろう。『十三道』の不可侵の盟約を破り、同胞《はらから》を滅ぼし、神石を奪ってまでなる王が、そんな王を戴く国が栄えるものか！　お前ほどの男がなぜ騙《だま》される」

「騙されているわけじゃない。これが理想の夢にすぎないとはわかっている」と犀利は眉根《まゆね》を寄せた。「だが俺たちは、その夢を追わねばならないんだ。どれだけ遠い夢も、追い求めなければ実現しない。そのためには手段を選んでいられない。一なる王を立てるとは、みなが同じひとつの石を心に抱くということだ。他の石に力を与える神石は奪わなければ。なにもおかしいことじゃない。朝廷だってそうして領土を広げてきた。帳《とばり》の合間にひしめいていた箱入《はこいり》の諸国の石を砕き、早蕨の石を砕き、尖の石を砕き、代わりに四方の考え方を、四方のやりかたを強いて、同化させてきた。その結果が今だろう」

「朝廷と同類に落ちるつもりか？」

「神北には時が残されていないんだ。今すぐ一なる王と、ただひとつの石を選ばなければならない。理想の夢をがむしゃらに追い求めなければならない」

「だから同じ夢を追えぬ我らを滅ぼしたと？　夢ごときのために同胞を切り捨てたと」

「できることならば、こんな結末など迎えたくなかったんだ」

犀利の顔が歪《ゆが》む。それは心からの叫びだった。

「はじめは俺も、阿多骨など早く滅びればいいと思っていた。だが実際世話になっているうちに、ここの人々のよいところもたくさん知った。愛着だって生まれた。だからこそ、同じ夢を見てほしかった。糸彦、お前とだって、ともに戦場を駆け征討軍を蹴散《けち》らしたかった」

　そんな夢を、一度は真剣に胸に抱いた。

「だがお前がその夢を、自ら壊したんだ。お前たち阿多骨は神北ではなく、鎮守将軍に仕えることを選んだ。奴の死後ですら再三の説得にも応じず、神北を救うために命を賭《か》ける『鷲』に刃《やいば》を向けた。俺たちの石をすこしも理解しようとはしなかった。だからこうするほかなかった。神北のためにはこの道しかなかった。戦いは避けては通れないんだ。ひとつの石と一なる王を戴くための道とはそういうものだ。犠牲を払ってでも、みなで同じ石を崇めなければ。そうすれば神北の結束はいや増す。どんな大軍が押しよせようとも退けられる。真の安寧が訪れる」

「皆殺しして得られる安寧など、くそくらえ！」

　糸彦は激昂《げきこう》した。なんの騒ぎだと声を聞きつけやってきたモセやイアシ、『鷲』の戦人らになど目を向けず、早蕨刀を地に突きたて身を起こすと、血走った眼で犀利を睨《にら》んだ。

「俺の父も母も殺された。妻も腹の子も行方知れずだ。それが安寧のためだと。笑わせるな。部族のため、そして死んだ輩《ともがら》のために、お前だけは切って捨てる」

　吐き捨て犀利めがけて刀を振りあげる。それでも犀利は動かない。ナツイもまた動けなかった。大事な人の盾にすらなれなかった。

　心の石が音を立てて軋《きし》んでいる。

結局、糸彦は犀利を斬るどころか、刀を振りおろすことさえできなかった。刀の重さに耐えきれずにどうと倒れ、泣くとも笑うともつかない声を震わせる。笑い続ける。声が嗄《しわが》れている。朗らかな面影は失われている。

見おろす犀利の瞳が歪む。

やがて笑い声はぷつりと途絶え、消え入るような声がつぶやいた。

「俺は、お前たちを友だと思っていた」

犀利は唇を嚙《か》んでいる。背後でモセが、イアシがせせら笑う。

もう我慢できなかった。ナツイは糸彦に駆け寄り膝をつき、血濡《ぬ》れた肩を揺さぶった。

「糸彦、どうか希望を捨てないでくれ」

「笑わせるな。みな死んだ。お前たちが殺した！」

「死んでない。笹目たちはまだ生きている」

「ナツイ？」犀利の信じがたいような視線が背に刺さる。「まさか、あんたが逃がしたのか」

『鷺』の戦人たちもにわかに殺気立つ。どうでもよかった。背後からひと息に胸を貫かれようと構わない。ただ衝《つ》き動かされるように糸彦に声をかけつづける。

「女と子らは、里が襲われるまえに馬車で森に向かったんだ。そしてそのまま逃げた。笹目がみなを率いてうまくやったんだ。あなたの妻と子は、阿多骨の幼子たちは生き残る」

糸彦は目を見開き、頭を持ちあげ、ナツィの言葉を聞き漏らすまいと息を殺していた。

「……本当か」

瞬《まばた》きすらしない双眸《そうぼう》に、ナツィはしかとうなずいた。

「本当だ。神北の民の名に誓い、約束する」

それを聞くや、糸彦はぐったりと地に頭を預けて力なく笑った。

「未来永劫《みらいえいごう》、俺と俺の一族はお前を許さない。だが……ありがとう、ナツィ。お前の中にはやはり、阿多骨の石は息づいていたのだな」

糸彦は重い身体を引きずるようにして、立ちつくしている犀利に目をやった。

「犀利。もしお前の中にも、ほんのわずかにでも我らの石があるのなら、どうかその手に握った、我らの神石を砕いてくれ」

糸彦は腕を伸ばす。震える指のさきは、犀利の持つ朱色の石へ向いている。

「妻子を、幼子たちを、我らの石に縛りつけたくはない。失った部族の誇りを取りもどそうとお前たちに挑み、殺されるのなんてもうたくさんだ。恨みも憎しみも、なにもかも忘れていい。ただ生きてほしい。生き延びてほしい。そうだろう？　サイリ。だからお願いだ。我らの思いの結晶を、文化や歴史の礎を、その器を、お前の手で砕いてくれ」

「……できない」

犀利は顔を歪ませた。「神石を割ることは、もはや誰にもできないんだ。『石砕きの刀』は、維明の死とともに失われてしまった」

「いや、できる。なぜならお前は、サイリだからだ。なあ、俺は『波墓の碧《あお》』を見たときから、ずっとわかっていたんだ。お前がお前なりのやりかたで神北を守ろうとしていると、知っていたんだ」

なにを言っている。誰の話をしている。戸惑うナツイの声などもはや、瀕死《ひんし》の男には届いていない。糸彦は、幻と現《うつつ》の区別がついていないような目で犀利を見つめ続ける。

「サイリ、託したからな。俺の願いも、魂も」

そして自分の胸を指差した。とどめを刺してくれと乞《こ》うた。

犀利は唇を噛んだ。のろのろと身を動かし、馬乗りになる。短刀の切っ先を糸彦の胸に向ける。

犀利は泣いていた。

第五章　碧《あお》い石

阿多骨の女と幼子を逃がしたかどで、ナツィは重い罰を受けた。『新宮』近くの里には戻れず、東の隠れ里の外れで、樫《かし》の幹に括《くく》りつけられ晒《さら》された。

木の葉がすっかり落ちた森には、冷たい風が吹きすさぶ。

見張りの戦人が当たる焚《た》き火が風に激しく揺れるさまを遠く見つめながら、このまま凍えて死ぬかもしれない、とナツィはぼんやりと思っていた。

それも自ら引き寄せた運命なのだろう。はじめから、あの恐ろしい石神の姿をした鎮守将軍が予言していたではないか。

このまま『鷲』にいれば、ナツィは必ず不幸になると。

――戦人の魂は、愛《いと》しい者の心と、とどめを刺した者の中で生き続ける。

であればナツィの中には、今も維明の魂が息づいているのか。身の隅々にまで染みこんで、ナツィを衝き動かしているのか。だからこんな悲惨な結末に至ってしまったのか。

ここでナツィが死ねば、維明の魂も、引き取り手のないナツィの魂ごと消えてなくなるのだろうか。

震えて音を立てる歯を嚙《か》みしめていると、毛皮の衣が背にかけられた。顔をあげると、弱々しい日の光に照らされ犀利が立っている。神北文様の帯を締め、肩に立派な毛皮を打ちかけ、ナツイを見おろしている。

その瞳《ひとみ》には悲しみと、わずかな苛立《いらだ》ちが滲《にじ》んでいた。

「笹目たちをどこへ逃がしたんだ、ナツイ」

静かな調子で、犀利は問いただした。

「自分から話すんだ。そうすれば、こたびだけは許すとシキさまも仰《おっしゃ》っている」

ナツイは目を逸《そ》らした。拷問してでも聞きだせと激怒しているモセを、懸命になだめてくれたのが犀利だとは知っている。それでも口をひらくつもりはなかった。マツリ草など使われた際には、舌を嚙んで死んでやる。

木立の彼方《かなた》で、鳥が物悲しげに鳴いている。

「……殺すしかないんだ、それがお互いのためだ」

やがて犀利は力なく続けた。

「阿多骨の神石がある限り、その矜持《きょうじ》も誇りも、生き残った者たちの心に強く残り続けてしまう。そうなればあんたが逃がした女が、長じた子どもたちが、必ず復讐《ふくしゅう》に来る」

阿多骨の印を刻みこんだ大珠を胸に、刃《やいば》を振りあげる。

争いが起こる。殺し合いが始まる。

「ひとつになった神北に、そういう無為な争いの種を残してはならない。だからエツロさまもシキさまも、神石を奪った部族を皆殺しにしてきた。みなのためなんだ」

ナツイは浅く息を吐いては吸った。唇が震える。寒さのせいではない。言葉にならない。あの日が過ぎても、わずかな望みを捨てられなかった。もうなにもかもが終わっているのはわかっているのに、認められなかった。

だが逃げられない。認めるしかない。

今の犀利に、なにを言っても無駄なのだ。

「どうして」

涙が落ちる。どうしてそんな恐ろしい言葉を、さも理屈が通っているように、理解できないナツィが悪いかのように吐く。吐くことができる。

どうして、どうして。

「……どうしてと問いたいのは俺のほうだ」

犀利は両手を握りしめ、押し殺した声で言った。

「あんたの居場所を作るために、必死で『鷺』に食らいついてきた。今回だって、あんたのためだったんだ。あんたは阿多骨を滅ぼした功績により、『鷺』の実力者と認められるはずだった。一人前にはなれずとも、居場所を得られるはずだった」

「犀利、わたしは――」

「自分で考えたくない、判断したくないというあんたのために、すべて俺がやったんだ。阿多骨の田畑に出入りする移民を懐柔して、イアシと連絡をとって、神石を奪うために族長一族を殺して。世話になった人々を裏切るのは苦しかった。でもなんとか耐えた。耐えさえすれば、あんたの未来が、あんたと俺の未来が拓《ひら》けると信じていたから。……

なのに」

犀利の瞳に憤りと苦しみが滲む。なぜ、と訴えかけている。まっすぐに、目をすこしも逸らさず助けを求めている。

だからこそ、堪《こら》えられなかった。

「犀利、それは違う」

涙の玉が次々と瞼《まぶた》のふちに膨らんでいく。頬を伝って落ちてゆく。

「なにが違う。あんたのために俺は――」

「犀利が阿多骨を滅ぼしたのは、わたしのためでもなければ、あなた自身のためでもない。理想の夢のためだろう！」

他にも道はあったのだ。ナツイのため、なにより自分自身の幸せのためであれば、こんな悲しい道は選ばなくてもよかった。だが犀利はあえて選んだ。ナツイのためと言い訳して、別の未来を自ら捨てた。

犀利はなにも冷徹に、冷酷にことを運んだわけではない。阿多骨の人々に心を寄せていたからこそ苦しんでいたのは、隣で見ていたナツイが誰より知っている。それでも犀利は、『理想の夢を追い求めよ』と強いる石に従った。夢のためなら仕方がないと、自らの真なる望みと心ごと、やさしい人々を諦《あきら》めた。

「あなたは他人に抱かされた石に囚《とら》われて、誰より大切な、たった、ひとりすら――自分自身すら、大切にできなくなってしまったんだ」

そうだ。死に際の維明が言ったとおりだった。

あの鎮守将軍には見えていた。ナツイが石ばかりに囚われ自分自身をなおざりにしていると、その当然の帰結として必ず不幸になるとわかっていた。なにも見えていなかったのは、見ないように目をつむっていたのはナツイだ。

犀利が鋭く息を吞《の》む。顎《あご》があがる。

口の端に力を入れ、息を殺して、ナツイと犀利は対峙《たいじ》した。見つめ合い、睨《にら》み合った。

日が陰る。光が雲に吞みこまれていく。

「あんたは、俺を守ってくれるんじゃなかったのか」

犀利の口から絶望の声が漏れる。もはやそれはナツイに向けられたものではなかった。

やがて犀利は口を引き結び、ナツイの前に膝《ひざ》をつく。

絹の包みを広げてみせる。

「ナツイ、これを使って笹目たちを殺せ」

石だった。

なんの変哲もない白い石。楕円《だえん》の形で、すべすべとした、首にかけるための石。

ナツイが維明を殺した石。

罰を受ける際に取りあげられていたそれを、犀利は再びナツイに渡そうとする。

「もうわかっただろう。あんたがずっと大珠代わりに持っていたこの石もまた、滅びた部族の神石だ」

犀利は絹ごしに、左右に傾けてみせる。死んだように沈黙する白の光沢が、薄暗い森に昏《くら》く輝く。

「本来神石に直《じか》に触れられるのは、その石に帰依した者だけだ」

犀利は、ずっとまえから知っていたような声で言った。「もしこの神石に無関係な者、とくに別の神石に帰依した者が触れれば、すぐさま乗っ取られる。白髪を振り乱し、額から角を生やした神と化す」

ナツイの脳裏に、ユジの最期が浮かんだ。維明の急襲を受けたとき、おそらく他の部族から奪ってきた神石を、ユジは拾おうとした。そして素手で触れて、絶叫をあげた。髪が光り輝き、額がめりめりと音を立て――そして維明に首を刎《は》ねられた。

維明は、ユジが石神に乗っ取られないよう始末したのだ。

「この神石の由緒を、それとなく伯櫓さまに訊《き》いたんだ。どうやらこの神石に思いを注いだ部族は十年以上前に全滅したらしい。当然あんたもその部族の出身なんかじゃなく、帰依だってしていない。土の中に埋まっていたこれに、どんな信条が刻まれてきたかさえ知らない。なのに乗っ取られず、直に触れられる。触れられるどころか、石の権能を借りられる。そういうことは、ただびとにはできないものだ。だからグジは、お前は化け物かと言ったんだ。人の心を失った、何者かになり果てたと」

「違う……」ナツイは何度も首を横に振った。「わたしはわたしだ」

「わかってるよ」

と犀利は、まるでかつての犀利のように微笑んだ。

「あんたはあんただ。俺の大好きなナツイだ」

「犀利」

「きっとあんたは特別なんだ。大事なのは、あんたはこの神石に溜《た》めこまれた思いの力を、人を殺す権能に変えられるってことだ」

さあ、と犀利はナツイに神石をさしだした。

「あんたにはまだ挽回《ばんかい》の機会がある。シキさまやモセさまが見守る中で権能を使え。今度こそ阿多骨の息をとめろ。そうすれば『鷺』への忠心は証明されるし、維明を殺したのがあんただとも信じてもらえる。神にならずに神の力を使えるあんたを、みな崇める。あんたは今度こそ、『鷺』に居場所を得られる」

ナツイは涙を堪《こら》えた。

犀利はもはや、『鷺』を離れて物事を考えられないのだ。『鷺』の戦人であることが、どう『鷺』の中で認められるかがすべての前提になっている。だからナツイに化け物の力を使えと言う。せっかく生き延びられた阿多骨のかわいい幼子を殺せと命じる。

ならばもう、残された道はひとつしかない。

「……わかった、殺すよ。わたしの手で片をつける」

ナツイはうつむき、小さな声で言った。

「右手だけでいい、縄をほどいてくれ。まずはここで、今もその石に触れても石神に乗っ取られないか確認したい。もし神になるようなら、首を刎ねてくれていいから」

「怖いことを言わないでくれ」

犀利は心から恐れているようにつぶやきながら、ナツィの右手の縄を解《ほど》きはじめる。

この声もこれが聞き納めかと、ナツィは切なくなった。好きだったのだ。もっと好きになれると思っていた。ふたりで苦労を分かち合い、笑い合い、生きていける気がしていた。

でもそんな夢も終わりだ。

ナツィ自身がここで断ち切るのだ。

この神石で、この場で犀利を殺して終わりにする。

犀利が悪いわけではない。悪いのはナツィだ。ナツィが犀利にこの血染めの道を歩ませた。変えてしまった。

だからこそ、ナツィ自身がけりをつけねば。

再び大切な人を得ようなどと、身の丈に合わない夢を追い求めたのが間違っていた。お前なんていらないのだと、憎んでいるのだと、そんな思いしか向ける価値がない女なのだと、『若』がずっとまえから教えてくれていたではないか。

はじめからわかっていたのに。

縄が落ち、右手が動くようになる。犀利が絹に包まれた石をさしだす。ナツィは腕を伸ばした。指先が震える。あとすこしのところで手が出ない。ひるむな、守るためだ。

己の石に従え。終わらせろ。

なのに手が届くという瞬間、ふいに犀利が手を引いた。

「やっぱりやめよう、夢よりなにより、俺はあんたが――」

その拍子、ナツィの指先が石を包んだ絹にひっかかり、布の合間から神石が転がり落ちかける。

あ、と思ったときには、犀利がとっさに腕を伸ばしていた。息を詰めるナツィの脳裏に、死に際のユジの姿がよぎる。あのときもユジは、自分のものではない神石に手を伸ばし、そして――。

「だめだ、触るな！」

遅かった。犀利の手が白い神石を握りこむ。ナツィの喉《のど》から悲鳴がほとばしる。犀利が乗っ取られる。神になってしまう！

なのに、悲鳴が闇の向こうへ消えたあとも、犀利の髪が白く輝き、額を角が突き破ることはなかった。

なにも起こらなかった。

ただ張りつめた静けさだけが、冷え切った森を流れてゆく。

「……犀利？」

吐息のように細い、怯《おび》えた声をかける。

犀利は神石を握ったまま微動だにしない。目をかっと見開いて、虚空を凝視している。

「犀利、大丈夫なのか？」

やはり反応はない。今の今まで殺そうとしていたのも忘れ、ナツイは青くなって呼びかけ続けた。

「神石に乗っ取られたわけじゃないだろう？　返事をしてくれ、なあ」

どうした、と騒ぎを聞きつけた見張りの戦人が、遠くで腰を浮かせたのと同時。

犀利は顔をあげた。ナツイを睨《ね》めた。

碧《あお》を宿した瞳《ひとみ》が歪んでいる。烈火の怒りに染まっている。激しい憎しみを滾《たぎ》らせて、はっしとナツイを射貫《いぬ》いている。

なぜ。

頭に浮かんだときには、犀利の両手がすばやく伸びて、ナツイの首を締めあげていた。歯を軋《きし》ませ、鬼の形相でナツイの息の根をとめようとしていた。

ナツイはもがいた。苦痛と疑問が火花を散らす。記憶の彼方《かなた》の『若』の目と、眼前の犀利の怒りに震える瞳が重なり交じりあう。どうしたんだ、犀利、やめてくれ、やめて、変わらないで。

「犀利！」

枯れ声を振り絞り、必死にあえいだ。声にならない声で、苦痛に霞《かす》む意識の中で、ただ縋《すが》るように名を呼ぶ。

「犀利、サイリ！」

「……くそ」

ふいに締めあげが緩み、ナツイは激しく咳《せ》きこんだ。ぼやける視界のさきで、戦人らが数人がかりで犀利をナツイから引き剝《は》がしている。犀利は歯を食いしばっている。その瞳がどんな感情に染まっているのか、ナツイは懸命に捉《とら》えようとした。叶わぬうちに、犀利は縋る視線を払いのけるように顔を背けて立ちあがった。

ナツイの神石を懐にしまいこみ、腰に差していた愛用の古い早蕨刀《さわらびとう》の柄《つか》を握りしめ、毛皮を揺らして足早に遠ざかっていく。

「犀利、待ってくれ」ナツイは荒い息の合間から叫ぶ。「犀利！」

犀利はほんのいっとき立ちどまった。振り向かないまま低く告げた。

「すぐに戻る」

聞いたことのない声音だった。

まるで歯のあいだから絞りだしたような、別人のような、そんな声だった。

見張りにわけを聞かれても、ナツイはなにも答えられなかった。再び両腕を縛られ、ひとり林の中に残されてからも、呆然《ぼうぜん》と座りこんでいた。力が入らない。手が大きく震えている。どれだけ落ち着けと自分に言い聞かせても、震えは収まるどころか広がっていく。身体中を侵してゆく。

なかったことにしたかった。気のせいだ、悪夢だ。だが首筋に残る感触は生々しく、血管はどくどくと脈打っている。恐怖がもたらした興奮に、心臓が跳ねあがっている。

――あれは、犀利じゃない。

信じがたいほど強い力で、ナツイの首を一気に締めあげようとした、殺そうとした。あのひとがそんな真似をするわけがない。たとえ今の、道が分かたれようとしている犀利であろうと。

ならばアレは誰なのだ。石神なのか。犀利の身体を乗っ取ったのか？　犀利の髪は黒く、瞳もいつもどおりの色だった。深い碧に、ナツイの怯えた表情をしかと映していた。石の角だって生えていない。

それでも乗っ取られてしまっているというのか。犀利の身体を得たおぞましき石神が、ナツイの首を絞めたのか？　なぜだ。なぜ石神がナツイを殺す。あれほどの憎しみの瞳を向ける。

そもそも、石神とはなんなのだ。

息があがる。とめどもなく疑問が溢《あふ》れ、はち切れんばかりにナツイの身のうちで膨らんでいく。溺《おぼ》れそうだ。もはや心の石にびっしりとこびりついた父の命でさえ、考えることをとめられない。なぜ、どうして。わたしはどうすればいい！

かすかな匂いが鼻をかすめた。不安を兆す匂い。それが煙のそれだと悟ったとたん、ナツイは顔をあげ、息を呑《の》みこんだ。

隠れ里の方角の夜空が赤い。火だ。誰かが隠れ里に火を放った。

見張りの戦人が動転しながら駆けていく。激しく風が吹きすさび、炎を煽《あお》りたてていく。

焦りがせりあがってくる。いても立ってもいられず、両手を縛《いまし》めている縄を死にものぐるいで引っ張った。だが縄は解《ほど》けない。解けないうちに、つと目の前に人の気配がした。

立っていたのは犀利だった。

否、犀利の姿をした、なにかだった。

太刀を佩《は》いた他は、さきほどまでと身なりはいっさい変わっていない。さきほどと同じ、矢鹿《あかしか》の豊かな毛皮を肩に打ちかけ、漆黒の衣をまとっている。

なのに一回りも、二回りも大きく見えた。犀利とはこれほど胸板の厚い男だったか？　不用意に漏らした息ひとつすらたちまち見咎《みとが》め叩《たた》き斬りそうな張りつめた気配を、指のさきまで宿していただろうか。

なによりその瞳から、犀利がどれほど変わろうとも消えなかったやわらかな色合いは失《う》せている。白骨晒《さら》す冬の風より冷ややかにナツイを見おろしている。

「来い、山猫」

犀利の姿をした男はやはり聞いたこともない声で告げると、しゃがみこみ、ナツイの縄を切ろうとした。ナツイはがむしゃらに振りはらう。

「触るな！」

「このまま死にたいのか？」

猛禽《もうきん》に睨《にら》まれた鼠のごとく身が縮みあがり、動けなくなった。樫《かし》の幹に押しつけた背に冷たい汗が流れていく。だがナツィは頬に力を入れ、嚙《か》みつくように口をひらいた。ひるんではいられないのだ。

「お前は誰だ」

答えはない。口の端が震える。歯を剝《む》き叫ぶ。

「お前は、誰なんだ！」

「すくなくともお前の知る者ではない」

「嘘だ」

「犀利などという愚かな男は、そもそもこの世に存在しないのだ」

「嘘をつくなと言っている！」

「その証《あかし》を見せてやろうか」

怒りを滾《たぎ》らせるナツィの目の前で、男は自分の首にかかった大珠を荒々しく摑《つか》みあげた。腰から短刀を抜き放ち、大珠に刻まれた痣黒の印へ切っ先を打ちつける。

翡翠《ひすい》は硬く、この程度では割れはしない。せいぜい白く傷跡がつくだけだ。それでもナツィは目を見開き、息さえとめて、幾度も振るわれる切っ先を見つめていた。見つめることしかできなかった。一人前の戦人にとって、大珠の印は誓いの証。神石と、神石に刻まれた部族の石を受けいれる代わり、その輝きの恩恵を得るという約定の証。この男が犀利ならば、命を失ったとしても傷つけるわけがないものだ。

なのに。

痣黒の印を容赦なく引っ掻《か》き回すと、男はあっさりと大珠を投げすてた。それきり一顧だにしなかった。

石塊《いしくれ》のように放られた大珠は、乾いた落ち葉の上で鈍い音を響かせる。その沈んだ緑が目に飛びこんできたとき、ナツイの胸の底で膨らんでいた確信が恐怖と混じり合い、強烈な吐き気となってせりあがってきた。

これは、犀利じゃない。

あえぐように息をしたときだった。

「いたぞ！」

隠れ里のほうから怒号が近づいてきた。イアシを先頭に数名の戦人が林を駆けてきて、あっという間に犀利の姿の男を取り囲む。どの顔にも戸惑いが浮かんでいる。ナツイと同じく、動揺している。

最後にやってきたのは軍師の伯櫓だった。伯櫓は長い毛皮の衣を引きずり息を切らし、信じられないように問いただす。

「犀利、誰ぞが我らが里を焼いたのだ。そればかりか阿多骨の神石まで奪っていった。こちらに賊は来なかったか」

男は口をひらかない。伯櫓は窺《うかが》うように身をかがめ、男がいっさいの反応を返す気がないと悟って青ざめた。

「……お前が火をつけた姿を目撃した者がいる。まことか。まことにお前が為《な》したのか」

男は自らを取り囲んだ戦人を鋭く見回すと、今度は低く答えた。

「そのとおり」

「なぜだ。お前ほどの戦人が……」

「理由など、誰よりお前とシキが知っているだろうに」

男は小さく嗤《わら》ったようにさえ見えた。と思えば伯櫓を射るように見つめ、ゆっくりと問いただす。

「伯櫓、俺の顔を見忘れたか？」

「……犀利であろう」

「違う」

伯櫓は記憶をたぐるように眉《まゆ》を寄せた。ふとなにかに気がついたように瞬《まばた》いて、潮が引くように青ざめる。男を凝視する瞳《ひとみ》がみるみる歪んでいく。恐怖に引きずりこまれていく。

「……お前は死んだはずだ、確かに、あのとき」

伯櫓はふらりと後ずさる。男の表情は動かない。

「いつの話をしているつもりだ。お前たちが我らの里を焼き払ったあの日のことか？　それとも、そこの小娘が愚かにも、波墓の神石に頼って俺を殺そうとしたときの話か」

伯櫓はなにも答えられない。ナツィも同じだった。なんの話だ。神石に頼って殺そうとした? この男を?

「そんな、まさか、では――」

「伯櫓よ」

とうとう尻餅《しりもち》をついた伯櫓からひとときも目を離さず、男は太刀の柄《つか》に手をかける。

「よくも我が父の恩を忘れ、我らを裏切ったな」

そして一歩、踏みだした。同時に太刀を抜き放ち、ためらいもなく伯櫓の首を刎《は》ね飛ばした。

一瞬だった。誰も動けなかった。静寂が、枯れ木の林を支配した。

次の瞬間には、我に返った戦人たちが雄叫《おたけ》びをあげて早蕨刀《さわらびとう》を振りあげる。しかしそのときには男の刃《やいば》は鋭い弧を描いて翻り、手近な戦人の喉元《のどもと》を切り裂いていた。

信じがたいほど男は強かった。戦人の半分は悲鳴をあげる暇もなく急所を突かれ、あとの半分は挑みかかった拍子に腕を斬られて絶叫をあげた。

気づけば色を失った林の奥で、いまだ両の足で立っている戦人はただひとり、イアシだけになっていた。

「……犀利、なぜだ」

イアシは怒りで小刻みに震えながら、早蕨刀を握りしめている。勝ち目がないのを悟っている。

「なぜお前が……」

イアシはそこまで言って、なにかに気づいたような厳しい瞳をナツィへと向けた。

「お前も共犯か、ナツィ」

「違う！」とナツィは叫んだ。「それにこれは犀利じゃない。この男は犀利を乗っ取っているんだ！」

「ふざけるな」と今度は犀利の姿をした男が怒りを滲《にじ》ませる。「この身はもとより俺のものだ」

「なんでもいい、裏切り者め、死にさらせ！」

イアシは早蕨刀を大きく振りかぶり、叫び声をあげて踏みこんだ。完全に頭に血がのぼっている。

一方迎え撃つ男の表情は、ぴくりとも動かなかった。打ち合いにすら至らず勝負はついた。イアシは足を払われ大きく崩れたところを、手首を突かれて早蕨刀を取り落とした。喉元に刃を突きつけられては吹き矢を取りだすことすらできない。とうとう観念したように目をとじる。

しかし男は、痛みに息を弾ませるイアシにとどめを刺そうとはしなかった。

「去れ。そしてシキとエツロに、俺が髑髏の谷の底から蘇《よみがえ》ったと、お前を必ず殺しにゆくと伝えろ」

「お前は誰だ。生き返ったとはいったい――」

「わからぬのなら教えてやろう」

と男は碧《あお》の滲む瞳を歪《ゆが》めた。

「我が名はさきの持節鎮守将軍、維明である」


維明。

イアシは真っ青な顔でその名をくり返し、ふらふらと走り去った。

残されたナツィは、ただ呆然《ぼうぜん》と反芻《はんすう》する。

持節鎮守将軍、維明。

『鷲』の仇敵《きゅうてき》。

ナツィが殺したはずの男。

「……維明は死んだはずだ」

嘘だ。信じられない、飲みこめない。

「あの男は死んだんだ！」

「死んだ？　お前が殺したのだろう」

伯櫓の首を無表情に見つめていた男が振り返る。ナツィを睨《ね》める。尖《とが》った眼光に射貫《いぬ》かれぞくりと身が震えた。

「だが俺は、真の意味でくたばってはいなかった。だからこそ波墓の神石に触れた瞬間、すべてを思い出し、取りもどした」

「お前がずっと首にさげていた石のことだ」

維明は左手を懐に入れ、糸彦の碧《あお》の帯に包まれた楕円《だえん》の石を取りだした。ナツィが胸にさげていた化け物石。維明を殺した石。ナツィが持っていたときは白い翡翠《ひすい》のようだったのに、今は目覚めたがごとく、ほのかな碧の光に染まっている。

「返せ、わたしが見つけたものだ！」

身を捻《ひね》って食らいついた。今すぐ取り返さねば！

だが維明はいっそう冷えびえした表情を浮かべて、足掻《あが》くナツィをあしらった。

「よりによって、この神石に俺を殺せと命じるとは愚か極まる。この石は、俺だけは殺せないというのに」

「そんなわけが――」

「なぜならば」と碧き石を素手で握りしめる。「俺はこの神石の持ち主であった波墓の部族の、唯一の生き残りなのだから」

「……生き残り？」

「ゆえにこの石は、もとより俺のものだ」

血相を変えたナツィを、維明は怒りの瞳で見おろした。

目を逸《そ》らせなかった。嘘をつくなと撥《は》ねつけてやりたいのに、なにひとつ言いかえせない。

「波墓の神石……」

滅んだ部族。

『石砕きの刀』を代々受け継いできた、碧の部族。

そうだ、言うとおりなのだ。この神石はそもそもナツイのものではない。ナツイが帰依していた石ではない。

維明の石。この男がかつて神北の民であったころ、正しく約定を結び、帰依を誓っていた石。ひとつの信念のもと、碧い石と維明は強く結ばれていた。

だからこそこの男は、触れても石神と化さなかった。化さないどころか、本来の自分を取りもどした。ナツイが維明にかけた呪いは、本来の持ち主に神石が戻った瞬間、解けてしまった。

「これで犀利なる男が生まれたわけも理解できただろう。波墓の神石はあの奇襲の夜、なぜか我らの一族になんの関係もないお前に権能を使わせて、お前の命に従い俺を殺そうとした。それでいて神石は、波墓の遺民である俺もまた守ろうとした。だから俺の記憶を封じたうえで、記憶や経験を継いで接《は》いで犀利なる男を捏造《ねつぞう》した。そればかりか副将軍の屍《しかばね》を俺だとみなに信じこませて犀利を守った。なぜこの石はそこまでしたと思う?」

「お前が、波墓のただひとりの生き残りだから……」

「違う。なんとしても生かすのが、この神石の権能だからだ。『なにを砕いても生き延びる』、それこそが波墓の石、波墓の民が古《いにしえ》より戴《いただ》いてきた信念にして矜持《きょうじ》」

だからこそ神石は、犀利という男をつくりだした。

ナツィの命に従い維明を殺して、それでも波墓の生き残りを生き延びさせねばならないという破滅の矛盾を、犀利を生み出すことによって解決しようとした。

だが、と維明は怒りに声を震わせた。

「神石は余計なことをしてくれた。犀利などという愚かで浅はかな男を生みだしてまで、俺の身体を生かさずともよかったのだ。素直に殺されたほうがましだった」

大切な人を侮辱され、ナツィはかっとなった。

「ふざけるな、犀利は愚かで浅はかなんかじゃない！　お前に犀利のなにがわかる」

「お前こそ、犀利のなにがわかっていた？」

維明はわめくナツィの前に膝《ひざ》を折る。瞬《まばた》きすらせず睨めつける。

「あの男は、穏やかな生活を与えてくれようとした人々を裏切った。神北を救うためといって、裏では他の部族を滅ぼしまわっているような者どもの掲げる馬鹿げた、叶《かな》いもしない夢を追い求めて、疑いもしなかった。心のひとつも痛めなかった」

「犀利は心を痛めなかったわけじゃない！」

ナツィの脳裏に、糸彦に手を下そうとする犀利の苦しい横顔が浮かんだ。頬を流れた涙がよぎった。あの涙もまた、犀利の本心だったのだ。

「あのひとは、理想の夢を実現させるためには仕方ないと泣く泣く手を下したんだ。この神北には王が必要だ。一なる王のもとにまとまらなければ、とても朝廷になど太刀打ちできずに呑《の》みこまれてしまう。だから強い王を立てなきゃいけないんだ。それには他の部族の神石は邪魔で……」

なにを言っているのだろう。これはまさしく、ついさきほど犀利が口にしていた理屈そのものではないか。阿多骨の人々を裏切ってでも夢を追い求めなければと自分を納得させた、犀利の心を代弁しているだけではないか。

ナツイは否定したのに。否定して、犀利を殺そうと決意したのに。

「そうして庇《かば》ってなんになる。理想の夢のためには犠牲はつきもの、いつの日か夢さえ実現できるのならそれでよし、死んだ者も浮かばれる。そう教えられたから、そうだと思いこんだのだ。目をひらかず、自分の頭で考えず、シキやエツロの都合のよいように使われて、搾り取られて、それでもよしとしていた。死すら誉れと考えていた。そんな痴《し》れ者のどこに惚《ほ》れた。どこがよかった」

「うるさい！　犀利を返せ！」

ナツイはめちゃくちゃに怒鳴った。「犀利のことをわかったように語るな！」

「わかっていないのはお前だ。俺は犀利のすべてを知っている。覚えている。だからこそ許せない。これが自分自身でないのなら、今すぐ斬り捨てていた。それでも足りない。屍を切り刻み、野に晒《さら》しても、辱めてもまだ足りない」

だったら、とナツイは維明を睨《にら》んだ。

「だったらわたしを殺せ。そして死ね」

心の奥底で、小さな石が軋《きし》んでいる。生き抜かねばと叫んでいる。それでも言った。

「お前が犀利の記憶を盗み見ているのなら、やさしい犀利を変えてしまった元凶を知っているはずだ」

そうだ、わたしが犀利を引きずりこんだ。

犀利の罪は、わたしの罪だ。

「わたしを殺せ。斬り捨てろ。そもそもお前を殺したのはわたしだ」

「言われずとも殺してやる」

維明は衝動のままにナツィの首に短刀を当てた。その手は憤怒《ふんぬ》に震えている。ナツィの喉《のど》を今にも掻《か》き切ろうとしている。

構わない、とナツィは目をつむった。わたしを犀利と一緒に逝かせてくれ。

冷たい風が吹きつける。いっそう鋼の刃《やいば》は冷えていく。

しかし、いくら待てども、その切っ先が肌に食いこむことはなかった。

「……逃げ得は許さない」

維明は低くつぶやき、短刀を腰に収めると、信じられない命を発した。

「お前は俺と来るのだ」

とっさに言葉が出てこなかった。なに寝言を言っている。恐怖にも似た猛烈な怒りが湧きあがる。喉笛に噛《か》みつくように吠《ほ》え叫ぶ。

「誰がゆくか、殺せ！」

維明にとっては、ナツイは幾度殺しても殺したりない相手。ナツイにとっても同じだ。であれば生かしておく意味がどこにある。生かされる意味がどこにある。

殺せ。早く殺してくれ。

なのに維明は、耐えがたいように顔を歪《ゆが》めながらも、再び刀を抜きはしなかった。

「温情でもかけたつもりか？　ふざけるな、今すぐ――」

わめくナツイの胸元を摑《つか》みあげて叫ぶ。

「殺せるものならとっくに殺している！」

ナツイは目をみはり、息を吞んだ。はじめてこの仇敵《きゅうてき》の、心の底からの激情を叩《たた》きつけられた気がした。

「……なにを言っている」

なにがお前に、そんなことを言わせている。

維明は答えなかった。すべてを覆い隠し、なかったようにして凄《すご》んでみせる。

「お前には、四方の官人らに俺の潔白を証明してもらわねばならない。ここで殺すのは得策ではない」

「そんな理由ならば――」

「笹目たちを助けたくはないのか。俺ならば笹目も子らも、『鷺』から完全に逃れられる場所へ逃がしてやれる。お前はそれを見届けるべきではないのか？」

ナツイは奥歯を嚙みしめる。維明はなおも畳みかける。

「それにお前には、俺を殺し、かつ犀利を取りもどす方法がひとつだけある」

と波墓の神石を、見せつけるようナツイの目の前にかざした。

「お前はかつてこの石に、俺を殺せと願ったのだろう。そして犀利を手に入れた。ならば同じようにすればいい。俺から奪い、もう一度、俺を殺すように命じればいい。さすればあのときと同じ、『鷺』のことなどなにも覚えていない、愚かで無知な男が戻ってくるだろう。お前の望みどおりにな」

はたとしたナツイの目の前で、維明はゆっくりと神石を己の懐にしまいこんだ。そして低く、恫喝《どうかつ》するように告げた。

「お前の犀利を蘇《よみがえ》らせたいのだろう？　ならば今は素直に従うことだ」

嫌だ、と言いたかった。お前に従うくらいなら死んだほうがましだ。

だが維明の言はもっともでもあった。弱点に等しいものを明かしてまでナツイを連れていって、維明のほうになんの得があるのかはわからない。だがすくなくともナツイにとっては、望みが繋《つな》がれるのは確かだった。

わかった、とナツイは低くつぶやいた。

「東の城柵《じょうさく》でもどこでも行ってやる。辱めも耐えてやる」

「辱めるつもりはない」

「そしていつか、神石を奪ってやる。奪って殺して犀利を取りもどす。犀利を一生守ると決めたんだ。それがわたしの、揺らがぬ心の石なんだ」

「勝手にしろ」

睨みつけるナツイを見やりもせず、維明は淡々と縄を解いた。

すべての縄を解くと、ナツイに背を向け歩きだす。

——今なら殺せる。

ナツイは腰を落とし、維明の広い背中にぎらりと目を向けた。足のさきから頭の頂に

まで力を込める。

だが結局、口を固く引き結んであとに続いた。犀利の身体に傷はつけられない。それ

に背後から襲いかかろうと、容易に倒せない相手だとは知っている。これは、犀利では

ないのだから。

だから、その背を睨んで誓った。

「絶対、殺してやるからな」

いつか必ず石を奪ってやる。そして取りもどす。

あのやさしい、ナツイと出会ったばかりのころの犀利と再会する。

石になど歪まされていない、まっさらな犀利を。

必ずだ。

本書は書き下ろしです。
本文デザイン／青柳奈美

翡翠《ひすい》の戦姫《いくさひめ》

神石《かみいし》ノ記《き》1

奥乃《おくの》桜子《さくらこ》

令和7年 1月25日 初版発行

発行者●山下直久

発行●株式会社KADOKAWA
〒102-8177 東京都千代田区富士見2-13-3
電話 0570-002-301(ナビダイヤル)

角川文庫 24495

印刷所●株式会社暁印刷
製本所●本間製本株式会社

表紙画●和田三造

●お問い合わせ
https://www.kadokawa.co.jp/ (「お問い合わせ」へお進みください)
※内容によっては、お答えできない場合があります。
※サポートは日本国内のみとさせていただきます。
※Japanese text only

ISBN 978-4-04-115646-9 C0193

◇◇◇

角川文庫発刊に際して

角川源義

第二次世界大戦の敗北は、軍事力の敗北であった以上に、私たちの若い文化力の敗退であった。私たちの文化が戦争に対して如何に無力であり、単なるあだ花に過ぎなかったかを、私たちは身を以て体験し痛感した。西洋近代文化の摂取にとって、明治以後八十年の歳月は決して短かすぎたとは言えない。にもかかわらず、近代文化の伝統を確立し、自由な批判と柔軟な良識に富む文化層として自らを形成することに私たちは失敗して来た。そしてこれは、各層への文化の普及滲透を任務とする出版人の責任でもあった。

一九四五年以来、私たちは再び振出しに戻り、第一歩から踏み出すことを余儀なくされた。これは大きな不幸ではあるが、反面、これまでの混沌・未熟・歪曲の中にあった我が国の文化に秩序と確たる基礎を齎らすためには絶好の機会でもある。角川書店は、このような祖国の文化的危機にあたり、微力をも顧みず再建の礎石たるべき抱負と決意とをもって出発したが、ここに創立以来の念願を果すべく角川文庫を発刊する。これまで刊行されたあらゆる全集叢書文庫類の長所と短所とを検討し、古今東西の不朽の典籍を、良心的編集のもとに、廉価に、そして書架にふさわしい美本として、多くのひとびとに提供しようとする。しかし私たちは徒らに百科全書的な知識のジレッタントを作ることを目的とせず、あくまで祖国の文化に秩序と再建への道を示し、この文庫を角川書店の栄ある事業として、今後永久に継続発展せしめ、学芸と教養との殿堂として大成せんことを期したい。多くの読書子の愛情ある忠言と支持とによって、この希望と抱負とを完遂せしめられんことを願う。

一九四九年五月三日

角川文庫ベストセラー

鹿の王　1

上橋菜穂子

故郷を守るため死兵となった戦士団〈独角〉。その頭だったヴァンはある夜、囚われていた岩塩鉱で不気味な犬たちに襲われる。襲撃から生き延びた幼い少女と共に逃亡するヴァンだが!?

鹿の王　2

上橋菜穂子

滅亡した王国の末裔である医術師ホッサルは謎の病を治すべく奔走していた。征服民だけが罹ると噂される病の治療法が見つからず焦りが募る中、同じ病に罹りながらも生き残った囚人の男がいることを知り!?

鹿の王　3

上橋菜穂子

攫われたユナを追い、火馬の民の族長・オーファンのもとに辿り着いたヴァン。オーファンは移住民に奪われた故郷を取り戻すという妄執に囚われていた。一方、岩塩鉱で生き残った男を追うホッサルは……!?

鹿の王　4

上橋菜穂子

ついに生き残った男――ヴァンと対面したホッサルは、病のある秘密に気づく。一方、火馬の民のオーファンは故郷を取り戻すために最後の勝負を仕掛けていた。生命を巡る壮大な冒険小説、完結!

鹿の王　水底の橋

上橋菜穂子

真那の姪を診るために恋人のミラルと清心教医術の発祥の地・安房那領を訪れた天才医術師・ホッサル。しかし思いがけぬ成り行きから、東乎瑠帝国の次期皇帝を巡る争いに巻き込まれてしまい……!?